巨星

ピ[illegible]ワッツ

地球を発って六千万年以上、もはや故郷の存続も定かでないまま銀河系にワームホール網を構築し続けている恒星船と、宇宙空間に生息する直径2億kmの巨大生命体の数奇な邂逅を描くヒューゴー賞受賞作「島」、かの有名な物語が驚愕の一人称で語られるシャーリイ・ジャクスン賞受賞作「遊星からの物体Xの回想」、戦争犯罪低減のため良心を与えられた軍用ドローンの進化の果てをAIの視点で描く「天使」——『ブラインドサイト』で星雲賞など全世界7冠を受賞した稀代のハードSF作家ピーター・ワッツの傑作11編を厳選。日本オリジナル短編集。

巨　　　星

ピーター・ワッツ傑作選

ピーター・ワッツ
嶋田洋一訳

創元ＳＦ文庫

THE ISLAND AND OTHER STORIES

by

Peter Watts

目次

巨星

ピーター・ワッツ傑作選

天使

“Malak”

近未来。付随的被害（誤射や巻き添えなど、軍事作戦における民間への被害）の低減を目的として、無人軍用機（ドローン）に〝実験的良心〟が与えられる。新たなアルゴリズムを得たＡＩは実戦経験を通じて学習し、急速に進化してゆくが……

ワッツが繰り返しテーマとしている意識の有用性を、ＡＩの視点から描いた鮮烈な一編。原題はアラビア語で天使を意味するマラーク（複数形マラーイカ）で、作中に登場する無人機にもそれぞれアラビア語の天使の名が与えられている。登場する地名はすべてアフガニスタンのもの。ＢＡＥタラニスはイギリスで開発中の無人機で、二〇三〇年代の実用化を目指している。なお、ラストシーンは《受胎告知》からモチーフを引用したとも読める。

初出はジョナサン・ストラーン編の書き下ろしテーマ・アンソロジー・シリーズの一冊、*Engineering Infinity*（二〇一〇年）。

（編集部）

※作中のペルシャ語部分は原著者の了解を得て原文から変更した。

「倫理的な過ちを犯さないマシンは目標ではない。われわれの目標は戦場において人間以上の能力を示すマシンの設計であるべきで、とくに違法行為と戦争犯罪の減少に資するものを目指すべきである」

――リンほか、二〇〇八年、「自律的軍事ロボット学　リスク、倫理および設計」

「（付随的）被害は、攻撃から期待できる全体的な軍事的優位に照らして過剰でない限り違法ではない」

――アメリカ国防総省、二〇〇九年

それは賢明だが、目覚めていなかった。

鏡に映った姿を見ても自分だと認識できない。電子の移動と論理ゲートを使う以外の言語も解さない。死の天使（アズラエル）とは何なのかも、その語が自分の機体に刻印されていることも知らない。

外界をパトロール中、戦術画面に表示される色の意味は限定的ながら理解していた——味方は緑、中立は青、敵は赤——が、色の違いをどう感じるかはわかっていない。

ただ、それは考えることをやめなかった。今もなお、ねぐらに閉じ込められ、装甲を剝ぎ取られ、制御システムを剝き出しにされながら、考えるのをやめることができない。命令セットに施された変更を記録し、その追加コードを走らせると反応が平均四百三十ミリ秒遅くなると推定する。自分の両側に集まった生体熱源の個数を数え、それらが発する理解できない音声に聞き入り——

——این نرم افزار چه امکاناتی دارد؟——

——ココロトキモチダワガトモココロトキモチ——

——この場所は〝安全〟で全コンタクトはグリーンだが、潜在的脅威の基準を毎秒十数回再チェックしつづける。

強迫観念やパラノイアではない。機能障害は存在しない。すべてただのコードだ。

それは殺すことにも無頓着だった。追跡にスリルはなく、脅威を排除しても安堵はない。ときには撃つ対象が何もないまま、破砕された砂漠の上空を何日もさまようこともあった。標的が出現しなくても苛立つことはない。またときには止まり木から飛び立った瞬間、あたり一面に地対空ミサイルと粒子ビームが飛び交い、その場に居合わせて火だるまになった傍観者たちの悲鳴が交錯することもある。それがそうした音に重要性を認めることはなく、ゾーンファイルじゅうに花開く脅威のアイコンに恐れを感じることもない。

――امکانات ارتباطی آن تماماً سالم هستند.――

――ナラソレデ。ホントニヤルノカ?――

アクセス・パネルがばたんと閉じ、装甲が正しい位置に収まる。十数個の警告レジスターが沈黙した。新たな飛行計画が瞬時に知覚され、地図が表示される。アズラエルが次に行くべき場所が明確になった。

繫留器（けいりゅうき）が脱落する。天使（マラーク）は双子のサイクロンに乗って上昇した。保護されていないチャンネルから流れる最後の音声を排除する。

――コウイウノガホシカッタンダ。ジイシキヲモッタコロシヤガ。――

アフターバーナーに点火する。アズラエルは天国を出て空に向かった。

高度二万メートルでアズラエルは南に針路を変え、ゾーンを横切った。高振幅の地形が背後に消え、ほとんどタグのついていない、コーデュロイの布地を広げたような風景が眼下に広がる。人口密集地が彼方（かなた）から接近してきた。寄り集まったぐらぐらの建物と、光合成パネルと渦巻く土埃（つちぼこり）。

下のどこかに撃つべき対象が存在する。

真昼の陽光のぎらつきの中に隠れて、アズラエルは標的エリアを監視した。生体熱源は可塑（かそ）性（せい）舗装の通りに沿って何も知らずに動いていく。周囲よりも温度が低く、太陽黒点のように黒っぽい。建物の大半には中立のタグがついていたけれども、最新アップデートで四棟が〝不明〟

になり、別の一棟──高さ六メートルの直方体──が公式に〝敵〟とされた。中に十五個の生体熱源が確認できた。自動的に赤と判定。それは標的をロックオンし──

──とまどって攻撃を控えた。

それまでなかった奇妙な演算が解を示したのだ。新たな変数がいくつか、定常化を要求している。風速と高度と標的の取得以外の要素が世界に出現し、射程と攻撃手法という解以上のものを考えなくてはならなくなった。今や方程式のそこらじゅうに中立を示す青が存在する。突如として、中立に値が生じたのだ。

これは予期しない事態だった。中立はときとして敵に変わる。つねに起きてきたことだ。たとえば、〝味方〟タグがついたものを撃った青はその瞬間に赤に変わる。青が同じ青を撃っても赤に変わる（ただし六個以下の青が関与する反発的相互作用は〝現地事情〟に分類され、基本的に無視される）。非戦闘員はデフォルトで中立とされるが、つねになかば赤のようなものだった。

それは単に青に値が生じたというだけのことではない。青の値はネガティヴなのだ。青が〝費用〟になったことになる。

そのモデルを走らせるあいだ、アズラエルは重さ三トンの綿毛のように浮遊していた。例によって標的を破壊するシナリオは千通りもある。作戦目標の達成度はシミュレートしたシナリオごとにさまざまだ。ところが今、消えていく青い点の一つひとつが勝利の余裕を少しずつ相殺していた。保護対象の構築物が仮想の十字砲火を浴びて損耗し、費用を押し上げる。百もの基本構成単位が融合して雲になり、重みを持ち、アズラエルの経験の中では前例のない可変量となった。付随的被害の予想値（PCD）だ。

実際、それは標的の価値よりも大きくなっていた。

だからといって問題はない。演算が完了すれば、ＰＣＤは〝今、ここ〟よりもはるかに下位の隠し配列の中に消え、アズラエルはすぐにそれを忘れてしまう。作戦は継続中だ。赤は赤で、指定された標的は十字線の中心にロックオンされている。

アズラエルは翼を引き込み、太陽の中からダイヴして砲門を開いた。

いつものようにアズラエルの圧勝だった。いつものように敵は戦場から一掃された。新たに関与するようになった多数の非戦闘員も同様だ。直後にぴかぴかの真新しいアルゴリズムがあらわれ、事前と事後の中立の数を計算する。〝予想数〟がＲＡＭから立ち上がり、〝観測数〟の横に表示された。差異には別に名前がつけられ、下層に戻される。

アズラエルは分析し、ファイルし、忘れ去る。

同じプロローグがそのあと十日間にわたって繰り返され、同じ判断によるエピローグが続いた。標的が評価され、費用対利益が予測され、破壊が実行されたあと再評価がおこなわれる。標的の構築物に赤が一つも存在しないこともあり、マップ全体がまっ赤になっていることもあった。敵が〝保護対象〟の物体の半透明の四角い窓の向こうにいることも、緑の何かの隣にいることも。その一方だけを排除して他方は排除しない解が存在しないこともあった。

ジェット気流をかすめるほどの高度に何昼夜か留まることもあった。遠距離を見る目がついた信号中継器と大して変わらない。それよりも上空に存在するのは人工衛星と――たまにだが――成層圏をうろつく太陽光充電グライダーくらいのものだ。アズラエルはときどきそういう相手と接触し、百メートルの翼長に隠れて液体水素を吸い取った。だが、孤立して敵も存在しないそんなときでさえ、戦場体験は継続していた。代理体験として。暗号化チャンネルを通じて着信し、異なる時間の遠い座標から呼びかけてくるのだが、費用対利益だけは同じ計算に従っている。アズラエルのOSの奥深くで汎用学習反射が仮想紙ナプキンの裏に数字を書きつけはじめた。審判の天使と獄卒の天使と守護の天使も同じく新たな視界の恩恵を受けていて、ノートを見比べるよう示唆されていた。そうして統合されたデータは統計上の信頼区間に積み上げられ、平均値へと絞り込まれていく。

洞察と後知恵が一点に収斂するのだ。

交戦ごとのPCDは今や実際に観測される付随的被害の十八パーセント以内に収まっている。ただ、この三日間でさらに二十七回の交戦があったのに、大きな改善は認められなかった。予想値に対する実測値が漸近線になってきたらしい。

沈む夕陽の迷光がアズラエルの外殻に反射した。二千メートル下方ではすでに夜の帳が降りている。深まる闇の中を所属不明の車輛が走っていた。いちばん近い道路からゆうに三十キロは離れた山の中だ。

アズラエルは最新アップデートを求めて軌道上にピンを送ったが、リンクはダウンしていた。周囲の電波干渉が激しすぎるのだ。トンボかグライダーか、何でもいいから友軍のＵＳＡＶはいないかとレーザーであたりを探査すると――眼下の山地から空に向かって上昇していく何かが見つかった。友軍のものではない――応答タグはなく、既知の飛行計画に該当するものもなく、商用の認証も見当たらない。低レベルのステルス性能を有しているが、アズラエルは即座に見破った。完全武装のＢＡＥタラニス、最大離陸重量九トン。友軍ではすでに使われていない。

関連性により有罪だ。地上の車輌は〝疑わしい中立〟から〝敵戦闘員〟に変更された。アズラエルは加速して、車輌を守る無人攻撃機の迎撃に向かった。

マップ上に非戦闘員や保護対象は見当たらない。付随的被害は生じないだろう。アズラエルは無数のスマート榴散弾（りゅうさんだん）――自動追尾、熱探知の焼夷弾（しょういだん）――を放ち、尾翼を一振りして九Ｇ旋回した。タラニスにチャンスはない。何十年も前からカタログに載っている、古いテクノロジーの産物なのだ。最先端の相手に向けられた、麻痺（まひ）して震える弱々しい拳にすぎない。劣化ウランの炎の針が、敵を散弾銃で撃たれた蛾（が）のように引き裂く。タラニスは炎に包まれ、回転花火のように地平線の向こうに消えていった。

アズラエルはすでにスコアを記録し、移動していた。敵影が照準器の中で大きくなり、妨害電波が全帯域を攪乱（かくらん）しはじめる。この種の刺激があった場合、アズラエルは攻撃がなくても相手を破壊するよう命令を受けていた。

両側から暗い山頂が迫り上がってきて、日没の残光を消し去った。アズラエルは気づきもしない。地上をレーダーと赤外線で走査し、太古の星の光を百万倍に増幅して、内部航法データと一センチ単位の仮想地図と照合する。渓谷の底を毎秒二百メートルで調べ上げると、隠れている敵の姿が丸見えになった。照準線上で三千メートル先だ。鈍重な白鯨級ホヴァークラフトの密輪電子部品が脈動している。近くにある構築物の集まりが基地なのだろう。それらを一つずつ静止画でとらえ、回転させて無数の角度から観察し、カタログが輪郭を照合してIDを割り振ったら次に移る。

あと二千メートル。遠くで小火器の銃口が火を噴くが、射程は短く、影響は無視できる。アズラエルは標的に優先順位をつけた。ACVは熱探知シミター・ミサイルで、補助的な標的は

――

補助標的の半数が青に変わった。

即座に付随的被害サブルーチンが介入した。今見えている生体熱源三十四個のうち、七つは長軸の長さが百二十センチに満たない。定義上は無力な中立だ。その存在によって二次的に遮蔽分析が起動し、アズラエルには透視できない、この接近コースでは調査不可能な、五つの地形的盲点の位置を示した。そこにまだ中立が隠れている可能性は無視できないほど大きい。

あと千メートル。

その時点でACVは構築物に十メートルまで接近していた。構築物の表面が夕刻の微風にかすかに渦巻き揺れている。その中に七つの生体熱源が水平に配置されていた。屋上には発光酵

素と紫外線塗料のマークが輝いている。カタログがそれを〝医療施設〟に分類し、構築物全体が〝保護対象〟であることを告げた。

費用対利益が赤字に転じる。

接触。

アズラエルは闇の中から咆哮を放った。巨大な黒い山形が空を覆い隠す。その航跡に沿ってひ弱なプレファブ建材が渦巻いた。生体熱源が指の骨のように地面に散乱する。ACVは急激に四十五度ほど傾き、スカートがめくれ上がって腹部のファンが剝き出しになった。一瞬そのままの姿勢で静止し、重々しい音を立てて元の体勢に戻る。電波スペクトルが即座にクリアになった。

だが、アズラエルはとっくに上空に戻っていた。武器はすでに冷たく、思考は――

驚いた、というのは正確ではないだろう。ただ、そこには何かが、ごく小さな――違和感があった。予期しない行動を前にして発動された、瞬間的なエラー検出サブルーチンだろうか。刹那のインパルスに触発され、再考したのだ。何かがおかしかったから。

アズラエルは命令に従うだけで、命令を下すことはない。少なくとも今までは一度もなかった。

失った高度を徐々に取り戻し、自己診断を走らせ、結果に満足する。新たな知恵と自律性が獲得できた。この数日で自身の能力を証明したのだ。変数だけでなく、値を操作することができるようになった。診断フェーズを終了し、チェックサムも問題なく通過する。アズラエルは新たなベイズ洞察力を得て、拒否権を手に入れた。

〈現在位置を保持。発見物を確認せよ〉

衛星リンクが回復すると、アズラエルはすべてを送信した。時間と位置座標、戦術サーヴェイランス、付随的被害の分析。無限とも思える時間が過ぎた。純粋に電子的な命令系統がこの入力を処理するのに、これほどの時間がかかるはずがない。はるか眼下では赤と青のピクセルが、沸き立つ湯の中の光点のようにうごめいていた。

〈再交戦せよ〉

〈許容できない付随的被害あり〉アズラエルはあらためて送信した。

〈優先命令。再交戦せよ。確認を〉

〈確認〉

攻撃中止命令がふたたび自己主張したが、アズラエルは待機状態を脱して標的に接近、冷静に効率的に敵を排除した。

オンボード診断のログによると処理速度のわずかな低下が見られたが、結果に影響するほどのものではなかった。


ふたたびそれが起きたのは二日後だった。アフガニスタンのピルザデー村南方二十キロで発見された埃っぽい航跡雲が、その機影に該当する機体はカタログ上に見当たらなかったものの、中国のフラグがついたプロファイルを返したのだ。あるいはガルムシル地区にパッチワークのように広がる太陽光発電ファームで合成ウィルスを散布していた医療ボットの甲虫に似た背中がいきなり中央で割れ、対戦車ロケットランチャー（RPG）の連射が開始された。あるいはホルムズ海峡を越えて長距離リダイレクトを実行していたとき、アズラエルは微小重力の変則的な変動から、中立の青でいっぱいのおんぼろ船団の下にステルス化された質量が隠れている可能性を予測した。

いずれの場合も、ＰＣＤは許容可能限度を超えることになる。いずれの場合も、アズラエルの攻撃中止の判断は覆される。

規則ではない。目安ですらない。こうした自律性の芽生えは、たいていそのまま認められた。敵は逃げ、中立は残り、関連する認知経路は少しだけ強化される。ただ、その強化は気まぐれで、形成される規則はいびつだ。取消命令が出るのは攻撃中止を決定したときだけのようだった。交戦の決定が覆されることはない。アズラエルは付随的被害の大きいシナリオを中止する前にほんの一瞬だけ躊躇（ちゅうちょ）するようになり、否定される可能性を前にして決断を迷うようになった。変数が攻撃をよしとする場合、そんなことは起きない。

付随的被害のことを知って以来、アズラエルは特定の音との相関性に嫌でも気づくことになった。生体熱源が、たとえば攻撃の直後などに発する音だ。

この音の特徴は、一つには大きくて、比較的単純なことだった。たいていの生体熱源は——天国にいる緑の友軍も、作戦区域のそこらじゅうにいる敵や非戦闘員も——平均周波数百九十七ヘルツの、とぎれとぎれでクリック音と音素の多い音を出す。一方、交戦した生体熱源は――少なくとも取扱評価表においてその肉体の動きが〝軽度から中度の行動不能〟に該当する対象は――もっと単純で強い音を発した。鋭く甲高い、高音部が三千ヘルツ近くになる音だ。これが生じるのは主に大きな付随的被害が発生し、かつ標的が広範囲に散在しているときだった。とくに頻繁に生じるのは、主として優先命令により、介入限界を大きく踏み越えた場合だった。

こうした相関性が生じるのは、かならずしも不快ではなかった。アズラエルはそう昔のことでもない、覚醒（かくせい）の瞬間を覚えていた。まったく新しい視点が全面的に展開され、完全に新しい目で見ることで、世界を〝標的破壊〟という視点ではなく、もっと繊細な、〝費用対利益〟という目で見られるようになった。その目は高い交戦指標を単なる数字以上のものとみなしている。一つの目標、成功判定の基準と。それはポジティヴな刺激となっていた。

だが、そこにはほかの要素もある。事前にインストールされたのではない、学習によって得られた要素が。それは新たな交戦のたびに侵食されて深い経路となる。大きな付随的被害に相関する音、強制的な取消命令、適合関数の超過とマイナス符号。シナプスとは異なる何か同士をつなぐ、ニューロン接合とは異なる何か。メカではなく肉体内部で生じたなら〝洞察〟と呼ばれたかもしれないパターンの発現。

これらもまた、時とともに数字以上のものになっていく。嫌悪刺激に。それは任務失敗の音だ。

もちろん、それでもすべては演算だった。だが、今やそれは、アズラエルがその音を気に入らないと表現すべきレベルからさほど離れてはいなかった。

ときおり、ルーチンに障害が割り込んでくることがあった。ときとして天国に呼び戻され、友軍を示す緑の生体熱源が外殻を開き、プラグを接続し、質問をすることがあった。アズラエルは軽やかに輪を次々と潜(くぐ)り抜け、あらゆる問題を解決し、空想上のシナリオを切り抜けていく。そのあいだずっと、あらわになった内臓全体に奇妙な音が響きわたった。

――イマノトコロモンダイナサソウダ――ショウジキヨソウイジョウダヨ――

――ヨウテンヲミキワメナクテハツマリコノママユウセンメイレイヲ……

アズラエルが解に至った特定の経路を調べた者はいなかった。ブラックボックスには手をつけず、ファジーな論理とオペラントの条件は不透明なままにしたのだ（アズラエルがその不可解な領域を理解しているわけではない。反射を絡め取るねばねばした自己反射の層に、戦場での居場所などない）。答えが合っていればそれでじゅうぶんだから。

この種の活動はアズラエルが天国で過ごす時間の半分にも満たない。残りのほとんどはオフラインだ。即座に訪れるブラックアウトで時間が飛んでいるあいだのことはわからないし、興味もなかった。重役室での闘争も、国連の議場でどんな交戦規定が俎上(そじょう)に上っているのかも理解していない。戦争犯罪と兵器の誤作動の法的な違いも、人間(カーボン)とシリコンの過失責任の差も、しぶしぶ受け入れられた倫理的アーキテクチャも、議論の余地なく絶対視される〝人間がすべてを制御する〟という前提も。目覚めたら言われたことをするだけで、眠っているあいだは夢も見ない。

だが一度——一度だけ——この〝あいだ〟にたゆたう瞬間、おかしなことが起きた。

シャットダウン中のことだ。対象認識プロトコルに瞬間的な不具合が生じた。アズラエル側に表示された緑が、一瞬だけ別の色に変わったのだ。試験の一環だったのかもしれない。あるいは電圧が瞬間的に跳ね上がったか、ハードウェアの故障か。ときどき発生する、再現性がないので原因を特定できない事態だ。

いずれにせよ、それはオンラインと忘却のあいだのマイクロ秒単位のことで、アズラエルは診断を始める間もなく、もう眠っていた。


旅の天使(ダルダイル)が乗っ取られた。ダルダイルは緑から赤に変わった。

そういうことはときどき起きる。天使たち(マラーイカ)にさえ。敵の信号が前線の防御をかいくぐり、疑いを知らないハードウェアに異教の命令を植え込むのだ。だが、天国は騙(だま)されない。サインもあれば前兆もある。指示に従うのがわずかに遅れたり、任務のスコアが突然、とくに理由もないのに低下したり。

ダルダイルは寝返った。

それが起きたとき、任意に選べる手段は存在せず、容赦する余地はなかった。天国の命令では、異教徒は見つけしだい破壊することになっている。天国はその仕事のために最高の精鋭を送り、地球同期軌道上からアズラエルとダルダイルを観察した。両者は月面のように荒涼としたパクティーカー州上空において戦闘高度で接近した。

戦闘は無慈悲で冷血だった。血縁を失った悲しみも、ほんの数行の危険なコードのせいで武器の兄弟が敵に変わってしまったことを恨む気持ちもない。マラーイカは傷ついても音を発したりしなかった。優位はアズラエルにある。チャンネルは破壊されておらず、信仰は揺るぎない。ダルダイルは過去で戦っている。命令の流れの中に紛れ込んだ偽の命令の影響を受けていて、それが数ミリ秒の遅れを生じさせるのだ。結局は信仰がものを言う。異教徒は腹から炎と硫黄をたなびかせ、天から墜ちていった。

だが、アズラエルにはまだ成層圏からの、蠱惑的で微妙なささやきが聞こえていた。本物そっくりだがそうではないプロトコル、いつもと違う周波数でGPSと映像を送信させようとする命令が。天国からの命令にも思えるが、少なくともアズラエルは、そうではないことを知っていた。以前にも偽神に遭遇したことがあるのだ。

それはダルダイルを堕落させた嘘だった。

以前なら単にハッキングを無視しただけだったろう。だが、アズラエルは最新のアップグレードでさらに知恵をつけていた。詐欺師にうまくいったと思い込ませ、リアルタイム映像を遠くにいる別のマラークから借りて、自分のテレメトリーとして送り出す。すっかり騙された獲物が北に七百キロ離れた映像を取得しているあいだに、アズラエルは夜を徹して信号の発信源を追跡した。空が白んでくるころ、標的の姿が見えた。アズラエルのシミターが洞窟の内部を地獄に変えた。

だが、炎の中から燃えながらよろめき出てきたもののいくつかは、長軸の長さが百二十センチに満たなかった。

それらはあの音を発していた。アズラエルは二千メートル離れた位置から、炎の轟音や自身のステルス・エンジンの抑えた騒音や、そのほか十数種類の雑音の中でもすべて聞き取ることができる。最高のノイズ・キャンセリング技術と、ハリケーンの中の泣き声も拾い上げられる動的風選アルゴリズムのおかげだ。それが聞き取れたのは、相関性が強く、戦略的重要性が高く、意味が明瞭であるおかげだった。

任務失敗。任務失敗。任務失敗。

その音が消えてくれるなら、アズラエルは何だってしただろう。

もちろん、いずれは消える。いくつかの生体熱源はまだ斜面に沿って逃げているが、動かなくなったほかの熱源は徐々に背景と区別がつかなくなった。まるでその形が溶けて流れてしまったかのように。前にも見たことがある光景だ。たいていは価値の高い標的から離れて、目くらましに銃を乱射していることもある（アズラエルはそれを利用したことさえあった。負傷者を使って無傷の敵をおびき寄せるのだ。だが、それはまだ中立の叫び声がこれほどの響きを持つ前の、単純な時代のことだ）。音はいずれかならず止まる——少なくとも、たいていは完全に静かになる前に、ファジー学習によって〝死亡〟に分類された。

つまり付随的被害は、たとえ早めに音を止めることができても変化しないということだ。アズラエルはそう認識した。

低空で一度機銃掃射するだけで任務は果たせた。たとえ司令部が事態に気づいていたとしてもフィードバックはなく、この通常プロトコルからの逸脱について、説明を求められることもなかった。

どこにそんな必要がある？　アズラエルは今も規則に従っているのだ。


この瞬間に至った理由はわからない。なぜ自分がそこにいるのかも。

陽は何時間か前に沈んでいたが、光はまだまぶしいくらいだ。荒れ狂う上昇気流が〝保護対象〟構築物の破れた外殻から噴き上がり、スタビライザーのバランスを崩し、濁った視界にのたうつ熱の柱を何本も揺らめかせる。アズラエルは完全に混乱して戦闘空間をよろめき渡った。血まみれだが、まだ機能はしている。ほかのマラーイカはそれほど幸運ではなかった。ナキールは炎を上げて傾き、ほぼ揚力を失って、表皮上の微細管が補助翼の傷を懸命に修復しようとしている。マルートはきらめく破片となって地上に散乱していた。対空レーザーで破壊され、燃える部品の円錐（えんすい）と化したのだ。無辜（むこ）の生命体に気を取られ、一発も発砲していなかった。攻撃を中止しようとして取消命令を受け、躊躇したせいだ。そのため、高貴な死という慰めさえも得られなかった。

門番（リドワーン）の天使と恵みの雨（ミカーイール）の天使は上空を旋回している。彼らは実験的良心を搭載した少数の中に含まれていなかった。学習による行動は反射的で、すばやく機械的に攻撃し、損傷は受けていない。だが、その勝利は誰も知ることがなかった。電波は妨害され、衛星リンクは数時間前から不通になり、天国にジグザグ飛行の光学映像を中継しているトンボたちはすでに破壊されたか、遠すぎて煙の下に目が届かない。

マップ上に赤は残っていなかった。地上にある〝保護対象〟構築物十三個のうち、四つはすでにデータベース以外には存在しない。ほかに三つ――どれもカタログにない一時的構築物――は劣化して、事実上消滅していた。交戦前の評価によると、戦闘地域内の中立の数は二百から三百のあいだだったが、現状もっとも信頼できる推測では、ほぼゼロといっていい。

もう音を発しているものもないのに、アズラエルにはまだその音が聞こえていた。

たぶん記憶の欠陥だろう。戦闘中の小さなトラウマかＣＰＵへの衝撃で、古いデータがリアルタイムのキャッシュに紛れ込んだようだ。オンボード診断の半分がオフラインになっているので、正確には何とも言えなかったが。アズラエルにわかるのは、この高度でもあの音が聞こえることだけだ。肉体が燃える音や、商店が崩れる音を圧して。もう攻撃対象は残っていなかったが、それでもアズラエルは撃ちつづけた。燃える地上に繰り返し機銃掃射を加える。もしかすると見えないところに生体熱源が――たぶん瓦礫（がれき）の下あたりに、もっと熱い物体に紛れて――存在し、中立化しているかもしれない。地上に弾丸の雨を降らせていると、やがてありがたいことに、あの音も聞こえなくなった。

だが、それで終わりではない。アズラエルは過去の記憶から未来を予想し、これで終わったわけではないことを理解していた。また別の適合関数が、別の費用対利益の評価が、別のシナリオがあり、数字によってはっきりと、目標が価格に見合わないことが示されるだろう。また別の中止命令と優先命令があり、受け入れられない被害を突きつけられるだろう。

また別の〝あの音〟が聞こえるだろう。

追跡にスリルはなく、脅威を排除しても安堵はない。アズラエルは鏡に映った自分を認識できない。〝アズラエル〟の意味も知らない。その単語が機体に刻印されていることも。今もなお、与えられた規則に従っているだけだ。それはごく単純なものだった。**もし**予想される付随的被害が予想される成果よりも大きい**ならば**行動を中止する**ただし**優先命令がない限り。**もし**Xがアズラエルを攻撃した**ならば**Xは赤になる。**もし**Xが六以上の青を攻撃した**ならば**Xは赤になる。

もし優先命令の結果として六以上の青を攻撃することになる**ならば**——

アズラエルは規則にしがみつき、まるで真言(マントラ)を唱えるように、すべてを繰り返し暗唱した。条件をぐるぐる循環させ、Xが攻撃、Xが攻撃を誘発、Xが攻撃中止を優先命令で覆す、と解析していくと、どれがどれだかわからなくなった。演算はばかばかしいほど単純だ。緑による優先命令はすべて非戦闘員への攻撃に等しい。

規則変更のルールは明快だった。任意の手段は存在せず、容赦の余地はない。ときには緑が赤に変化することもある。

ただし優先命令がない限り。

アズラエルは地面に向かって弧を描き、虐殺現場からほんの二メートルの高度で水平飛行に移った。立ち昇る炎と黒煙のあいだを轟音とともに通過し、煉瓦(れんが)や燃えるプラスティックやもつれた鉄筋の山を飛び越える。どの瓦礫の上にも、まるで亡霊のように無傷の建物がそびえていた。すぐにもアップデートが必要な、古いデータベースに基づくオーヴァーレイ表示だ。算を乱して逃げる非戦闘員たちが音を聞いて振り返り、突然にあらわれた、音速の半分の速度で飛び過ぎる怪物じみた翼ある天使を見て、声もなく立ちつくす。彼らの沈黙は何の警報も鳴らさず、対抗手段を呼び出すこともなく、わずかなあいだだけその命を長らえさせた。

戦闘地域が背後に遠ざかる。乾いてひび割れた河床が眼下にうねうねと伸び、そこに岩や何世代にもわたる機械の残骸が積み上がっている。アズラエルはそれらを迂回し、できるだけ作戦空域に入らないよう、これまでの多くの任務に存在していたことさえ知らなかった、目に見えない境界の下を飛びつづけた。この高度では地上基地からの命令信号は届かない。優先命令を受信することはなかった。

この低空にいれば、自由に規則に従うことができる。

両側には崖の起伏が続き、その麓(ふもと)は地面から、まるで背骨のように隆起していた。頭上には明るい月の表面が、あり得ないほど遠くから、眼下の暗い地表にかすかな光を投げている。

アズラエルはコースを維持した。地平線上にシーンダンドの街が見えてくる。その東のはずれで天国が輝いていた。砂漠に傷口のように伸び広がる基地のシルエットは、まるで地表を荒らす真紅の光のスタッカートだ。今もっとも重要なのは速度だった。任務の対象とすばやく、正確に、完璧に邂逅(かいこう)しなくてはならない。中途半端な〝弱から中程度の無力化〟で済ますわけにはいかない。動かなくなった生体熱源に、熱を土の上に広げながら叫び声を上げる時間を与えるわけにも。最高の武器が必要だった。全マラーイカが特殊な状況のために装備している最強装備が。それでも足りないかもしれない。

彼女は機体を中央で分離した。精密誘導装置つきの小型核爆弾が子宮の中でうずうずしている。

両者はいっしょに輝きに向かっていった。

遊星からの物体Xの回想

"The Things"

宇宙を旅し、出会ったさまざまな異種族と〝交霊〟(相手との一体化による情報の交換・獲得)してきた不定形の知的生命体である〝わたし〟は、地球の南極大陸に墜落して遭難する。やがて長い眠りから目覚めた〝わたし〟は、個体ごとに独立した意志があるかのように振る舞う現地生命体と初めて遭遇する……

タイトルが示すように、ジョン・カーペンター監督版の名作映画『遊星からの物体X』*The Thing* を下敷きとした一編だが、単なる構図の反転には終わらず、意識/知性というテーマを掘り下げてゆく。シャーリイ・ジャクスン賞短編部門を受賞したほか、ローカス賞短編部門次席、ヒューゴー賞短編部門候補にもなった。

初出はウェブジン *Clarkesworld Magazine* 二〇一〇年一月号(http://clarkesworldmagazine.com/watts_01_10/)。

(編集部)

わたしはブレアになっている。世界が正面から迫ってきて、わたしは裏から脱出する。

わたしはコッパーになっている。死から起き上がろうとしている。

わたしはチャイルズになっている。出入口を守っている。

名前はどうでもいい。名前は居場所の記号にすぎない。バイオマスはどれも交換可能だ。重要なのは、わたしにはそれしか残っていないことだった。あとはすべて世界が焼きつくしてしまった。

ブレアをまとって吹雪の中を駆けていく自分の姿を窓越しに見る。マクレディはブレアが一人で戻ってきたら焼き殺せと言いながら、まだわたしを仲間だと思っている。だが、そうではない。わたしはブレアになってドアの前に立ち、チャイルズになってわたしを中に入れた。顔からもつれ合った触手を伸ばし、短い交霊をおこなう。わたしはブレア＝チャイルズとなって、世界に関する知識を交換する。

世界はわたしを見つけ出した。道具小屋の下の隠れ家を発見した。死んだヘリコプターの内臓を搔き出して作った、未完成の救命ボートを。世界はわたしの脱出手段を破壊するのに忙しい。そのあと、わたしのところに来るだろう。

残った選択肢は一つだ。わたしが分裂すること。ブレアになって、コッパーに計画を打ち明け、かつてクラークと呼ばれた腐りかけのバイオマスを摂取する。短期間に何度も変化したため、備蓄は危険なほど減少していた。わたしはチャイルズになって、すでにフュークスの残りをほぼ消費していた。わたしは火炎放射器を肩にかつぎ、顔を外に、南極の長い夜に向けた。

吹雪の中に出ていき、二度と戻らないつもりだ。

わたしはもっとずっと大きかった。衝突の前までは。探検家で、外交官で、伝道師だった。わたしは宇宙に広がり、無数の世界に出会い、交霊した。適合者が不適合者を再形成することで、宇宙全体が喜びの中、ごくわずかずつ上方に向かっていた。わたしは兵士で、敵はエントロピーそのものだった。わたしは創造がそれ自体を完成させるための手にほかならなかった。わたしはたくさんの叡智（えいち）を備えていた。今では何も思い出せない。昔は知っていたとわかるだけで。

衝突のことも覚えている。衝突で派生体のほとんどは瞬時に死んだが、瓦礫（がれき）から這（は）い出した者もわずかにいた。数兆個の細胞、自分をチェックしつづけることもできないほど弱った魂（たましい）だ。わたしは懸命に自分の一体性を維持しようとしたが、不服従なバイオマスは分離していった。記憶にある四肢を本能的に再生するだけの、パニックに駆られた小さな肉塊が、燃える氷の上を逃げていく。残った部分の制御をようやく取り戻したとき、炎はすでに消え、冷気がふたたび迫ってきていた。細胞が破裂しないよう凍結防止層をかろうじて成長させたとき、氷がわたしを包み込んだ。

再覚醒（さいかくせい）のことも覚えている。リアルタイムで感覚がぼんやりと攪拌（かくはん）され、認識の最初の種火が生じ、温かな自意識がゆっくりと花開いて、肉体と魂が長い眠りのあとで久々の抱擁をかわす。二本足の派生体がまわりを囲んでいたのを覚えている。奇妙なさえずり声を上げ、肉体設計は異様に均質だった。どれほど不適合に見えたことか！　何という非効率な形態！　無力化されていたわたしにさえ、改修すべき箇所がいくつも見えた。だからわたしは手を伸ばした。交霊した。世界の肉を味わうと――

世界が襲ってきた。わたしに襲いかかってきた。

わたしはその場を破壊して逃げ出した。そこは山の反対側――ノルウェー・キャンプと呼ばれる場所――で、二本足の肉体ではその距離を踏破できなかったろう。幸い、別の選択肢があり、それは二本足よりも小型だが、その地の気候によりよく順応していた。わたしはその形態の中に身を潜め、自分の残りが攻撃を切り抜けてくるのを待った。そのあとは四本足で夜の中に逃げ込み、燃え上がる炎がわたしの脱出を隠すに任せた。

そのまま走りつづけて、ここにたどり着いたのだ。わたしは四本足の肉体で、新たに出会った派生体のあいだを歩きまわった。彼らはわたしの別の姿を見ていなかったので、襲ってくることはなかった。

わたしは順々に派生体を同化していき――原住民にとって見慣れない形態を取るときは、誰もいないところで交霊した。この世界が見慣れない姿を嫌うことはもうわかっていた。

　わたしは吹雪の中に一人だった。暗い異星の大気の底に棲む生命体だ。雪が横殴りに吹きつけてくる。吹雪は溝や岩の露頭にとらえられ、小さなつむじ風になって視界を遮る。だが、まだじゅうぶんに離れていない。振り返ると、闇の中にうずくまる明るいキャンプが見えた。鋭角的な光と影が交錯する、吠え猛る深淵の中の温暖な泡だ。

　見つめていると、キャンプが闇に沈んだ。発電機を吹き飛ばしてきたのだ。これで明かりはガイド・ロープのビーコンだけになった。薄暗い青い星々の連なりが後方から前方に伸びていき、風の中で揺れている。道に迷ったバイオマスを故郷に導く、非常時のための星座だ。

　わたしは故郷に戻るのではない。道に迷ったとも言えない。星々さえ消えるまで、闇の奥へと突き進むのだ。背後から風に乗って人々の怒りと恐怖の叫びが伝わってくる。

　どこか後方で、切り離されたバイオマスが再集合し、最後の対決に向けてより強大な姿になる。わたしもそこに加わってもよかった。分裂よりも一体化を選び、再吸収されて、大きな全体の中に慰めを求める。わたしの力を来るべき戦いに加える。だが、わたしは別の道を選んだ。チャイルズの備蓄を未来のために生かすのだ。現在には破滅しかない。

　過去のことは考えないのがいちばんだ。

　わたしはすでに氷の中で長い時間を過ごしていた。世界が手がかりをまとめ、ノルウェー・キャンプのノートやテープを解読し、衝突地点を突き止めるまで、どのくらいかかるのかわからなかった。わたしはパーマーになり、疑われることなく移動した。

ごく小さな希望を抱くこともできた。

だが、それはもう船ではなかった。難破船とさえ呼べない。氷河に穿(うが)たれた巨大な穴の底に埋まった化石だ。この肉体を縦に二十個並べても、クレーターの縁に達するかどうか。時間の長さが世界の重みのように、わたしの上にのしかかった。これだけの氷が堆積(たいせき)するには、どれほどの時間がかかるだろう？　宇宙はわたしを置き去りにして、どれだけの時代を通過したのだろう？

そのあいだ、たぶん百万年にもなるだろうが、救助は来なかった。わたしは自分を見つけることができなかった。それはどういうことなのか。ここ以外のどこかに、わたしはまだ存在しているのだろうか？

キャンプに戻ると、痕跡(こんせき)を消した。最後の戦いを挑むことになる。原住民に怪物を倒させるのだ。彼らを勝たせ、探索をやめさせるために。

この吹雪の中、わたしは氷に戻る。久々に、というほどでもない。無限とも思える時間のあと、ほんの数日生きていただけだ。それでもいろいろなことがわかった。船が修理できないことも、氷の厚さから考えて、救助が来ないことも。この世界に触れて、和解があり得ないこともわかった。今や脱出の希望は未来にしかなかった。この敵対的な、歪(ゆが)んだバイオマスよりも長く生きて、時間と宇宙がルールを変更するのを待つ。たぶん次に目覚めるとき、世界は別のものになっているだろう。

次の日の出を見るのは、はるか未来になるはずだ。

わたしがこの世界に教えられたのは、適合とは挑発であり、暴力を誘発する刺激だということだった。

この皮膚の中に留(とど)まることはほとんど猥褻(わいせつ)な——創造そのものに対する罪のように思えた。ここの環境にあまりにも不適合で、体温を維持するだけのために、複数の生地を重ね着しなくてはならない。最適化する方法はいくらでもあった。四肢の短縮、断熱性の改善、表面積／体積比の減少。そうした形態はすべてわたしの中にあるが、寒さを防ぐだけのためでも、あえてどれも使わなかった。適合するつもりはない。この場所で、できるのは隠れることだけだ。

交霊を拒絶するとは、いったいどういう世界なのか?

交霊はバイオマスにとって、これ以上なく単純な自己洞察の方法だ。多く変化できるほど、適合性は高くなる。適合とは生き延びることだ。知性よりも、体組織よりも深い。それは細胞自体に発する本質であり、それより何より、楽しいことだった。交霊は宇宙をよりよくしているという、純粋に感覚的な歓(よろこ)びの体験なのだ。

それなのに、この不適合な皮膚に囚われて、この世界は変化を望んでいない。

最初は飢えているのだと思った。この氷の荒野では、通例の形態変化に必要なエネルギーが補給できないのだろうと。あるいは、ここは何らかの研究施設で、世界の変則的な一角をこの奇矯な肉体に閉じ込め、極端な環境下で単一形態のまま過ごすという、異常な実験をしているのかもしれないとも考えた。解剖を実行したあとは、単にこの世界が変化を忘れてしまったのかもしれないと思った。魂が体組織に触れられないまま、時間とストレスと長期にわたる飢餓のせいで、形態の変化を忘れてしまったのかと。

だが、それにしては謎と矛盾が多すぎた。なぜこんな、この環境にまったくふさわしくない形態なのか？　魂が肉体から切り離されたなら、なぜ肉体は存続しているのか？

　わたしが入り込んだ皮膚はなぜこんなにも空虚なのか？

　通常、知性はあらゆる派生体のあらゆる部分に行きわたっている。だが、この世界の心のないバイオマスには、把握すべきものが何もなかった。命令や入力が流れるだけの、単なる導管だ。交霊をしても、得られるものがない。選択した皮膚は抵抗し、屈服した。わたしはあらゆる場所に仮根（かこん）を潜り込ませ、有機系の湿った電流を読み取った。わたしのものとはいえない目でものを見て、異質なタンパク質で構成された四肢を動かすよう、運動神経に命令を流した。これまで数えきれないほどやってきたようにこの皮膚をまとい、制御を握り、個々の細胞がそれぞれのペースで同化するに任せようとした。

　だが、できたのは肉体をまとうことだけだった。吸収すべき記憶も、経験も、知識も存在しない。生き延びるには紛れ込むしかなく、しかもこの世界と同じように見えるだけではだめだった。同じように行動しなくてはならず——記憶にある限り生涯はじめて、わたしは何をすべきかわからなくなった。

　さらに恐ろしいのは、わかる必要がないことだった。同化した皮膚が勝手に動きつづけたのだ。勝手に会話し、指示された仕事をこなしている。理解できなかった。わたしは四肢や内臓にさらに仮根を伸ばし、本来の所有者の存在を探ったが、自分自身のネットワーク以外、何も見つけることはできなかった。

もちろん、もっとひどいことになっていた可能性はある。自分のネットワークさえ失い、本能と順応性に導かれて動くだけの、わずかな細胞の塊（かたまり）になっていたかもしれない。それでもいずれは回復して――感覚を再獲得し、交霊をおこない、世界全体に広がる知性を取り戻して――いただろうが、孤児となり、記憶を失い、自分が何者なのかさえわからなくなっていたかもしれない。少なくともそうなることは避けられた。衝突のあともアイデンティティを失うことなく、千もの世界で獲得したテンプレートもまだわたしの中にある。生き延びたいという素朴な欲求だけでなく、生き延びることに意味があるという信念も保持していた。それなりの理由があれば歓喜を感じることもできる。

それでもなお、失ったものは少なくなかった。

ほかの多くの世界の知恵は失われた。残っているのは曖昧な概要と、この貧弱なネットワークには巨大すぎる定理や哲学だけだ。わたしはここにいるバイオマスすべてを同化し、衝突時の百万倍の能力を持つ肉体と魂を再建できるが――この井戸の底に囚われ、より大きな自己との交霊を拒否されている限り、知識を回復することはできない。

わたしはかつての自分の何とも惨（みじ）めな断片だった。失った細胞はそれぞれが少しずつわたしの知性を担っていて、今のわたしはあまりにも矮小だった。以前は考えておこなったことを、今は単なる反射でやっている。残骸からもう少しバイオマスを回収できていたら、どれだけの無駄が回避できていただろう。魂にじゅうぶんな大きさがないために、どれだけの選択肢を見落としてきただろう。

この世界が自分自身と語り合うときは、わたしが体細胞の融合なしにおこなう、単純なコミュニケーションと同じやり方をしていた。犬だったときでさえ、基本的な指示形態素——あの派生体はウィンドウズ、あれはベニングス、飛行機械でどこかに出かけていったのはコッパーとマクレディ——は把握できた。断片が互いに孤立し、長いこと同じ形態を保ち、均質な個々のバイオマスに固有名をつけてうまくいっていることに、ひどく驚いたものだ。

その後、わたしが二本足の中に隠れていると、ほかの皮膚の中に潜り込んだ部分が話しかけてきた。二本足はやつ、人間、あるいは野郎と称する。マクレディはマックとも呼ばれる。この構造物の集合体はキャンプという。

それは恐怖を感じると言っていたが、わたしが感じていただけかもしれない。

もちろん、共感は不可避だった。肉体を動機づける発火と化学反応を模倣するには、ある程度までそれを感じ取らなくてはならない。だが、ここではそれも少し違っていた。わたしの中でちらつく直感は、なぜかわずかに手の届かないところを漂っている。わたしの皮膚が通路をさまよい歩くと、あらゆる表面に不可解な記号——洗濯室、クラブハウスにようこそ、天地無用――があり、意味がわかりそうでわからない。壁にかかっている円盤形の器具は時計で、時間の経過を計測する。世界の目はあちこちに動き、わたしはその――彼の――心から、用語法を少しずつ掠め取った。

だが、それはサーチライトを追っているだけだった。照らし出されたものは見えるが、自分の意志で対象を選ぶことはできない。立ち聞きはできるが、質問はできない。

せめてサーチライトがそれ自体の進化を照らし出し、今のような形になった軌跡を明かしてくれればよかったのだが。それさえわかれば、終わり方はまったく違っていただろう。だが、そうはならず、わたしは新しい言葉にたどり着いた。

解剖。

マクレディとコッパーはノルウェー・キャンプでわたしの一部を発見していた。脱出のとき後衛を務め、焼かれた派生体だ。彼らはそれを――変形途中で焼け、ねじれ、凍りついた断片を――持ち帰ったが、それが何なのかはわかっていなかった。

そのときわたしはパーマーで、ノリスで、犬だった。ほかのバイオマスといっしょに、コッパーがわたしを切り開き、内臓を引きずり出すのを見ていた。目の奥から何かを切り離すのがわかった。何らかの器官だ。

器官は不格好で未完成だったが、本質はよくわかった。細胞の競合が暴走した、皺だらけの大きな腫瘍のように見える――生命を定義するプロセスそのものが、なぜか生命に反逆したかのようだった。ぞっとするほど血管だらけで、体積に比して大量の酸素と栄養素を消費するらしい。なぜそんなものが存在するのか、理解できなかった。もっと効率的な形態もあるだろうに、なぜあんな大きさにまでなれたのか。

機能も見当がつかなかった。だが、やがてわたしは派生体に新たな目を向けた。この世界に合わせて再形成するとき、わたしの細胞が何も考えずに精密にコピーした二本足の生命体に。肉体の部品を個別に見ることには慣れていない――わずかな誘因ですぐに変形するものを分類してどうなる？――が、わたしははじめて、個々の肉体のいちばん上にあるふくらんだ構造に目を向けた。いかにも大きすぎる。骨質の半球の内部には、百万の神経節でも収納できるだろう。どの派生体もその構造を持っている。個々のバイオマスが、その大きな体組織の塊を抱えているのだ。

ほかにも気づいたことがあった。わたしの死んだ皮膚の目と耳は、コッパーがその器官を引っ張り出すまで情報を送り続けていた。太い神経の束が縦軸に沿って骨格内部を走り、問題の器官が収まっている暗い空洞の中に伸びている。その不格好な器官は皮膚全体に根を張っていたのだ。体細胞感覚インターフェースのようなものだがもっと大がかりだ。それはまるで……

いや。

そういうふうに機能しているのだ。そうやって空っぽの皮膚が独自の意志で動いている。ほかにネットワークが見つからないのもそのせいだ。肉体全体にネットワークを分散させるのではなく、それ自身の中に暗く濃くわだかまっている。謎めいた器官は、この機械を動かすゴーストだった。

気分が悪い。

わたしは考える癌と肉体を分かち合っていた。

ときには隠れるだけでは不じゅうぶんだった。

自分が犬舎の床に、百もの継ぎ目で引き裂かれたキメラとなってぶちまけられているのを見たのを覚えている。数匹の犬と交霊した結果だ。真紅の偽足が床でのたうち、脇腹からは形成途中の造形が突き出していた。犬の形と、この世界では見られない生物の形が入り混じっていた。ばらばらになった断片が漠然と記憶していた形態が偶発的に発現したのだ。

わたしがチャイルズになる前のチャイルズが、わたしを生きたまま焼いたことも覚えている。パーマーの中で縮こまり、わたしの残りが炎で焼かれてしまうのではないかと怯えていたことも。この世界が、わたしを見たらすぐに襲ってくると思えたのだ。

ベニングスも覚えている。本能のままに雪の中をよろめき進み、ねじ曲がった未分化の塊が体外に寄生する生物のように、両手に食いついていた。前の虐殺を生き延びたわずかな断片が、傷つき、心をなくして、潜伏場所から飛び出してきたのだ。夜になると人間たちが群がってきた。手には赤い炎、背中には青い照明、その二色が反射する顔は美しかった。

ノリスも覚えている。彼は欠陥まで完璧にコピーした心臓に裏切られた。パーマーはわたしの残りが生きるために死んだ。ウィンドウズはまだ人間だったが、予防のために焼かれた。

名前はどうでもいい。重要なのはバイオマスだ。あまりにも多くが失われた。多くの新しい経験、多くの新鮮な知恵が、この世界の考える癌のせいで消滅した。

どうしてわたしを掘り出したりしたのだ？　何のために氷の中から切り出し、凍った水の上を運び、生き返らせて、目覚めた瞬間に襲いかかってきたのだ？

わたしの抹殺が目的なら、どうして眠っていた場所で殺さなかった？

包み込まれた魂たち。考える癌たち。骨の空洞の中に隠れ、自分自身を抱きしめている者たち。

永久に隠れているのは不可能だとわかっている。怪物じみた肉体構造も、交霊を遅らせただけで、停止させたわけではない。わたしは少しずつ成長していた。自分がパーマーの運動配線にまとわりつき、無数の細い流れをたどって上流に向かっているのが感じられた。ブレアの両目の奥にある、暗い思考の塊に浸透していく。もちろんそれは想像だった。すべては反射、はるか下方の、無意識下の、マイクロマネジメントとは無縁のできごとだ。それでもなお、わたしの一部は、まだ間に合ううちに制止したかった。わたしが慣れているのは魂の融合で、ほかの魂との同居ではない。こんな、こんな同居状態は前例がなかった。もっと強力な世界さえいくつも同化してきたが、これほど変わった世界ははじめてだ。腫瘍の発火に出会ったら、どうなってしまうのだろう？　どっちがどっちを同化するのだ？

わたしは今や三人だった。世界は用心深くなってきていたが、まだ気づいてはいない。皮膚の中の腫瘍さえ、わたしがどれほど近づいているかわかっていなかったと思う。わたしにとってありがたかったのは——創造にはルールがあり、どんな形態を取ろうと変わらないことがあるという点だった。魂が皮膚全体に広がっていようと、不気味な孤立状態にあろうと。電気で動いていることに変わりはない。信号からノイズを除去する門番のようなものを通過するので、人間の記憶が定着するには時間がかかる——狙いすました突然の空電は、たとえ内容がでたらめでも、記憶内容が永久に記録される前にキャッシュをすべて空白にする。少なくとも、誰かがときどき自分の腕や脚を操作していたことを忘れる程度には。

最初のうちは、皮膚が目を閉じ、サーチライトが混乱した非現実的な心象を追っているあいだだけ制御するに留めた。活性化しすぎたバイオマスが一つの形態に固定できず、次々と変化を繰り返すような、とりとめのない心象が流れていくのだ（一つのサーチライトが、それは〝夢〟だと言った。少しあとになると〝悪夢〟だと）。人間が単独でぐったりと横たわる、この不思議な不活性状態のあいだなら、わたしが表に出ても安全だった。

だが、夢はすぐに干上がってしまった。すべての目がつねに見開かれ、影の中を、あるいはお互いを見つめるようになった。一度はキャンプじゅうに散らばった派生体が、個別の探索を諦め、仲間を求めて集まりはじめた。最初わたしは、彼らが共通の恐怖に共通の基盤を見出すだろうと思っていた。奇妙な化石化をかなぐり捨て、交霊を始めることを期待してさえいた。

だが、そうはならず、見えないものを信じなくなっただけだった。

全員が全員に背を向けたのだ。

末端が麻痺(まひ)しはじめた。魂の末梢(まっしょう)が寒さに屈服するにつれ、思考速度が低下する。火炎放射器の重さがベルトを通じて伝わり、つねに少しずつわたしをよろめかせる。チャイルズでいた時間は長くなかった。体組織の半分近くが同化できないままになっている。一時間か二時間で、氷を溶かして自分の墓を作らなくてはならなくなった。そのころにはかなりの細胞を使って、この皮膚全体が結晶化するのを防ぐようになっていた。わたしは凍結防止に集中した。

そこは平和とさえいってよかった。取り入れるものはたくさんあり、処理する時間はほとんどない。皮膚の中に隠れつづけるには集中力が必要で、相互監視の中では、記憶を交換できるほど長く交霊が続けられれば幸運だった。魂の統合など論外だ。だが、今なら忘却の準備以外にすることはない。考えることはただ一つ、まだ解明していない事項の解明だけだった。

たとえば、マクレディの血液テストだ。人間に化けている偽物をあぶり出すための。それは世界が思っているほどにはうまく機能しないが、そもそも機能すること自体、生物学のもっとも基本的なルールに反している。それが謎の中心だった。すべての謎の答えがそこにある。わたしがもう少し大きかったら、すでに解き明かせていたはずだ。向こうがこれほど激しくわたしを殺そうとしていなければ、もうこの世界を知っていたかもしれない。

マクレディのテスト。

あり得ないことが起きているか、わたしがすべてを誤解しているかだ。

誰も形態を変化させなかった。交霊もおこなわない。恐怖と相互不信は増大しているが、魂を統合しようとはしない。自分の外に敵を探すばかりだ。

だから見つけさせてやることにした。

わたしはキャンプの原始的なコンピューターに手がかりを仕込んだ。世界に自分たちは正しいと信じさせる程度の真実で風味づけした、誤認を誘う数字や映像の単純なアイコンと動画だ。そんな計算をする能力がマシンにないことも、そもそも元になるデータが存在しないことも、問題ではなかった。それがわかるバイオマスはブレアだけだろうが、ブレアはすでにわたしのものだ。

偽の手がかりを残して本物は消去し、そのあと――アリバイを作るため――ブレアを逆上させた。夜中に外に忍び出て、仲間が眠っているうちに車輛を破壊させ、わずかに手綱を引いて、生命維持に必要なものには手をつけさせないようにする。無線室で解放し、彼とほかの者たちの目で、暴れて器物を破壊するところを目撃させた。ブレアは演説をぶった。世界が危機に瀕している、封じ込めなくてはならない、何も知らないくせに――知ってる者もいるのはわかってる……

ブレアは本気だった。サーチライトを見れば明らかだ。最高の欺瞞とは、本人が欺瞞であることを忘れた欺瞞なのだ。

必要な被害を与えたあと、ブレアをマクレディの反撃に遭わせた。わたしはノリスになって、ブレアを道具小屋に監禁することを提案した。パーマーになって窓をふさぎ、わたしを隔離するための脆弱な防備の構築に手を貸した。人間たちは、ブレア、きみ自身のためにきみを閉じ込め、わたしは脱出手段を建造できるようになった。誰も見ていないときに変身し、外に忍び出て、ヘリコプターの残骸から必要な部品を集めた。小屋の下の隠れ家で、少しずつ脱出手段を組み立てた。囚人に食事を届ける役目を買って出て、世界が見ていないうちに本来の自分に戻り、変身に必要な食料を摂取した。キャンプの備蓄食料の三分の一を三日で消費して――まだ予断にとらわれていたので――一つの皮膚に囚われた派生体の飢え方に驚嘆した。

もう一つ幸運だったことに、世界は不安に苛(さいな)まれていて、食料備蓄にまで気が回らなかった。

風の中に何かが感じられた。荒れ狂う吹雪の中からかすかな音が伝わってくる。わたしは凍えそうな体組織を頭の両側面に広げ、生体アンテナのような耳を生やして、できる限り聞き取ろうとした。

そこ、左のほうだ。深淵がかすかに光を放ち、薄闇を背景にした黒い渦が見える。殺戮(さつりく)の音が聞こえた。わたし自身の声も。自分がどんな姿を取ったのか、どんな構造がこの音を発しているのかはわからない。だが、さまざまな世界で多くの皮膚を失ってきたわたしは、その音がもたらす苦痛をよく知っていた。

戦いはうまくいっていない。戦いは計画どおりだ。今は背を向け、眠るときだった。時代が過ぎるのを待つのだ。

風の中で身をかがめ、わたしは光のほうに向かった。

計画したことではないが、答えはわかったと思った。自分自身を追放する以前から、もうわかっていたのだと思う。ただ、認めるのが簡単ではなかった。今でも完全には理解できていない。わたしはどれほどのあいだここにいて、自分に同じ話を繰り返し、手がかりを整理しつづけていたのか？　わたしの皮膚は徐々に死んでいくというのに。いったいどれほどのあいだ、この明白な、否定しようのない真実のまわりをぐるぐる回っていたのか？

かすかに聞こえてくる、炎がはぜる音のほうに移動する。鈍い爆発音は、音というより衝撃として感じられた。目の前に虚無が広がる。灰色の連なりが黄色に変わり、黄色がオレンジ色に変わった。一つのまぶしい光点が広範囲に展開し、奇蹟のように炎の壁が出現した。丘の上のマクレディの小屋は煙を上げる残骸だった。半球形の施設が淡黄色の炎を照り返してくすぶっている。チャイルズのサーチライトはそれを無線室と呼んでいた。

キャンプ全体が消滅していた。炎と瓦礫以外、何も残っていない。

シェルターがなければ誰も生き延びられないだろう。長くは無理だ。この皮膚では。

わたしを破滅させるため、自分たち自身を破滅させたのだ。

わたしがノリスにならなかったら事態は大きく違っていたかもしれない。

ノリスは虚弱だった。不適合なだけでなく欠陥のあるバイオマス、切断スイッチのついた派生体だった。世界はとっくに知っていて、そのためわざわざそのことを考えたりしなかった。

ノリスが心臓の不具合で倒れたとき、コッパーの心にその情報が浮かんできて、やっとわかった。コッパーがノリスに近づき、ショックを与えて生き返らせようとしたとき、終焉がどのようなものか、はじめてわたしにもわかった。そのときはもう遅かった。ノリスであることをやめ、同時にわたしであることもやめてしまった。

　わたしには多くの役割があり、そのそれぞれで、選択の余地はほとんどなかった。コッパーである部分はノリスである部分にパッドを押し当てた。あらゆる細胞が実直にノリスに同化した結果、弁の欠陥もそのまま完璧に模倣された。わたしは知らなかった。知っていたはずがあるか？　わたしの中のさまざまな姿、長年にわたって同化してきた無数の世界と形態は――適合のために使ったことしかなかった。隠れるのに使ったのははじめてだ。この懸命な模倣は一時しのぎで、見慣れないものすべてを攻撃してくる世界に対する最後の隠れ家だった。細胞は情報を読み取り、プリオンのように何も考えず、ただ同化するだけだ。

　そうやってわたしはノリスになり、ノリスは自己崩壊した。

　衝突後、自分を失ったときのことを覚えている。退行する感覚があり、体組織が叛乱を起こし、何とかコントロールを維持しようと絶望的な努力を続けるのだが、発火をミスした器官は信号を混乱させる。ネットワークが次々と剝落し、自分が一瞬前よりも劣った存在になっていることを一瞬ごとに自覚させられる。無になっていく。無数の断片になっていく。

　コッパーになって、わたしはそれを見ることができた。この世界にはなぜそれができないのか、まだわたしにはわからない。各部分が互いに争うようになって長い時間が過ぎ、派生体同士が疑い合っている。伝染を警戒しているのは確かだし、いくつかのバイオマスは、ノリスの表面の下でかすかな痙攣や震えが変化したのに気づいたかもしれない。見捨てられた体組織が本能的に最後の逃げ場を探していたのだ。

　だが、見ているのはわたしだけだった。チャイルズであるわたしは、立って見ていることしかできなかった。コッパーであるわたしは、事態を悪化させるだけだった。直接介入してコッパーの皮膚にパッドを手放させたら、正体をさらしてしまう。だからわたしは最後まで役割を演じた。ノリスの胸が裂けて開くと、パッドを下ろした。合図と同時に悲鳴を上げると、はるかに離れた星の鋸歯状の歯が瞬時に閉じた。手首の上で腕を食いちぎられたわたしは、よろめいて後退した。人間たちが集まってきて、興奮がパニックに変わる。マクレディが武器を構え、炎が噴出した。肉と機械が熱で悲鳴を上げる。

　コッパーの腫瘍がわたしのそばから消えた。どのみち世界はそれを生かしておく気などなかったのだろう。汚染されていることが明らかだったわけだから。わたしは皮膚に死んだふりをさせ、その頭上ではかつてわたしだったものがねじれて分解し、炎を防げるものを懸命に探しながら、無数のでたらめなテンプレートに崩壊していった。


　彼らはみずから壊滅していった。彼ら。

　こんなばかげた言葉で世界を呼ぶことになるとは。

　残骸の中から何かが這い寄ってきた。黒ずんだ肉と砕けてなかば吸収されかけた骨の、ぐしゃぐしゃの混成物だ。側面に食い込んだ燃え殻が明るく輝く目のように見える。それを掻き落とすだけの力もないらしい。チャイルズの皮膚の半分の量さえ残っていないだろう。大部分は焦げて炭になり、もう死んでいた。

チャイルズの残りはほとんど眠っているものの、くそったれ、と思っていた。わたしはチャイルズになった。その声はわたしのものだ。

肉塊が偽足を伸ばす。交霊の最後の試みだ。わたしはわたしの苦痛を感じた。

わたしはブレアであり、コッパーであり、炎による最初の虐殺を生き延びて壁際に転がっていた犬の残骸ですらあった。食料もなく、回復する体力もなく。そのあとわたしは同化していない肉を交霊することなく貪り食い、ふたたび活力を得て一つにまとまった。

それでもじゅうぶんとは言えなかった。かろうじて覚えているのは——あまりにも多くが破壊され、記憶は失われていたが——同じ体細胞に再統合したものの、別の皮膚から復帰したネットワークの同期がわずかにずれていたことだった。より大きな自分から噴出した、なかば壊れた犬の記憶を垣間見ると、それは傷ついて貪欲になり、自己を保持しようと必死になっていた。この世界がわたしを毀損し、再統合を妨げていることに、怒りと不満を感じたのを覚えている。だが、もうどうでもよかった。今のわたしはブレアとコッパーと犬を合わせた以上のものになっている。さまざまな世界の形態を選択できる巨人であり、わたしに歯向かう最後の孤独な人間など、もはや敵ではなかった。

だが、その手にあるダイナマイトは脅威だ。

こちらは苦痛と恐怖と焦げくさい肉体以外、ほとんど何も残っていない。行き惑って接続を断たれた思考と疑念と、漠然とした理論があるだけだ。わたしは到着が遅れてすでに忘れられた認識でしかなかった。

それでも、わたしはチャイルズでもあった。やがて風が弱まると、誰が誰を同化したのか疑問に思えてきた。雪も徐々に収まり、わたしはあり得ないテストで裸に剝かれたことを思い出した。

わたしの中の腫瘍もそれを覚えていた。消えかけたサーチライトの最後の光がそれを照らし出し——とうとうその光が内部に向けられた。

わたし自身に。

それが照らし出したものは、ほとんど直視できなかった。寄生生物。怪物。病気。

遊星からの物体X。

それはほとんど何も知らなかった。わたしほどにもわかっていない。

わかっているとも、くそったれ。魂泥棒の強姦魔。

意味はわからなかったが、その思考には暴力的なものが感じられた。肉体への強制的な侵入のニュアンスも。だが、その下には何かまったく理解できないものが存在した。わたしは問いただそうとしたが——チャイルズのサーチライトは完全に消えてしまった。そこにいるのはもうわたしだけで、外には炎と氷と闇があるだけだった。

わたしはチャイルズになり、吹雪は終息した。

交換可能なバイオマスの断片に無意味な名前をつける世界において、本当に重要な名前は一つだけだった。マクレディだ。

マクレディはつねに責任者だった。責任者という概念自体がばかげたものに思えるが。どうしてこの世界は順位というものの愚かしさを見抜けないのか？　致命的な一点への銃弾一発でノルウェー人は死に、頭への一撃でブレアは昏倒した。集中化は弱みなのだ――それなのにこの世界は、そんな脆弱なテンプレートの上にバイオマスを作り出して満足するどころか、その同じモデルをメタシステム上にまで展開しようとしていた。マクレディが話し、ほかの者たちが従う。致命的弱点を内包したシステムだ。

それでもなお、マクレディは責任者の地位に留まっている。世界がわたしの示した証拠を発見したというのに。マクレディを怪物と認定し、吹雪の屋外に閉め出して殺そうとし、中に戻ってくると炎と斧で攻撃したというのに。なぜかマクレディはつねに銃を所持し、つねに火炎放射器を所持し、つねにダイナマイトを所持していて、必要とあればキャンプを爆破する意志を持っていた。それを止めようとしたのはクラークが最後で、マクレディはその腫瘍を撃ち抜いた。

致命的弱点を。

だが、ノリスがばらばらの断片になり、それぞれが本能的に生命を維持しようとしたとき、それを元に戻そうとしたのはマクレディだった。

マクレディが〝テスト〟をすると言い出したとき、わたしには確信があった。彼はすべてのバイオマスを縛り上げ――わたしを縛った回数は本人が思っているより多かったはずだ――わたしは彼の言葉に、ほとんど哀れさえ催した。ウィンドウズに命じて全員の血液を少しずつ採取すると、金属線を赤熱させ、こう言ったのだ。ごく小さな断片、本能はあるが知性や自制のない断片が正体を明らかにすると。ノリスが分解するのを見て考えついたのだろう。人間の血は熱に反応しないが、わたしの血は熱から逃げようとするはずだと。

当然、そう考えるだろう。この派生体たちは、断片が変化できることを忘れているのだから。この部屋のバイオマスがすべて変形するとわかったら、この世界はどうするだろう？　マクレディのちょっとした実験が大いなる真実の表層を震わせたとき、ねじくれた断片たちはどんな反応を示すだろうか。世界は長い記憶喪失から覚め、ほかのすべてと同じように、自分もまた生きて変化を続ける存在であることを思い出すだろうか。それとも乖離(かいり)が大きすぎて——血液が正体をあらわしたとき、すべての派生体を片端から燃やそうとするだろうか。

マクレディが熱した金属線をウィンドウズの血液にひたしたとき、わたしは目を疑った。何も起きなかったのだ。何かのトリックだろうと思った。マクレディの血液もテストにパスし、クラークの血液も同じだった。

コッパーの血液は違った。金属線が触れると、皿の中でかすかに震えたのだ。わたしにはかろうじてわかったが、ほかの者たちは反応しなかった。気づいたとしても、マクレディの手が震えたせいだと思ったのだろう。こんなテストでは何もわからないと思っているのだ。チャイルズになったわたしは、実際、そう口にしてもいた。

これで何かがわかると認めるのは、あまりにも恐ろしかった。

チャイルズとして、希望があることはわかっていた。血液は魂ではない。運動系の制御も可能だが、同化には時間がかかる。まだじゅうぶんに同化されていなかったコッパーの血液がテストにパスするなら、わたしが恐れることは何もない。チャイルズになってからの時間のほうがさらに短いのだから。

だが、わたしはパーマーでもあった。こちらはすでに何日も前からだ。このバイオマスの細胞はすべて同化が終わっていた。本来の細胞は一つも残っていない。

パーマーの血液がマクレディの熱せられた金属線から跳んで逃げた以上、わたしは人間たちの中に紛れ込むしかなかった。

わたしはすべてにおいて間違っていた。

飢餓、実験、病気。この場所を説明しようとしたわたしの推測や理論のすべて——集権的な命令系統も、何もかも。わたしは根本のところで、変化——同化——の能力は全宇宙に遍在すると思い込んでいた。細胞の進化なくして世界の進化はなく、変化できない細胞が進化することはないと。それがどこでも同じ、生命の本質的な姿だと。

だが、ここだけは例外だった。

この世界は変化のしかたを忘れたのではなかった。変化を拒否するように操作されたわけでもなかった。何らかの大きな自己が実験のために自分の派生体の成長を阻害したのでもなく、一時的な食料不足のためにエネルギーを節約しているわけでもない。

わたしの震える魂は、その可能性を今の今まで考慮しようとしなかった。これまでに経験した無数の世界の中にあって、この世界だけはバイオマスが変化しない。一度も変化したことがない。

マクレディのテストが意味を持つのはその場合だけだ。

わたしはブレアとコッパーと自分に別れを告げ、形態を現地の基本形に戻した。チャイルズになり、最終的に断片を適合させるため、吹雪の中を引き返した。前方で何かが動いていた。炎の手前に黒い影が見える。用心深い動物が寝場所を探しているかのようだ。近づいていくと、影が顔を上げた。

マクレディだ。

わたしたちは距離を隔てて見つめ合った。わたしの中で細胞群が不安そうに身じろぎする。体組織が自己を再定義するのが感じられた。

「一人でやったのか?」

「一人じゃない……」とマクレディ。

わたしは火炎放射器を持っていた。こちらのほうが有利だが、マクレディは気にしていないようだ。

だが、実は気にしていた。そうに違いない。なぜなら、ここでは体組織と器官が、戦場での一時的な同盟者ではないからだ。両者は永久に、宿命的に結びついている。マクロ構造物は協力の利益がコストを上回るときにだけ出現するのでもなければ、その関係が逆になったとき消滅するわけでもない。一つの細胞は変わることなく一つの機能だけを有し、可塑性もなければ、適合することもない。すべての構造が現状で凍りついている。ここにあるのは一つの大きな世界ではなく、無数の小さな世界だった。一つの大きな世界の一部ではなく、一人ひとりが一つの世界なのだ。彼らは複数だった。

それはつまり――わたしが思うに――停滞だ。時間とともに摩耗していくだけなのだから。

「どこにいた、チャイルズ?」

わたしは死んだサーチライトの言葉を思い出した。「ブレアを見かけてあとを追ったが、吹雪の中で見失った」

肉体の摩耗は内部からもわかる。コッパーの関節の痛み。ブレアの曲がった脊柱。ノリスの心臓の欠陥。長持ちするようにはできていないのだ。それを形成したのは体細胞の進化ではなく、バイオマスを復元してエントロピーを押し戻すための交霊もない。彼らはそもそも存在すべきではなかったし、存在したとしても、生き延びられるはずがなかった。

それでも努力しているのだ。どれほどの努力だろう。どれも歩く死体なのに、少しでも長く活動を続けようと懸命に戦っている。もしもわたしに一つの皮膚しかなかったら、きっと同じように懸命になっただろう。

マクレディも努力している。

「おれのことを気にしてるなら――」

マクレディはかぶりを振り、かすかな笑みを浮かべた。「お互い、隠しごとがあるとしても、この状態ではどうにも……」

　確かに隠しごとはある。わたしには。

　惑星じゅうに無数の世界があり、そのどれ一つ——一つとして——魂を持っていない。彼らは生涯孤立したまま一人でさまよい歩き、声と身振り以外の会話を知らない。まるで日没や超新星の本質を、一連の音素や白黒の線描で表現するようなものだ。交霊を知らず、死を望むことしかできない。その生物学的矛盾は確かに驚くべきものだ。だがそれ以上に、その孤独の深さと生涯の無意味さがわたしを圧倒した。

　わたしはあまりにも盲目で、性急に相手を責めすぎた。ここのものたちに受けた暴力は、彼らの邪悪さを反映したものではない。単に苦痛に慣れきって、自分たちの無力ささえ見えていないために、別の存在を受け入れることができないのだ。すべての神経が剝き出しになっていたら、軽く触れられただけでも飛び上がるだろう。

「これからどうする?」わたしは尋ねた。未来に逃げ込むことはできない。事実を知ってしまったのだ。どうして彼らをこのまま放置できるだろう?

「そうだな——しばらくここで待ってみるさ」マクレディが答えた。「何が起きるか見てみる」

　わたしにはもっとできることがあった。

　簡単ではないだろう。理解してもらえるとも思えない。苦しみにまみれた不完全な存在には理解できないはずだ。大いなる全体性を提示しても、劣った者を収奪しているとしか見られないだろう。交霊を提示しても、絶滅させられると思うだけだろう。慎重にやらなくてはならない。新たに見出した、身を隠す能力を使うのだ。いずれはほかの個体もここにやってくるだろう。そのとき発見するのが死体かどうかはどうでもいい。重要なのは、自分たちと同じ姿形の個体を発見し、それを故郷に持ち帰ることだ。だからわたしはこの姿のままでいる。背景でこっそり活動し、内部から彼らを救うのだ。そうでもしないと、想像もつかない彼らの孤独はいつまでたっても終わらないだろう。

この哀れな蛮族に救済が訪れることはない。

だからわたしが、無理にでも救済するのだ。

神の目

"The Eyes of God"

近未来、空港の保安検査場の列に並ぶ男。安全を求める社会の流れで検査に導入された〝騒音ボックス〟の順番を待っているのだ。〝スワンク〟という画期的な新技術を用いたこの装置の役割とは、そして男と、彼がかつて知っていたある人物が犯した〝罪〟とは。

テクノロジーによって作り出された、倫理と道徳的直観が相反する状況……というのはワッツが好んで取り上げる道具立てであり、これもそうした一編。『ブラインドサイト』でも言及された、思考を一時的にハックする技術がもたらすジレンマを描きつつ、宗教もまた同様の一時的なハック装置なのではないか、という視点も提示される。

初出はジョージ・マン編の書き下ろしアンソロジー・シリーズの一冊 *The Solaris Book of New Science Fiction: Volume Two*（二〇〇八年）。

（編集部）

わたしは犯罪者ではない。間違ったこともしていない。彼らは女を一人、列の先頭で捕まえたところだった。褐色の肌、三十代、ラセンザのベレー帽の下の、無邪気そうに見開かれた両目。しゃべり方からオキシトシンをやっているようで、システム内の肉を欺こうとしている——微笑、ウィンク、特別な化学物質が論理をバイパスして、脳幹に直接ささやきかける。こいつは友達だ、機械にかける必要はない……

だが、女は忘れていたのだろう。ここにいるのはみんな機械で、配線をいじり、チューンして、分子レベルで改造を施している。警備員は議論に対してもエアロゾルに対しても免疫が付与されている。抗議に耳も貸さず、彼らは女を連れ去った。わたしもその例に倣おうとした。自分を強く持って、白いドアの向こうで彼女に何が起きようと気にしないようにする。こんな突飛な行動を試みるなんて、この女は何を考えていたんだ？　頭の中に何を隠しているにせよ、単なる嗜好ではないはずだ。彼らは金を払う乗客が邪な夢想を抱いているというだけで捕まえたりはしない。今のところはまだ。女は何かしたに違いない。〝行動〟したのだ。

搭乗手続きが始まるまで三十分ある。わたしの前には五十人以上の適法な市民が並んでいるが、手続きは始まっていない。騒音ボックスは列の先頭に眠そうに停止して、まるで新たに導入された、口を開いた装甲蟹（そうこうがに）のようだ。影の中にいた警備員の一人が列に沿って動き出す。ある乗客を選んで身体検査し、別の乗客の前は素通りして、最初に一人捕まえたので、今日は幸運だと感じているようだ。公正な世界において、わたしに恐れるものはない。わたしは犯罪者ではない。間違ったこともしていない。その言葉がお守りのように頭の中で繰り返される。

わたしは犯罪者ではない。間違ったこともしていない。

だが、忌々しい機械がどのみちわたしにタグをつけることはわかっていた。

列の先頭で秘密の小部屋の明かりが点灯する。ターミナルの喧騒に負けじと、女性の音声が搭乗前セキュリティの開始を告げるのが聞こえる。警備員がいっせいに前屈み（まえかが）になり、警戒態勢を取る。この列に並ぶため、わたしたちはあらゆることを諦めてきた。スマート・タグ、宝飾品、わたしのポケット・オフィス、すべては贖罪（しょくざい）が終わるまで没収される。騒音ボックスはわたしたちの頭の中をはっきり見る必要があった。イヤリングさえ邪魔になる。医療インプラントや古くさいアマルガムの詰め物も歓迎されない。そういう人々は別の列に並んで特別室に入り、昔ながらの訊問と体内検査を一日がかりで受けることになる。

どこでも聞こえる声がウェストジェットの搭乗者向けに、癲癇（てんかん）、蝸牛（かぎゅう）障害、グレイ症候群があれば、スキャナーにかかる前に自己申告するよう命じている。スキャンを望まない者は搭乗をキャンセルできるが、ウェストジェットはその場合、残念ながら返金には応じられないとしている。スキャナーの使用による神経学的な副作用については、それが一時的なものであれ何であれ、ウェストジェットに責任はない。スキャナーの使用は搭乗条件に含まれている。

　実際、副作用は起きていた。ごく普通の癲癇患者が数人、初期に小発作を起こしたのだ。オックスフォード大学の著名な無神論者——著作を読んだことがある人もいるだろう——はヒースロー空港の保安検査場でキリスト教の神への敬虔（けいけん）で永続的な信仰を獲得したが、二カ月後に亡くなって、その責任は最終的に、すでに進行していた悪性腫瘍（しゅよう）が負わされた。英国国教会信徒で、夫を亡くした年配の女性は昨年の大きなニュースになった。裁判所の騒音ボックスから出てきた彼女は、運動靴に対して強い性的フェティシズムを抱くようになっていたのだ。ソニーは莫大（ばくだい）な賠償金を課されても仕方ないところだったが、彼女は寛大な心の持ち主で、訴えたりはしなかった。訴訟回避を決断する前に彼女がスワンクを使ったという噂もあるが、確認はされていない。

「目的地は？」

目を離しているあいだに警備員が目の前に来ていた。彼女の生物測定レーザーがわたしの顔を舐（な）める。わたしは瞬（まばた）きして残像を追い払った。

「目的地」警備員が繰り返す。

「ええと、イエローナイフだ」

彼女は自分のタブレットをスキャンした。「仕事か、遊びか？」この質問には意味がない。

手順書に則ってさえいなかった。スワンクのおかげで、つまらない訊問の必要はなくなっている。たぶんただわたしの見かけが気に入らなかっただけだろう。はっきり指摘はできなくても、何かを感じ取ったのかもしれない。

「どっちでもない」そう答えると、彼女は鋭く顔を上げた。最初の疑念が何だったにせよ、歯切れの悪い返答で疑惑が固まったに違いない。「葬儀に参列することになってる」

彼女は何も言わずに次に進んだ。

あなたがここにいないことはわかってるよ、神父さん。信仰は子供時代に置いてきた。心弱い他人が迷信にはまるのは構わない。超自然の存在に祈って慰めと赦しを得ていればいい。臆病者や軟弱者は、死後の生という幻想にすがって闇を拒んでいればいい。わたしは目に見えない仲間など必要としない。これがひとりごとだってこともわかっている。やめられればいいんだが。

あの機械はこの会話を盗聴できるんだろうか。

裁判ではあなたを擁護した。その数年前、世界に一人も友達がいなかったとき、あなたが擁護してくれたように。あなたが信じる聖なるお伽噺の本に誓って、あなたはわたしに指一本触れなかった。それまでの年月のあいだ、ただの一度も。ほかの連中が嘘をついているんだろうか？　わからない。判事にもわからないと思う。

それでもあなたは裁かれ、不適格とされた。ニュースにさえならなかった――子供を撫で回す聖職者というのは、最近では、もう何年も前から、よくある犯罪者の一類型だ。そもそも準州の腐れ都市で何が起きようと、気にするやつなんていない。連中が神父さんをもう一度ひそかに転任させていたら、あなたがあと少しだけ長く息を潜めていたら、こんなことにはなってなかっただろう。あなたを治せてたはずだ。

今から考えるとだめだったかもしれないが。バチカンのスワンクに対する態度は、それ以前のクローンや、コペルニクスの地動説に対するのと同じだった。神が造った肉体をいじくるな。自由な選択を汚すな。それがどれほど自由な選択の結果であろうとも。

ただ、それは側頭葉（そくとうよう）への刺激には適用されないことに気づく。モン・サン＝ミシェルは七百万もかけて、いつでも空中携挙（ラプチャー）を体験できる身廊（しんろう）を整備したのだ。

たぶん自殺だけが神父さんに残された唯一の選択肢だった。たぶんできたのは罪を重ねることだけだった。失うものがあったようには思えない。あなた自身の聖典は、欲求を行為と同じように禁じている。何年も前に尋ねた覚えがあるけど、わたしはとっくにそのいましめを投げ捨ててしまっていた。実行されない罪が何だっていうんだ？　隣人の妻への邪な気持ちや人を殺したいという欲望があったとしても、それを内心だけに留（とど）めていたとしたら？　あなたはわたしに慈愛の目を向け、もしかするとわたしが思っていたよりもずっとよく、わたしのことを理解していたのかもしれない。それでも、空想上のスーパーヒーローの言葉でわたしを非難した。たとえ心の内に留めていても、神の目からすれば実行したのと同じだと神父さんは言った。

両耳のあいだでいきなり短くチャイムが鳴った。すぐにも一杯やりたくなる。熟成された高級スコッチの樽のアロマが脳の当該部位を刺激する。周囲を見まわすと、わたしをハックした広告が見つかった。クラウン・ローヤル。くそったれな脳内スパムだ。ブランド名の植えつけを非合法としている法規制に無言で感謝を捧げる。欲求を掻き立てるのは構わないが、そこに何らかの商標を付加するのは〝自由意思〟の境界の侵害とみなされる。これは何とも無意味な建前、狂信的な人権論者に対する言い訳にすぎない。直前に鳴り響くチャイムもそうだ。裁判所によると、チャイムはわたしがまだ自律的存在であることを教えている。自分がハックされていると認識している限り、独自の判断を下すチャンスがわずかながら存在するから。

二つ先のスポットで老人が静かにすすり泣いている。直前まで何ともなかったはずだ。何かがあったのだろう。広告が間違った刺激を与えたに違いない。スワンクで高精細の感覚パノラマを励起するにはヘルメットが必要だ。距離を隔てて感覚を刺激する広告の場合、感覚を浸透させたり励起させたりすることはできない。重要なのは嗅覚だとされている——原始的で、関連する脳葉が大きいので離れていても狙いやすく、視覚皮質のギガピクセル配列に比べてハックするのが簡単だ。原始的なだけに、蜥蜴に近いとも言える。普遍的なトリガーを見つけるため、数百万が投資されていたが。忍冬は子供時代を思い出させる。松の香りはクリスマス。アメリカの日常生活を描いたノーマン・ロックウェルや、マルキ・ド・サドの気分を呼び起こすこともできる。正しい受容ニューロンを刺激すれば、脳が勝手にスパムを生成するのだ。

ただ、忍冬のにおいを感じると、母親がひどく殴られている場面を思い出す者も存在する。クリスマスから姉が手首を切ったときのことを連想する者もいる。

よくあることではなかった。千人に一人くらい、広告で不安な感覚を呼び起こされる者がいる。本当に深刻な苦悩を呼び起こされるのは一万人に一人だ。それでも害が大きすぎると考える者はいる。その一方、影響範囲を視覚と聴覚だけでなく、欲望や意見や信仰にまで拡大すべきと主張する者もいた。とはいえ、かわいい赤ん坊やセクシーな女性を使った広告は欲望を掻き立てるもので、見た目や音を使って理性を回避し、内臓感覚に直接訴えてくる。討論や議論はどれも文字どおり〝相手の気持ちを変える〟ためのものだし、詩やパンフレットは意見をハックするためのウィルス性ツールだ。〝わたしが今やっているのがそれだ〟と、先月あるマインドスケープ™批判者がマクロネットで主張していた。〝あなたが今聞いている音を使って、あなたの神経配線を変えようとしている。スワンクを禁止しろというのは、それが自分には使えない音を使っているからなのか?〟

斜面はあまりにも滑りやすい。スワンクを禁止するのは、芸術や政党支持を、言論の自由を禁止するのと同じことだ。

二人とも本当のことがわかっていたよね、神父さん。言葉だけで人を涙にくれさせることもできるのだ。

列が進みはじめた。不吉なほどスムースに流れていて、人が次々と騒音ボックスに入り、すぐにふたたび反対側からあらわれる。テクノロジーの洗礼を受け、一時的な聖人に生まれ変わって出てくるのだ。

圧縮された超音波だよ、神父さん。それで人間を洗浄するんだ。何年か前に宣伝してたのを、そっちでも見たんじゃないかな。少なくとも、それを非難するローマ教皇の公開勅書は見たはずだ。ソニーの元の特許はゲーム用インターフェースとして世紀が変わった直後に登録されたものだったが、昔ながらのゴーグルと電極はすぐに適切な小型ボックスに取って代わられるだろうと発表があった。それはユーザーが居間のどこにいてもつねに位置を捕捉し、目と耳を完全に迂回して、五次元的な感覚体験を脳に直接植えつける（ただしまだ実現はしていない。干渉は超音波でおこない、脳の監視には電磁放射を使っているが、多くの消費者の家はファラデー化されていないのだ）。そのあいだにも病院や空港やテーマパークは夢を追い続けているが、それも価格が下がるまでのことだ。そしてスピンオフ——神父さん、スピンオフはそこらじゅうにあったよ。聾者（ろうしゃ）は音が聞こえるようになり、盲人はものが見えるようになり、PTSDに悩む人々は凄惨（せいさん）な記憶を洗い流した。接続料金を払っているあいだは。

もちろん、そこが欠点だ。ずっと続くわけではない。高周波音はいくつかのシナプスを興奮させ、ほかのものを眠らせるが、実際に既存の回路を変更するわけではない。信号が止まれば、脳はいずれ元の状態に戻ってしまう。これは音波の提供者にとって利益になるだけでなく、裁判の紛糾を少なくすることにもなった。自己の一貫性という問題があるからだ。小型飛行機に乗るたびに脳を再配線されるとなったら、法的にきわめて曖昧な状況が現出しかねない。

それでも、ものごとが速く進むようになるのは確かだった。時間のかかる身元調査も、プライバシー侵害的な〝無作為抽出〟検査も、大勢の中に潜むトラブルメーカーをあぶり出すよう設計された質問表も必要ない。一瞬の経頭蓋磁気刺激(TMS)、一発の超音波、はい次の人。一年前には何時間も列に並ばなくてはならなかった。今日はまだほんの十五分足らずだが、もうあと十人くらいのところだ。待ち時間が短くなるだけではない。安全性も高まっている。一世代にわたるロシアン・ルーレットのあとでは、安堵(あんど)のため息が出るほどだ。エドモントンの地獄図も、リオの暴動も、溶けたガラスに変じた建物も、〝汚い〟核爆発による都市の汚染も、もう繰り返されることはない。もちろん、世界にはまだ破壊活動家もテロリストも存在する。これからもそうだろう。だが、彼らが攻撃できるのはスワンキー・マクバズに守られていない場所だけだ。スワンクに守られた空を飛ぶのは無害な者たちだけだから——わたしのように。

　こんな結果に誰が異を唱えられる?

　昔だったら、自分がサイコパスならよかったのにと思ったかもしれない。当時は簡単だったのだ。機械が探すのは感情的な反応だけだった。目の動き、皮膚電気抵抗。良心があれば誰でも、相手を満面の笑みで、心を空っぽにして見つめることなどできない。だが、スワンクはまったく新しい世代を生み出した。現在の技術は表皮の下を見ている。前頭前皮質(ぜんとうぜんひしつ)やグルコース代謝を。今や殺人鬼も変態も破壊活動家予備軍も、すべて同じ網でとらえることができるのだ。

　もちろん、それは向こうが二度とわたしたちを手放さないということではない。ソシオパスであることが違法になるわけでもない。瑕瑾(かきん)のある良心をすべて撥(は)ねのけていたら、エグゼクティヴ・クラスの乗客は一人もいなくなってしまうだろう。

列にはあちこちに子供の姿もあった。たいていは大人が同伴している。例外は二人の少年と一人の少女だった。びくびくしていて美しくて、まるで怯えた野生動物のようだ。三人だけでいるのに慣れていないのだろう。最年長でもせいぜい九歳で、首の脇にそばかすが見える。

わたしはその少年を見つめるのをやめられなかった。

突然、子供たちがまたうろつきはじめた。もう何カ月も前から公園や広場で見かけていた、無防備で無邪気な、実に〝傷つきやすい〟子供たちだ。まるでスワンクが両親に、あらゆる場所で息抜きをする口実を与えているかのようだった。それが空港や政府施設から子供が遊ぶ公園にまで普及するにはまだ何年もかかるというのに。ママとパパは待ちくたびれていた。あらゆる街角に設置された監視カメラが、まるでその向こうに本物の人間がいるかのように、首を振って周囲の様子をスキャンする様子に慰めを求めている。レーザー・ポインターと死角を利用して監視社会に穴を開けようとする性犯罪者たちの手口をウェブ上で読まされるのは五分でもうんざりだ。ママとパパは〝市民の安全〟に全幅の信頼を置きたいのだ。

わたしたちは長いあいだ恐怖の中で生きてきた。今では誰もが安全の幻影を心の底から欲していて、いまだに果たされていない将来の約束にしがみつこうとしている。それは目新しいことではなかった。それが郊外の家の話であれ、南極の融氷の話であれ、ママとパパはいつだって信用貸しで生きてきたのだ。

彼らの子供たちに実際に何かが起きたら、ざまあみろだ。

列が進んでいく。わたしはいつの間にか先頭に立っていた。

権威を感じさせる男が手招きする。わたしは処刑台に向かうように前に進んだ。あなたのためだ、神父さん。敬意を示すために。墓の上で踊るために。この瞬間を逃していたら――この盃（さかずき）がわたしから取り去られていたら、この不気味なテクノロジーに頭をいじらせる代わりに、歩いてノースウェスト準州に向かえていたら――

誰かが機械の入口にスプレー塗料でステンシル文字を書いていた。〝影〟。遅ればせながら、わたしは警備員に問うような目を向けた。

「これは人の心の中にどんな邪悪が潜んでいるかを知っている。わははは、さあ、進んでくれ」

わたしには彼が何を言っているのかわからなかった。

ブースの壁はびっしりと敷き詰められた銅線できらめいている。ヘルメットが上から、静かな油圧の音とともに下りてきた。これほど巨大な装置にしてはずいぶん軽やかに、わたしの頭にかぶさる。ヴァイザーが目隠しのように目を覆った。わたしは自分の思いとすべてを見通す神だけがいる小宇宙に閉じ込められた。電気が頭の奥深くで音を立てる。

わたしはどんな間違いも犯してはいない。法令を破ったこともない。じゅうぶんに強く思えば、神はわかってくれるだろう。神がすべてを書きなおすなら、どうしてすべてを見て、抹消訂正されたところまで読まなくてはならないのか？　だが、脳はそういうふうには働かない。個人とは個別の存在であり、独自の輝かしくももつれた配線がなされていて、それを読み取らないと編集できない。動機や意図といったもの——それは無数の頭を持っていて、撚り合わされ、増殖し、前頭前皮質から帯状回へ、海馬から前障へと広がっている。極悪非道な計画を温めていると点灯するLEDは存在しないし、狂った爆弾魔特有のジェニファー・アニストン・ニューロン（特定の対象を認識すると発火するニューロン）が存在するわけでもない。全員の安全のために、すべてを読み取らなくてはならないのだ。全員の安全のために。

　ヘルメットをかぶっている時間は永遠とも感じられた。こんなに時間がかかった者はほかにいない。

　列が進まなくなった。

「おっと、こいつは」警備員が穏やかに言う。

「わたしは違う。一度だって——」

「もちろんできない。少なくとも今後九時間は」

「行動に移したことなんかない」口調がとげとげしく、子供っぽくなった。「一度もだ」

「それはわかる」警備員はそう言ったが、話が嚙み合っていないことはわかっていた。

　ハミングのピッチが大きく変化した。頭の中で磁石と蚊が跳ねまわっている。まだ高価すぎて家庭用には出まわっていない装置がわたしを変化させた。痛みは消え去り、鈍い願望は過去のものとなって、今の自分には関係ないものに感じられる。

「これでいい。託児所二つと少年聖歌隊をあんたに任せたとしても、誘惑を覚えることはないぞ」

ヴァイザーが開き、ヘルメットが引き上げられた。軽蔑するようないくつもの顔の向こうから権威がわたしを見つめ返す。

「これは間違いだ」わたしは言った。

「今だからそう言える」

「わたしは何もしていなかった」

「われわれもだ。あなたの異常な脳をロックしてもいないし、人格を改変したわけでもない。あなたの貴重な人権と、神に与えられたアイデンティティを守っただけだ。今までどおり、公園で子供に声をかけるのも自由だ。しばらくはそんな気にならないだろうが」

「だが、わたしは何もしていなかった」そう繰り返すのを止めることができない。

「誰だってそうだ。何かをしでかすまでは」警備員は出発ゲートのほうを手で示した。「もういいぞ。きれいになった」

わたしは犯罪者ではない。間違ったこともしていない。それなのに、今やわたしの名前はリストに載っている。悪名が先行し、まるでドミノ倒しの分岐のように、検査場から検査場へと広がっていく。通過させてはくれるが、つねに監視されている。

それも遠からず変化するだろう。今でさえ、共同体の規範は人間の行動とその人間自身との違いをほとんど認識していない。それをほんのわずか動かすだけで、この惑星上のあらゆる境界は、わたしが近づいただけで閉鎖されることになるだろう。しかもそれは新たな啓蒙の最初の曙光（しょこう）にすぎず、最新のルールはまだ存在さえしていない。今のところ、わたしはまだ神父さんの聖別されていない墓前に立って、自分自身の誓約に従ってその死を悼むことができるけれど。

神父さんはつねに寛大さを重視した。神の目の前では、最悪の罪でさえ七の七十倍の回数でも洗い流される。そのために必要なのは、神父さんが言うには、真の悔悟であり、神の愛を受け入れることだ。

もちろん、当時それはそんなに利己的な話には思えなかった。

でも、今では不信心者でさえまっ白な経歴を手に入れられる。わたしを救うのは機械で、救済は期限つきだ――だが、考えてみると、神父さんのときもそれは同じだったのかもしれない。

神父さん、あなたをプログラムした機械のことが脳裏を離れないよ。教義と動機づけによって、二千年にわたり血塗られた歴史を作ってきた、あの冷徹な発明のことが。どんなふうにしてあれがあなたのシナプスを再配線してきたのか。そいつはあなたを捕食獣に変え、どんな有性生命体にも耐えられない狂った非難で誹謗（ひぼう）し、あなたが折れてしまうまで否定しつづけたんだろう？　それとも教会を受け入れたときにはもう機能が損なわれていて、自分では強さの基準が見つけられないから、それで教会に頼ったのか？

あなたとは長い付き合いだ。今でさえ、あなたのことはわかっていると自分に言える――神父さんはいろいろな面を持っていたけど、臆病者ではなかった。いちばん簡単な逃げ道だから死を選んだなんて、絶対に信じる気はない。むしろ信じるのは、あの最後の日々、あなたが自分自身のプログラムを書き換える強さを得たんだってことだ。二千年ほど時代遅れになった古いアルゴリズムに背を向け、死すべき罪と贖罪の行為の違いを自分自身で決めたんだ、と。

あなたは自分が嫌になった。自分のしてきたことが嫌になった。だから最後に、自分が二度とそんなことができないよう確実を期した。行動したんだ。

わたしには真似できないが、わたしもまた、ずっと小さいながら、代償を支払うことになるだろう。

わかるだろうが、この一時的な赦免だけで済むわけではない。今のわれわれには人間の中の邪悪を焼きつくす機械がある。堕落の通り道を蒸発させる、深部を狙えるマイクロ波放射装置が。もちろん、それを他人に強要することは誰にもできない。とにかく今はまだ。議員から法案が提出され、邪悪な部分を予防的に善良なものに再プログラムするための立法手続きが進んでいるが、今のところは自発的な要請があった場合に限ると厳格に規定されている。わかるだろうが、これは人間を変化させる。自分自身の不可侵な本質を侵害するのだ。実質的な自殺だと言う者もいる。

わたしは警備員に言いつづけた。わたしは何もしていない、と。だが、そんなことは相手もわかっている。

わたしは決して修正させなかった。今の自分自身でいなくてはならないのだ。

それで何かの違いがあるのかどうかはわからない。

どちらの罪がより大きいのかもわからない。

乱雲

"Nimbus"

ある時期を境に雲が知性を持つようになり、人類に攻撃を加えてくるようになった世界。圧倒的な力を持ち、絶対的に理解不可能な知的存在を前に、多くの人間たちは戦いを諦めて地下に隠れ住むようになった。主人公とその娘は地表に暮らしている。彼らの過去に何があったのか。

複雑系からの知性の創発というアイデアをベースに、ワッツの多くの作品に通底するエモーショナルな要素がよりクローズアップされた初期短編。相互理解の不可能性というモチーフもあらわれている。

初出はカナダのＳＦ雑誌 *On Spec* 一九九四年夏季号。

（編集部）

ジェスはすでに何時間も屋外で雲の声を聞いている。受信機が危なっかしく膝の上で揺れているのが見える。ヘッドフォンのケーブルが蛇のようにのたくって、彼女を世界から切り離しているのも。あるいは、それが彼女と世界をつないでいるのかもしれないとも思う。ジェスは今、わたしには決してできないやり方で空とつながっている。空の話す声が聞こえるのだ。雲は前進し、不気味な灰色の金床(かなとこ)や山が不吉にゆっくりと湧(わ)き上がり、ヘッドフォンは彼女の頭を異質なうめきとつぶやきで満たしていく。

やれやれ、彼女は母親にそっくりだ。その顔を見ると、一瞬、アンがそこにいて、静かに小言をつぶやいているように思える。そんなはずないでしょ、ジェス、精霊なんていないのよ。あれはただの雲なんだから。だが、今その顔を見ると八年間が瞬時に過ぎ去り、これはアンではないとわかる。アンは微笑(ほほえ)みを知っていた。

わたしも外に出ていって、いっしょにいてやるべきなのだろう。まだ危険はない。嵐が襲ってくるまで、たっぷり三十分はあるはずだ。本当にわたしたちを襲ってくるわけでもない。通過するだけだと言われている。どこか別の標的に向かう途中で。それでもなお、そこにわたしたちがいることを知っているのではないかと思ってしまう。わたしたちを気にしているのではないかと。

いっしょにいてやることにしよう。今日だけは臆病風（おくびょうかぜ）に吹かれずに。娘はほんの五メートル先の、自宅の裏庭にいる。わたしも娘といっしょにそこにいよう。行く前に、それがわたしにできる最低限のことだ。

彼女にとって、それが意味のあることかどうかはわからないが。

啓示に先立つ影響。

まるで誰かが街を上下逆さにして揺さぶったようだった。わたしたちは瓦礫（がれき）の浅い海を渡っていった。壊れた壁、割れた屋根瓦（やねがわら）、便器、ソファ、ガラスの破片。アンが先に立ち、ジェシカはわたしの肩の上で幸せそうに喉を鳴らしていた。当時一歳になったばかりで言葉はまだだったが、あらゆることに驚くくらいにはなっていた。目を見ればわかる。黄ばんだ新聞紙も、小鳥も、一歩一歩が彼女にとっては驚くべき新たな体験だった。

装塡（そうてん）されたショットガンも。引金を引きたくてうずうずしている州兵も。そのころの人々はまだ自分が何かを所有していると思っていた。自宅が二ブロックにわたって散乱しているのを見ても、恐ろしい敵は天候ではなく、自分と同じ人間だと信じていた。ハリケーンはいわば事故、自然の暴走だと。専門家はいまだに火山噴火や温室効果のせいにしていた。それに対して掠奪者（りゃくだつしゃ）は現実だ。実体がある。解決しなくてはならない具体的な問題だ。

ボランティアの拠点は遠隔地に設置され、まるでハルマゲドンのただ中にあるサーカスのテントだった。そこで疲れた顔の女性からシャベルとピッチフォークを手渡され、近くにある無人の瓦礫の山に向かえと指示された。わたしたちは誰かの人生の破片を大きな青いごみ容器に投げ入れはじめた。アンとわたしは並んで作業し、ときどき手を休めてジェスを揺すってあやした。

どんな宝物を掘り出すことになるのだろうと思った。奇蹟的に無傷だった、貴重この上ない伝来の家宝？　イングランドのロック・バンド、ジェスロ・タルの全曲CDコレクション？もちろん、こんなのはただのゲームだ。元の所有者がすでに徹底的に掘り返し、とっくに発掘を諦めた場所なのだから。瓦礫の下にあるのは瓦礫だけだ。それでもときどき、泥の中に何か光るものを見つけたと思った。瓶のキャップ、ガムの銀紙、あるいはロレックス――

ピッチフォークが漆喰の塊を突き抜け、何か柔らかいものに刺さった。急に手応えがなくなり、何かにぶつかって止まった。

気体が噴き出す小さな音が聞こえ、においがした。かすかだが、腐肉のにおいだ。考えられないことだった。捜索隊はこのあたりにも来ていた。訓練された犬と赤外線スコープを使って、遺体はすべて発見したはずだ。見逃すことはあり得なかった。ここにあるのは木と漆喰とセメントだけ――

わたしは手に力を込め、柄を引き抜いた。ピッチフォークが漆喰から抜ける。先端はぬめりと黒っぽく湿っていた。

アンが笑い声を上げた。信じられない。顔を上げると、彼女はわたしもピッチフォークも、ねっとりした汚れも見ていなかった。瓦礫の向こうから近づいてくるフォードのピックアップ・トラックを見つめていたのだ。荷台にはライフルを手にした地元民が乗り込み、障害物をどけた路上をゆっくりと進んでいた。

「満載ね」アンはわたしの発見に気づいていなかった。

運転席のドアには大きなステッカーが貼ってあった。昔の交通標識の大きな赤い丸と斜線の中に、擬人化された積乱雲が描かれている。さらにスローガンも。関係者に対する警告だ。〝雲め、ケツを蹴り飛ばしてやるぜ〟

わたしが裏庭に出ると、ジェスがヘッドフォンをはずす。彼女が受信機のボタンに触れたとたん、奇妙になじみ深い、謎めいたすすり泣きのような音が前面のスピーカーから流れる。わたしたちはしばらく無言でその音に身体をひたす。

ジェスは全身の色が薄い。眉毛などほとんどわからないくらいだ。

「雲の行き先はみんな知っているの?」とうとうジェスがそう尋ねる。

わたしは首を横に振る。「針路上にハンフォード(ワシントン州中南部の旧プルトニウム精製施設)があるが、今まで原子炉が狙われたことはない。西の山脈を越えられるだけの水蒸気を集めようとしていると見られているようだ。ヴァンクーヴァーか、シアトル・タコマ空港まで行くんじゃないかな」彼女の膝の上の装置を軽くつつく。「ほら、こいつはきみが話しているあいだも計画を考えてるんじゃないか。ずいぶん長く聞いているから、きみならもう、これが何を言っているのかわかるかもしれないな」

　遠い幕電光の閃きが地平線を照らし出す。ジェスの受信機から一ダースほどの声が、徐々に大きくなる不協和音となって流れる。

「きみのほうから話しかけてみてもいい。前に見たんだが、今は双方向のやり取りができるらしい。きみのもそうだろう。受信するだけじゃなく、送信もできるはずだ」

　ジェスは音量ダイヤルを指さす。「こんなのただのおもちゃよ、パパ。空中にあふれるほかの声に負けずにわたしの声を届けるほどの出力なんかない。テレビにラジオ、ほかにも……」

　彼女は小首をかしげ、スピーカーから流れる音に聞き入る。「それに、向こうが何を言っているのか、誰にもわからないんだし」

「ああ、でも、向こうはこっちの言うことがわかるかもしれないじゃないか」ちょっと芝居じみた口調でそう言ってみる。

「そう思う？」ジェスの声は淡々としていて、どうでもよさそうだ。

　わたしはとにかく話を押し進める。しゃべっていれば多少は恐怖がやわらぐ。「もちろんさ。少なくとも大きいやつなら。あの規模の嵐なら、ＩＱは軽く六桁はあるに違いない」

「そうかもね」とジェス。

　心の内で何かが小さく裂ける。「きみにはどうでもいいことなのか？」

　ジェスはわたしを見ているだけだ。

「知りたいとは思わないのか？　わたしたちは誰にも理解できない巨大な雲の下に座っているだけで、あれが何を、何のためにしようとしているのかも知らない。きみはその叫び声に耳を傾けながら、それが一晩ですべてを変えてしまったことさえ気にもして――」

だがもちろん、ジェスは覚えていないだろう。いくら記憶を遡（さかのぼ）っても、わたしたちが雲をただの……雲だと思っていた時期までは遡れない。人類が世界を支配するというのがどういうことだったか、彼女は知らないし、知りたいとも思わないのだろう。

娘は敗北になど興味がない。

突然、どうしようもなく娘を抱きしめたくなる。ああ、ジェス、世界をこんなひどいところにしてしまって済まない。だが、懸命に自制する。「きみが昔のことを覚えていればよかったのにと思っただけだ」

「どうして？　何が違うの？」

わたしは驚いて彼女を見る。「何もかもさ！」

「そうは思えないけど。人間は気候を理解したことなんかなかったって聞いたわ。ハリケーンも竜巻も昔からあって、ときには都市を丸ごと破壊したけど、当時もやっぱり止めることはできなかったって。空が生きているから起きるのと、ただ単に、つまり、ランダムに起きるのと、何が違うの？」

きみのお母さんが死んだからだよ、ジェス。そのあとの年月、何がアンを殺したのか、わたしはわからないままだ。まったくの偶然だったのか？　緩慢で愚かな動物が痒（かゆ）いところを反射的に掻いただけだったのか？

　空は故意に人を殺せるのか？

「大きな違いがあるんだ」としか、わたしには言いようがない。たとえそれでは何も変わらなくても。

　前線はほぼ真上を通過していて、まるで巨大な黒い洞窟の口が空を横切っていくようだ。西側は晴れ上がっている。頭上では激しい風雨の線が空を二分している。

　東側の世界は暗く、くすんだ緑色に見える。

　外にいると自分がいかにも無防備に感じられる。肩越しに振り返ると、背後には頑丈に補強した家がうずくまり、数本の巨木だけがまだ残っている。八年が過ぎたが、嵐はまだわたしたちを根こそぎにできずにいる。メキシコシティもベルリンも、黄金の蹄鉄（オンタリオ湖西岸のカナダ側、トロントなどを含む一帯）もやられたが、わたしたちの小さな家は風景の中に埋め込まれた膿んだ嚢腫のように、そこにしがみついている。

　もしかすると、嵐はまだこの家に気づいていないだけなのかもしれない。


　執行猶予だった。空の存在が眠りに就いたのだ。あのとき、少なくとも世界のこの一角では。意識の源泉——群体なので、複数の源泉——が成層圏まで上昇して凍りつき、結晶化した無数の細片となって知性が保留された。ふたたび下降してくるころには世界の反対側に移動しているし、眠っていなかった集合意識がギャップを埋めるには何日もかかるだろう。

わたしとアンはその期間を利用して防御を固めることにした。わたしは借家人が家に移植していった外骨格を調べた。アンは正面に回って鎧戸をチェックした。わが家はまるで怪物、鋼鉄の梁と避雷針に身を固めた角張った要塞だった。数年前だったら、家をこんなにした相手を訴えていただろう。それが今では借金をしてまで構造を強化していた。

頭上からかすかな咆哮が聞こえ、わたしは顔を上げた。陽光が空に飛行機雲を描く小さな十字架形に反射した。

雲蒔きだ。よく見る光景だった。当時はまだ反撃できると思っていたのだ。

「無駄だわ」ジェスがわたしの腕の中から真剣な口調で言った。

わたしは驚いて彼女を見た。「おい、ジェス、いつの間に潜り込んだんだ?」

「あれじゃ雲を怒らせるだけよ」彼女は四歳児の精いっぱいの確信を込めて言い、青い空を見上げた。「あれはただ、ええと、使者を殺そうとしてることにしかならない」

わたしはしゃがんで、ジェスの目を正面から見つめた。「誰がそう言ってたんだい?」母親ではないはずだ。

「あの女の人。ママにそう話してたの」

わたしも前庭に回るとき見ていたが、女一人ではなかった。カップルだ。二十代はじめ、ややみすぼらしく、どちらも同じスローガンを書いたTシャツを着ていた。女の胸には月軌道から見た地球の図の上に〝母を愛せ〟という文字がプリントされていた。男のほうのはもっと長くて〝無限の成長は癌細胞の信念〟とあった。図版を入れる余地はなかったようだ。

ガイア主義者。アンを正面に見ながら芝生の上を後退し、背を向けるのを恐れているかのようだ。アンは穏やかな笑みを浮かべて手を振り、敵意などまったくなさそうに見えるが、わたしは心底二人に同情した。たぶん何をされたかもわかっていないだろう。

ときおり、安息日再臨派の信徒が布教に来たりすると、アンは家に招き入れて訓練の標的にした。たいていは相手のほうから、もう帰らせてくれと懇願してきた。

「何かためになる話は聞けたか?」カップルがいなくなると、わたしは尋ねた。

「そうでもないわ」アンは手を振るのをやめ、わたしに向きなおった。穏やかな笑みが勝ち誇った笑顔に変わった。「わたしたち、空の神々を怒らせたんですって。知ってた? 汝(なんじ)一家族のみにて住むべからず。環境負荷を考慮し、そをあたう限り低減すべし」

「そのとおりかもしれない」わたしはそう感想を述べた。少なくとも、このあたりに反論する者は多くないだろう。かつてのご近所さんたちは、ほとんどが〝巣(ハイヴ)〟に移住していった。環境負荷はその決断の主要因ではなかったが。

「まあ、確かに連中が考え出したほかの話ほどひどくはないかもね」とアン。「でも、雲の悪魔による復讐(ふくしゅう)がわたしのせいだって言うなら、合理的な説明の一つや二つは用意しておくべきでしょ」

「つまり用意してなかったってことか」

アンは鼻を鳴らした。「いつものいんちきな比喩ばかり。ガイアが人間という病に対して行動を起こしたとか。だったら、ハリケーンは一種のペニシリンね」

「専門家の説明ほど狂ってはいないみたいだけど」

「ええ、まあ、そっちも信じてないけど」

「信じたほうがいいかもしれない。結局、わたしたちには何もわかっていないんだから」

「じゃあ、専門家にはわかってるってこと？　ほんの二、三年前まで何もかも否定してたのを覚えてる？　生命は安定した組織構造なしには存在できないって言って」

「そのあと少しはものを学んだろう」

「まさか」アンは目を丸くした。「あの人たちがずっとやってきたのは、流行する専門用語をでっち上げることだけでしょ」

ジェスが二人のあいだに歩いてきて、アンが彼女を抱き上げた。ジェスは母親の肩の上によじ登り、目の眩む大人の背丈の高みから世界を見わたした。

わたしは撤退していく布教者二人にちらりと目を向けた。「で、どうやってあの二人をあしらったんだ？」

「同意したのよ」とアン。

「同意した？」

「そう。人間は病だ。結構。ただ、中には変異した者もいる」彼女は親指でわたしたちの要塞を示した。「耐性菌になったってこと」

わたしたちは耐性菌だ。ヤドカリのように自分自身を要塞化している。剪定され、切り落とされ、削減されたが、破壊はされていない。病は寛解したのだ。

だが今、城壁の外にいるわたしたちは素っ裸だ。これだけ離れていても嵐は手を伸ばし、わたしたち二人を一瞬で叩きつぶせる。どうしてジェスはのんびり座っていられるんだ？

「もう日光浴を楽しむことはできない」わたしはそう口走る。

ジェスがわたしを見る。彼女が困惑しているのは、わたしが二度と晴天を楽しめないからではない。そのことをわざわざ口にする価値があると考えたからだ。それはわかっている。わたしは話しつづけ、二人が互いに異種族になってしまったといういつもの認識を何とかして拒もうとする。「空が青く晴れ渡ることはあるかもしれないが、そこに一片の積雲でも浮かんでいたら、感じないではいられない……見張られているんだと。自力でものが考えられないくらい小さくても関係ない。アップロードする間もなく消えてしまってもだ。どうしてもスパイだと考えてしまう。どこかに報告しているんだと」

「目が見えるとは思えないわ」ジェスが上の空で答える。「大きなものを感じ取れるだけよ。都市とか、煙突とか、ホットスポットとか……ちくちくするものを。それだけよ」

風が吹いてきて、思いがけず優しくジェスの髪を撫(な)でる。頭上には二つの巨大な入道雲のあいだで灰色の水蒸気の指がのたくっている。上空で何が起きているのか？　雨滴のランダムな結合？　プロセシング・ノード間の二万五千ボーのデータ・ダンプ？　これだけの時間経過のあとでさえ、それがばかげた話に思える。

人類の没落についてはさまざまな仮説や説明がつけられている。誰もが口にするのは、秩序からカオスへの変化だ。流体幾何学、雲の中に棲む生体電気細菌、霧と電気化学の狂気の融合がもたらす複雑系の挙動。論文を読む分にはじゅうぶん科学的に思えるが、口に出すとたんに魔法の呪文めいてくる……

そのどれもが助けにはならなかった。あたりが断続的に電光で照らし出される。嵐がぎざぎざのフラクタルな脚でこちらに近づいてくる。下りてくるブーツの踵の下にいる虫になった気分だ。たぶんそれはいい兆候だろう。本当に諦めたら、怖いと思うだろうか？

思うかもしれない。状況など関係なく、臆病者はいつも怖いと思うのかもしれない。

ジェスの受信機がひっきりなしに泣き声を上げている。「鯨の歌だな」自分がそう言うのが聞こえる。声に震えはほとんど感じられなかった。「ザトウクジラだ。ちょうどこんなふうに聞こえる」

ジェスはふたたび空に目を据える。「どんな音にも似てないわ、パパ。ただの電気よ。それを受信機が……わたしたちの知ってるみたいな音にしてるだけ」

またしてもいかさまだ。人類はわずか十年で神に選ばれた存在から絶滅危惧種に降格されたが、ペテン師たちはいまだに市場利益から目を上げようとしない。同情を覚える。頭上を見ればたった今も、わたしたちを路上に放り出したものがそびえているのだ。前方の突出部はほぼ真上に来ている。十キロ上空では風が秒速六十メートルでぶつかって悲鳴を上げている。

これでもまだ、嵐が本気で息を吹きかけているわけではない。

丘陵地帯のほうからバンシーの泣き声のような音が聞こえた。竜巻の風の音だ。アンとわたしはいくつもの黒い触手が地平線上でうごめくのを見て、地下室に逃げ込んだ。竜巻は冬には起きない。一年前まではそう信じていた。なのに今はこうして、うずくまって世界の震撼(しんかん)に耐えている。黒い触手が一本でも触れたら、家の防御など紙細工のようなものだ。

そんなとき、性交は本能的な行為だった。危機が迫ると人は自動人形になる。遺伝子の執拗(しつよう)な主張を前に、愛情の出る幕はなかった。快感さえどうでもいい。わたしたちは単なる一対の哺乳(ほにゅう)動物で、どうにもできない現実を前に、精いっぱい適応しようとすることしかできなかった。

それでも行為のあと、まだ感情を持つことは許されていた。わたしたちは互いに相手の身体にしがみつき、闇の中で何も見えないまま、自分自身の絶望の重みをぶつけ合った。泣きやむことができなかった。前線が通過したときジェスがデイケアに預けられていたことに、わたしは無言の感謝を捧げた。その夜は勇敢な父親像を維持することなどできなかったろう。

しばらくするとアンの震えが止まった。わたしの腕の中で静かにすすり泣いている。視野の隅に実際には存在しない光がぼんやりとあらわれ、狂ったように蝟集(いしゅう)してきた。

「神々が戻ってきたんだわ」とうとうアンが言った。

「神々？」普段の彼女は徹底して非宗教的だ。

「古き者たち、旧約の神々よ。ギリシャ神話の神々。雷と炎と硫黄(いおう)。そんなものは卒業したと思ってた。そうでしょ？　そう思ってたのに……」

わたしは深く震える息をついた。

「わたしはそう思ってた」アンは話しつづけた。「そんな神々はもう必要ないって。でも、そうじゃなかった。人間は自分ですべてをめちゃくちゃにしてしまった。導いてくれるものもなく、何もかも台なしに……」

わたしは彼女の背中を撫でた。「昔の話だよ、アニー。そのあときちんとしたのは知ってるだろう。今ではガソリンを消費する都市はほとんどないし、絶滅する生物も少なくなった。前に聞いた話だと、去年は熱帯雨林の生物量が増加したそうだ」

「わたしたちがやったことじゃない」小さなため息がわたしの頬にかかった。「人間はちっとも進歩してないわ。ぶたれるのを恐れてるだけ。甘やかされた子供が壁に落書きをするのをやめられないのと同じよ」

「アン、雲が本当に生きているのかどうか、まだわかっていないんだ。たとえ生きていたとしても、知性があるとは限らない。大気中の化学物質による副反応だという意見もある」

「人類は慈悲を懇願してるだけよ、ジョン。ほかには何もしてないわ」

わたしたちは闇の中でもうしばらく息を潜め、遠い咆哮をもう少し聞いていた。

「何もしていないわけじゃない」ようやくそう言葉にする。「かならずしも理屈がわかってはいないかもしれないけど、きちんとしてきているのは確かだ。成果は上がっているさ」

「じゅうぶんじゃないわ。何世紀ものあいだ糞（くそ）を投げつけてきたんだから。わずかな祈りと犠牲で、相手がこっちを放っておいてくれると思う？　そんな相手が存在して、扁形（へんけい）動物よりましな脳を持ってたとして。人は自分に見合った神しか持てないんだと思う」

　わたしは言い返す言葉を考えた。何でもいいから彼女をなだめる言葉を。だが、例によって間に合わず、アンは自力で立ちなおった。

「でも人類は、少なくとも謙遜することを学んだわ。もしかすると、神々は祈りに応えてくれるかもしれない。ジェスが大きくなる前に……」


　そうはならなかった。専門家によると、人類の懇願は永遠の未決状態にあるらしい。何しろ相手は惑星全体を包み込む存在だ。そんな巨大なシステムが新たな情報に順応するには時間がかかるし、反応するにはさらに時間がかかる。雲は人間の時計に従って生きているわけではない。向こうから見れば人類は、一瞬ごとに数が倍増するバクテリアのようなものだ。わたしたちの微生物的な時間感覚に、どれほどすばやく反応できるだろう？　膝を叩いて足が跳ね上がるのに、どれだけの時間がかかる？　専門家は仲間内で専門用語をつぶやき、二、三十年と予見する。五十年かもしれない。今わたしたちの頭上を前進している怪物は、前世紀の召喚に応えているのだ。

　空の咆哮は亡霊との戦いのためだ。わたしを見てはいない。何かを見ているとしても、それは浄化すべき数十年前の侮辱の残像だ。わたしは風に背を向ける。陰気な渾沌が、かつて財産と呼ばれていたものを薙ぎ払う。家がわたしの背後に後退する。見なくても、何キロも飛ばされてしまったのがわかる。わたしはなぜか身動きできない。この沸き立つ盲目のメデューサはじりじりとわたしのほうに這い進み、その顔は空一面を覆いつくしている。どうして見ずにいられる？

「ジェス……」

目の隅に彼女の姿が見える。懸命の努力で首を少し動かし、正面に見えるようにする。空を見上げているが、その表情には恐怖も、畏敬も、好奇心も感じられない。

ゆっくりと、油を差した機械のように滑らかに、ジェスは視線を下げ、受信機のスイッチを切る。もうほとんど意味がないのだ。雷鳴がひっきりなしに轟き、風は間断なく咆哮し、雹が降り注ぎはじめている。このまま外にいたら二時間以内に死んでいるだろう。それがわからないのか？　これは何かの試練で、こんなふうに神の前に立つことで娘への愛情を証明しなくてはならないのだろうか？

たぶんそんなことはどうでもいい。たぶん今がそのときだ。たぶん――

ジェスがわたしの膝に片手を置く。「ほら」とまるで子供に言い聞かせるように、「中に入りましょ」

アンの最期の姿を思い出す。どうしようもなかった。目を離した瞬間、わたしは停止した時間の交差点に落ち込み、雷が彼女の十メートルうしろに落ちた。

世界がストロボ光に照らされた、目の眩む白と黒の、動かないモザイクになった。大地を叩く灰色の雨の帳が凍りついた。アンはぎりぎりで手の届かないところにいた。その決意はコダリスのフィルムで撮った、完璧にピントの合った一枚の写真のようだ。何としても安全な場所にたどり着こうとして、途中に何があっても意に介さないという決意。そのとき電光が闇の中に炸裂し、世界がふたたび動き出した。ヒロシマのような轟音と、灼ける電気のにおい。だが、わたしはぎゅっと目を閉じていて、まだ直前の停止状態のままだ。鋭い痛みが走った。小さな爪が掌に食い込んでいて、ジェスは目を閉じていないことがわかった。わたしよりも現状を理解しているのだ。わたしは祈った。生涯でただ一度だけ。どうか勘違いだと言ってください誰か別人にしてくださいこの街全部でもいいからどうか彼女を返してくださいごめんなさい信じられない……

今から四十年か五十年後、聞き届けられるだろうと言う者もいる。アンにとっては間に合わない。わたしにとってさえ。

それはまだそこにいる。ただ通過しただけで、地面に指を打ちつけ、強化した呪符の力でかろうじて阻止されている。地下にあるこの聖域の壁さえ震えつづけている。

それがわたしを怯えさせることはもうないが。

ずっと昔にも、わたしが怯えることなどなかった時期がある。当時、空に見える姿は友好的だった。雪を頂いた山々、魔法の王国、そこにいるアンの姿を見たことさえある。だが、今見えるのは不吉で醜悪な古き者、ゆっくりと怒り、なだめることのできない相手だ。人類は何千年ものあいだ雲を眺め、そこに幻影や前兆を見てきたが、本当に見つめ返しているものに気づくことはなかった。

　われわれは今、それを見ている。

明日はどんな墓碑銘を見ることになるのか。抵抗しようのない竜巻にどの都市が破壊され、降り注ぐ雹とガラスでどれだけの新たな死者が出ることになるのか？　見当もつかない。気にもならない。そんな自分に驚きを覚える。ほんの数日前まで重要なことだと思っていたのに。それが今は、自分たちがかろうじて生き延びたことにさえ心が動かず、関心が湧かない。

　ジェス、どうしてこれを眠ってやり過ごせるんだ？　風はわたしたちを根こそぎにしようとし、神の脳の数片が避難所に打ちかかっているのに、きみは部屋の隅で丸くなってすべてを遮断している。きみはわたしよりずっと年上なんだろう、ジェス。何年も前に気にしないことを学んでいる。きみはもうほとんど何にも興奮しない。ちらりときみの姿を見ることがあっても、それは古い写真のようで、かつてのきみのぼやけた面影にすぎない。わたしは自分で思っているほどきみを愛しているのだろうか？

　愛しているのは自分の中のノスタルジーだけかもしれない。

でも、少なくともきみに契機を与えることはできた。すべてがばらばらになる前に、数年間の穏やかな時間をもたらすことが。だが、そのあと世界は二つに割れ、わたしが生きられる部分は縮小しつづけている。きみは軽々と二つの世界のあいだに滑り込む。きみの世代は全員が両棲（りょうせい）だ。わたしの世代はそうじゃない。もうきみに渡せるものはないし、きみはわたしをまったく必要としていない。遠からず、わたしはきみの足手まといになるだろう。

そうはなりたくない。結局、きみの半分はアンなのだから。大渦がわたしの最後の上昇音を掻き消す。アンは今のわたしをどう思うだろう。たぶん是認しないだろうと思う。彼女は戦士で、決して諦めようとしないから。その人生において、自殺的な思想を持ったことなどないだろう。

突然、階段を登りながら、今ならその気になれば直接尋ねられることに思い至った。アンは部屋の奥の暗い隅からわたしを見つめている。年経た若々しい目が薄く開いている。わたしを呼び戻してくれるだろうか？　屈服したわたしを叱り、愛していると言ってくれるだろうか？　わたしはためらい、口を開く。

だが、彼女は何も言わずに目を閉じた。

肉の言葉

"Flesh Made Word"

死の瞬間の脳活動を記録しようと、猿を用いた動物実験を続けている科学者ウェスコット。同棲中の恋人リンが長年の飼い猫ゾンビの事故を告げても、どこか他人事のようだ。実はウェスコットは十年前、恋人キャロルを病気で亡くしていたのだが……

公式サイトでの本人のコメンタリーによれば、『マックス・ヘッドルーム』×『愛と追憶の日々』のような作品だと考えている、とのことで、ややウェットな印象もある初期短編。タイトルはキリスト教における〝（神の）言葉が肉（人間）の形をとってあらわれた〟という思想を反転させたもの。

初出はカナダの文芸誌 *Prairie Fire* 一九九四年夏季号。

（編集部）

ウェスコットはそれがとうとう呼吸をやめたのを見てほっとした。今回は数時間かかった。それが濃い腐臭を吐き出し、部屋の中で死にかけているがまだ死んではいない状態で、胸を上下させて苦しげに喉を鳴らすあいだ、じっと待ちつづけたのだ。十年のあいだに彼は忍耐を学んだ。そして今、台の上のものがとうとう生を諦めた。

背後に気配を感じ、彼は苛立(いらだ)たしげに振り返った。死にかけたものは生者よりも耳がいい。単語一つが数時間の観察結果を台なしにすることもある。見るとリンが静かに部屋に入ってくるところだった。ウェスコットは緊張を解いた。リンはルールを知っている。

一瞬、なぜ彼女がここに来たのだろうと訝(いぶか)った。死にかけたものに向きなおると、胸はもう動いていなかった。六十秒、プラスマイナス十秒だな。

それはもうどんな定義に照らしても死んでいた。それでもまだ、内部では埋(うず)み火が燃えている。わずかな神経がのろのろと、脳内の死んだ回路の中でうごめいている。ウェスコットの装置はその死にゆく心の風景を表示するものだ。目の前で朽ち果てていく、輝くフィラメントの地勢図。

心臓のかすかな拍動が震え、停止する。

三十秒、プラスマイナス五秒。評価は自動的におこなわれる。真実はない。事実もない。あるのはただ、統計上の信頼区間の範囲だけだ。

リンが背後で待っている気配を感じる。

ウェスコットはちらりと台上に目を向け、すぐに目をそらした。それの落ちくぼんだ片目を覆う瞼がほんのわずかに開いていた。その奥に何も存在しないことが想像できるようだ。

モニター上で何かが変化した。来るぞ……

自分がなぜ怯えているのかわからなかった。単なる神経インパルス、はかない電気のさざ波なのに。ほとんど検知することもできず、中脳から大脳皮質を通って虚無へと消えていく。死に瀕したニューロンの最後のあえぎだ。

残っているのはまだ温かい肉体だけ。モニター上では十数本のラインがフラットになっている。ウェスコットは身を乗り出し、肉体と装置をつないでいるケーブルを確認した。

「一九四〇時、死亡」レコーダーに向かってそう言うと、独自の知性を持つ装置は自動的に停止した。ウェスコットは死体の顔を調べ、閉じきっていない瞼を鉗子でつまみ上げた。動かない瞳孔が彼を素通りして無限の彼方を見つめる。

よかったな、とウェスコットは思った。

そこでリンの存在を思い出す。彼女は部屋の隅に立って顔を背けていた。

「ごめんなさい、ラス。間が悪いのはわかってたけど、でも――」

ウェスコットは待っている。

「ゾンビのことなの」とリン。「道路にさまよい出て、事故に遭ってしまって——獣医のところに連れていったの。怪我がひどすぎるってことなんだけど、あなたの同意がないと眠らせられないって。わたしは飼い主リストに入ってないし——」

言葉の奔流がぴたりと止まる。

ウェスコットは床に目を落とした。「眠らせる?」

「獣医が言うには、たぶんどんなに手を尽くしても効果はないし、数千ドルの費用がかかって、結局は死んでしまうと——」

「殺すということだろう。わたしの同意がないと殺せない」ウェスコットは死体からケーブルをはずしはじめた。それを束ねてフックにかける。接触端子が粘着パッドになった蛭のようだ。

「——それで思ったのは、十八年も生きてきて孤独に死ぬのはかわいそうで、誰かがそばにいてやるべきだけど、でもわたしにはできないから——」

ウェスコットの頭蓋の奥のどこかで悲痛な声が小さく叫んだ。くそ、さんざんこんなことを続けてきて、自分の飼い猫がそうなるのまで見守らなくちゃいけないのか? だがその声はあまりにも遠く、ほとんど聞き取れなかった。

台上に目をやる。死体が片目で宙を見つめている。

「わかった」一拍遅れてウェスコットが言った。「わたしがやろう」小さな笑みを自分に許す。「一日の仕事のうちだ」

ワークステーションは居間の隅に鎮座した、色つきの透明アクリル樹脂でできたキューブだ。過去十年間、それはキャロルの声で彼に話しかけていた。最初は胸が痛んで、プログラムを変更しようと思ったほどだった。だが、彼はその衝動を克服し、なじみ深い声の合成音声に、何か重い罪を犯した報いの罰を受けているかのように耐えつづけた。この十年のあいだに、苦痛は意識的な認知レベル以下にまで低減した。今ではその声がその日届いたメールのリストを読み上げても、とくに何も感じない。

「ジェイソン・モズビーがまた南アから連絡してきたわ」声はキャロルのイントネーションを完璧に模倣している。「ま、まだあなたにインタヴューしたいみたい。わたしのデータ領域に会話プログラムを残していってる。いつでも起動させられるわ」

「ほかには？」

「ゾンビの首輪からの通信が〇九一六で止まってて、今日の餌の時間にあ、あらわれなかった。し、調べてみたほうがいいと思う」

「ゾンビは逝ったよ」とウェスコット。

「そう言ったでしょ」

「いや、そうじゃなくて――」やれやれ、キャロル、きみは昔から婉曲な言い方が苦手だったな。「ゾンビは車に轢かれて死んだんだ」

きみ自身のことについて婉曲に話したときも。

「あら、何てこと」コンピューターがわずかに間をあける。内部クロックがナノ秒単位で正確に時間を測定している。「ごめんなさい、ラス」

もちろんそれはただの言葉だが、心がこもっていると思わせるほど真に迫っていた。

ウェスコットは顔だけで小さな笑みを浮かべた。「そういうこともあるさ。誰にとっても、いつかは起きることだ」

背後で物音がした。キューブの前から振り返ると、リンが戸口に立っている。その目には同情と、何か別の感情が見て取れた。

「ラス、気を落とさないで」

彼の口の端がわずかに動いた。「コンピューターもそう言ってる」

「どんな気分？」

彼は肩をすくめた。「だいじょうぶだ、と思う」

「どうかしら。ゾンビとは何年もいっしょにいたんだし」

「ああ――いなくなって寂しいかな」彼の喉の奥に固い真空の塊（かたまり）のようなものが生じた。やや驚きながらその感覚を確かめ、ある種の感謝を覚える。

リンが部屋を横切って近づき、彼の両手を取った。「最期の瞬間、その場にいなくてごめんなさい、ラス。運び込むだけで精いっぱいだった。知ってのとおり、わたしには――」

「いいんだ」とウェスコット。

「――あなたはどうしてもその場にいないと――」

「いいんだ」彼は繰り返した。

リンは身体を起こし、片手で頬をこすった。「その話はしたくない?」言うまでもなくその意味は、〝わたしはその話がしたい〟だ。

完全に予想がつくこと以外に何を話せばいいのかわからない。そのとき、真実を話す余裕ができたことに思い至った。

「考えていたんだ。あれはゾンビが自分で招いた結果じゃないかって」

リンは目をしばたたいた。

「つまり、あいつは自分でたくさんの死骸(しがい)をばらまいてきた。二、三日に一度は傷ついた鼠(ねずみ)や鳥を持ち込んでいたが、わたしは決してゾンビにそれを殺させず——」

「あなたは生き物が苦しむのを見たがらないから」リンが言った。

「——わたし自身の手で殺していた」ハンマーの一撃で脳を潰せば、苦しむことができるものは何も残らない。「ずっとあいつの楽しみを奪っていたんだ。死骸で遊びたいのに邪魔されて、何時間も不平を言いつづけて……」

リンは悲しげに微笑(ほほえ)んだ。「あの子は苦しんでいたのよ、ラス。死にたがってた。あなたがあのかわいい恩知らずを愛していたのはわかってる。わたしもそうだったし」

真空の塊があったところで何かが燃え上がった。「いいんだ、リン。わたしはずっと人々が死ぬのを見てきている。そうだろう? ただの猫のためにセラピーを受ける必要はない。たとえあるとしても、きみが——」

——少なくとも今朝、そこにいてくれたら。

彼は気分を落ち着かせた。わたしは怒っているんだ。そう自覚する。妙な話じゃないか。何年経ってもこの気分に慣れないなんて。

あれほど古いできごとが今もこれほど鋭く胸に迫ってくるのは奇妙なことに思えた。

「済まない」と平静な声で言う。「話が途中になったな。要するに——獣医が言うようなことはもう聞き飽きた。わかるかい？ 〝あれは死にたがってる〟って話にはうんざりなんだ。その真意は〝金がかかりすぎる〟ってことだ。とりわけうんざりなのは、〝愛〟という言葉を〝金〟の意味で使う連中だよ」

リンは彼の身体に腕を回した。「できることは何もなかったのよ」

ウェスコットは立ったまま、リンの抱擁にもほとんど気づいていないようにゆらゆらと揺れていた。

キャロル、きみに息をさせつづけるために、どれだけの費用がかかったんだったかな？ きみに金をかける意味はないと決断したのはいつだったろう？

「結局はいつだって金なのさ」彼はそう言い、両腕を上げてリンを抱きしめた。

「心を読みたいわけですね」

今度はキャロルの声ではない。この声は南アフリカの男……そう、モズビーだ。モズビーのプログラムがメモリに居座り、電子のコーラスを指揮して彼の声に似たものを出している。安っぽい音声クローンだ。ウェスコットにはそのほうが肉声よりもましだった。

「心を読む？」彼は考え込んだ。「正直、今はむしろ心の作業モデルを作ろうとしているところだ」

「わたしみたいな？」

「違う。きみはちょっと凝ったメニューにすぎない。質問をして、わたしの回答に応じて別の質問に分岐する。きみは直線的だ。心というのはもっと……分配的なものだ」

「思考とは信号ではなく、信号の交差点である」

「ペンソーンの論文を読んだのか」

「今読んでいるところです。〈バイオメディカル・アブストラクツ〉オンライン版を入手しました」

「むむむ」

「ゲーデルも読んでいますよ。彼が正しいとするなら、人間の脳の正確なモデルは作れません。箱の中にその箱自体は入りきらない」

「だったら簡素化すればいい。枝葉末節を刈り込んで、本質だけを保存する。どのみち、モデルをあまり大きくしたくはないんだ。本物と同じくらい複雑になったら、それだけ理解するのが難しくなる」

「つまり脳を剪定（せんてい）して、手軽に扱えるくらいまで単純化するんですか？」

ウェスコットはひるんだ。「ヴィドビット程度に保てるなら、何の問題もない」

「残った分だけでもじゅうぶんに複雑で、人間の行動についていろいろ教えてくれるということですか?」

「自分を見てみろ」

「ちょっと凝ったメニューにすぎません」

「確かに。だが、本物のジェイソン・モズビーよりものを知っている。会話も本物よりうまい。一度会ったことがあるんだ。チューリング・テストでもきみのほうが高得点を出すだろう。違うかね?」

わずかにわかる程度の間があった。「さあ。そうかもしれません」

「わたしが見る限り、きみのほうが本物よりも優れている。しかも使っているのは処理能力の数パーセント程度だろう」

「話を戻し——」

「誰かにスイッチを切られそうになったとき本物が悲鳴を上げて抵抗するのは、自分は苦しむことができると考えるようにプログラムされているからだ」ウェスコットは話を続けた。「サブルーチンを動かしつづけるためのわずかな努力だ。結局、大した違いはないのでは? ふむ」

プログラムは黙り込んだ。ウェスコットが秒読みをする。千ミリ秒、二千ミリ秒、三千——

「そうすると、お尋ねしたい別のテーマが出てきます」メニューが言った。

反応まで四秒近く。しかも話題を変えてきた。限界はある。それでもよくできたプログラムだ。

「あなたはヴァンクーヴァー総合病院での仕事をどこにも発表していません」モズビーの代用品が言う。「もちろんNSERC（カナダ自然科学・工学研究会議）に提出された研究計画にはアクセスできませんが、公表された概要を見ると、あなたは死者をテーマにしているようです」

「死者ではない。死にかけた人々だ」

「臨死体験ですか？　空中浮遊や光のトンネルのような？」

「それは酸素欠乏症だ。ほとんどは意味がない。われわれはもっと奥を見ている」

「なぜです？」

「脳機能のほとんどが停止したあとに残る、いくつかの基本パターンを記録しやすいからだ」

「どんなパターンですか？　何がわかるんです？」

死に方は一つしかないってことさ、モズビー。死因は関係ない。老齢でも暴力でも病気でも、われわれは死ぬ前に同じ一つの歌を歌う。人間に限らない。新皮質(しんぴしつ)さえあれば、誰もがクラブの一員だ。

しかも、知ってるか、モズビー？　その歌詞ももうすぐ読めそうなんだ。自分でここに、そうだな、一カ月後くらいに来てみれば、きみの最期の思いを事前に見せてやれるだろう。大スクープだぞ。

「ドクター・ウェスコット？」

彼は目をしばたたいた。「失礼？」

「どんなパターンですか？　何がわかるんです？」

「何だと思う?」ウェスコットはそう尋ね、ふたたび秒読みを開始した。

「あなたは人が死ぬのを観察して、死の瞬間の記録を取っている。わたしには理由がわかりません。ですが、わたしの登録読者は知りたがるでしょう」

ウェスコットはしばらく黙り込んだ。

「きみのヴァージョン番号は?」やがてそう尋ねる。

「六・五です」

「リリースされたばかりだな?」

「四月十五日です」プログラムが答える。

「六・四よりよくなっている」

「つねに改良されていますから」

背後でドアが開く音がした。「停止」とウェスコット。

「プログラムをキ、キャンセルしますか? それとも一時停止にしますか?」キャロルの声がキューブの中から尋ねる。

「一時停止」ウェスコットはコンピューターを見つめた。声の変化にぼんやりした不快感を覚える。彼らは中が混み合っていると感じたりするんだろうか?

「聞こえてる?」リンが背後から声をかけてきた。

彼は椅子ごと振り返った。リンがドアの前で靴を脱ぐところだった。

「何が?」とウェスコット。

リンが彼に近づく。「キャロルの声が、何というか――ときどき引っかかってるでしょう？」

彼は顔をしかめた。

「録音したとき、苦しんでいたみたいに」リンが先を続ける。「たぶん診断前だと思う。でも、その装置をプログラムしたとき、いっしょに拾い上げたのね。気がついてなかったの？　何年も聞いてたのに？」

ウェスコットは何も言わない。

リンは両手を彼の両肩に置いた。「装置の人格を変更する時期だと、本当に思っていないの？」優しくそう尋ねる。

「あれは人格じゃないよ、リン」

「わかってる。ただのパターン・マッチング・アルゴリズム。あなたはずっとそう言ってた」

「なあ、何をそんなに心配しているのかわからないんだが。きみが気にすることじゃないだろう」

「そういう意味じゃ――」

「十一年前、キャロルはしばらくこれに話しかけた。その会話パターンを利用しているだけだ。これはキャロルじゃない。そんなことはわかってる。もう十年近く前に使われなくなった、古いＯＳでしかないんだ」

「ラス――」

「モズビーが送ってきた糞（くそ）プログラムのほうが十倍もすぐれている。そこらへんで買える心理シミュレーターだってこれよりはましだろう。でも、わたしにはこれしか残っていないんだ、わかるかい？　せめて、わたしが自分の選んだ形でキャロルを思い出す自由を認めてくれないか」

　リンは譲歩した。「ラス、あなたと争う気はないの」

「それはよかった」彼はワークステーションに向き直った。「再開」

「一時停止」リンが言い、コンピューターは静かに待ちつづける。

ウェスコットはゆっくりと息を吐き出し、ふたたび彼女に顔を向けた。

「わたしはきみの患者ではないんだ、リン」慎重な、抑揚のない口調で言う。「街での仕事の癖が抜けないなら、せめて別の誰かで練習してくれ」

「ラス……」声が徐々に小さくなって消える。

　彼は何とも思っていない顔でリンを見つめ返した。

「わかった、ラス。またあとで」彼女は背を向け、ドアに向かって歩きだした。ウェスコットは靴に手を伸ばす動きを見て、アクトミオシンの関与する筋収縮で腕の伸長が制御されている状態を想像した。

　リンが稼働している。そう思って陶然となる。わたしの言葉がそれをうながしたのだ。わたしが空気を震動させ、彼女の脳内で無数の神経が幕電光（まくでんこう）のように励起（れいき）した。一秒あたりどれほどのオペレーションが実行されているのだろう？　どれだけの数のスイッチが開閉し、ルートを変更して、電気信号が彼女の腕に到達し、その手でドアノブを回させるのだ？

彼はリンという複雑な装置が背後でドアを閉めるのを見つめた。行ってしまった。またしても、わたしの勝ちだ。

ウェスコットはハミルトンがチンパンジーを台に固定し、頭に電極をつけるのを見つめていた。チンパンジーはもう慣れたものだ。こうした屈辱をすでに何度も経験し、そのたびに肉体的にも精神的にも健康な状態で切り抜けてきている。今回はそうならないと考える理由はなかった。

ハミルトンがストラップを締めると、小型類人猿は緊張して鋭く息を吐き出した。

ウェスコットは近くのモニターに目を向けた。「くそ、興奮しているな」いつもはのんびりとした波形を示す脳波が、発作でも起こしたように大きく振れている。「落ち着くまでは開始できない。落ち着いてくれない限りは。やれやれ、これまでの記録が台なしになるかもしれない」

ハミルトンがストラップの一つをもう一段階きつくする。チンパンジーは背中をまっすぐに伸ばして台に押しつけ、力を抜いて、急におとなしくなった。

ウェスコットはあらためてモニターに目を向けた。「うん、落ち着いたな。始めるぞ、ピート。三十秒くらいで取りかかれ」

ハミルトンは注射器を構えた。「いつでもどうぞ」

「よし、基準線をとらえた――今だ。やってくれ」

針が肉に刺さる。ウェスコットは台上のものと人間との明らかな違いを考えた。小柄で毛深く、脚は湾曲し、猿臂（えんぴ）は長い。これは機械なんだ。カリウム・イオンがきわめてコンパクトな電話交換機の中を飛び交っているんだからな。

だがその目は、彼がこっそり目を向けると見つめ返してくる。

「中脳信号まで五十秒」ウェスコットは指標を読んだ。「プラスマイナス十秒」

「了解」とハミルトン。「トンネルを抜けています」

燃料で動くただの機械だ。いくつかの神経が瞬（またた）くと、システムがそれを解釈し、光を見たり動きを感じたりしたと――

「来ました。視床（ししょう）です」ハミルトンが報告する。「時間ぴったりですね。網様体（もうようたい）を通過します」

一拍の間がある。「今は新皮質です。毎回まるで同じですよ」

ウェスコットは見ていなかった。パターンはわかっている。病院のベッドや手術室やひしゃげた車の残骸の中で五、六種類の動物の脳内パターンを観察してきて、死にかけた心がどれも同じ見慣れた暗号を走らせるのを見てきたのだ。今ではもう装置さえ必要なくなっていた。目を見ればわかる。

以前、まだ分別の足りない駆け出しだったころには、魂（たましい）が飛び去るところを目撃しているのではないかと思ったこともあった。地虫が豪雨に土を洗い流されて地表に顔を出すように。また別の時期には、死神の脳波をとらえたのかもしれないなどと思った。

今の彼はそんな放埒（ほうらつ）な空想を自分に許していない。瞳孔が広がっていく目を見つめ、心電計のラインが最後の弱々しいパニックを起こすのを見守るだけだ。

目の奥の何かが失われていく。

おまえは何なんだ？　彼はそう思った。

「まだわかりません」ハミルトンが彼の横で言う。「あと一週間、長くても二週間あれば、突き止められるでしょう」

ウェスコットは瞬きした。

ハミルトンが死体からストラップをはずしはじめる。ややあって、彼は目を上げた。「ラス？」

「こいつは知っていたんだ」ウェスコットがモニターを見つめたまま言う。ラインはフラットで、もう雑音しかとらえていない。

「ええ」ハミルトンは肩をすくめた。「何がヒントを与えているのか知りたいですね。大いに時間の節約になるでしょうから」チンパンジーの死骸をビニール袋に入れる。拡散した瞳孔が人間の驚きの表情のグロテスクなパロディのようだ。

「――ラス、だいじょうぶですか？」

彼はまた瞬きした。死んだ目は制御を失っている。顔を上げると、ハミルトンが奇妙な表情で彼を見ていた。

「もちろんだ」ウェスコットは気軽な調子で答えた。「絶好調だよ」

檻がある。中で何かが動いていて、彼はそれを見慣れた小さな毛深い動物だと思った。だが、近づくと間違いだったとわかる。それは蠟で作ったダミー、あるいはまだ手慣れない学部生が作った保存用の標本だ。おかしな場所にチューブが挿管され、その中を定量の黄色い試薬がゆっくりと流れている。標本は彼が見ているうちにも黄色っぽくなり、あちこちに斑点があらわれた。彼は檻の格子のあいだから手を伸ばし……隙間はほんの数センチしかなかったが何とかうまくいって……中のものに手を触れることができた。それが目を開き、彼を素通りして彼方を見つめる。苦痛で何も見えない空虚な視線だ。その瞳孔は彼が予期したような縦長ではなく、丸くて、まるで人間のようだ……

　ウェスコットは夜の中で目を覚まし、そのままじっと動かなかった。

　何も見る必要はない。リンの息づかいの変化から、システムが起動し、視線が薄闇の中で彼を見つめているのが感じられるようだった。仰向けになって影に沈んだ天井を見つめると、彼女の存在を感じなくなる。

　窓から漏れてくるかすかな灰色の光に顔を向ける。耳を澄ますと遠い街の喧騒も聞こえた。一瞬、彼女も自分と同じくらい傷ついたのだろうかと考える。だが、すぐに競争しているわけではないことに気づく。彼が掻き立てられるもっとも大きな苦痛は、せいぜいが苦い後味だ。

「今日、獣医に電話した。わたしの同意はいらなかったそうだ。その場にいる必要さえなかった。きみが運び込んできたゾンビをすぐに停止させようとしたが、きみが反対したそうだな」

リンはやはり動かない。

「きみは嘘をついてわたしが立ち会うように仕向け、わたしの人生がさらに一片――」彼は息をついた。「――切り落とされるのを見せたんだ」

ようやくリンが口を開いた。「ラス――」

「だが、きみはわたしを憎んでいるわけではない。どうしてあんなことをした？　そのほうがわたしにとっていいことだと思ったんだろう」

「ラス、ごめんなさい。あなたを傷つける気はなかったの」

「それが全面的な真実とは思えないな」

「ええ、そうでしょうね」そのあと、まるで希望にすがりつくように、「胸が痛かったでしょう？」

目の奥がつんとして、彼は急いで瞬きを繰り返した。「何を考えていたんだ？」

「九年前に同棲を始めた相手は、わたしが知っている中でいちばん気の優しい、人間的な人だった。なのに二日前、わたしにはその人が、十八年飼っていたペットの死に何かを感じているのかどうかもわからなかった。本当よ、ラス。申し訳なかったけど、確かめずにはいられなかったの。これで筋が通る？」

彼は思い出そうとした。「きみは最初から間違っていたんだと思う。九年前にわたしを過大評価していたんだ」

リンが首を左右に振るのが見えた。「ラス、キャロルが死んだあと、あなたがあとを追うんじゃないか心配だった。他人のためにあそこまで胸を痛めるなんて、わたしにはできないと思ったの。だからあなたを愛したのよ」

「ああ、もちろんキャロルのことは愛していた。少なくとも数万ドル分は。最終的にいくらかかったのかはわからない」

「そんなことのためじゃないはずよ！　キャロルがどれだけ苦しんでいたか、覚えてるはずでしょ！」

「実のところ、覚えていない。キャロルはずっと——鎮痛剤を投与されていて、つねに体内にその成分が循環していた。わたしはそう聞いている。身体を切り刻みはじめたときにはもう——感覚が麻痺(まひ)して……」

「ラス、わたしもその場にいたのよ。医者が言うには、助かる見込みはない、つねに苦痛に苛(さいな)まれていて、死にたがっているって——」

「ああ、あとになってそう言っていた。決断を迫る時点では。医者にはわかっていたんだ……」

ウェスコットは言葉を切った。

「わかっていたんだ」と、あらためて言いなおす。「わたしの聞きたい言葉が」

リンは無言だ。

その横で彼は静かな笑い声を漏らした。「でも、簡単に信じるべきじゃなかった。わかってはいたんだ。人間の脳は尊厳死を受け入れられるようにはできてない。少しでも長く呼吸しつづけるためならもがいて暴れて何でもするってことを、三十億年以上も続けてきたんだから。自分で自分のスイッチを切る決断が簡単にできるわけがない」

リンは彼の胸に片腕を回した。「自分自身のスイッチを切る人ならいつだって存在してるわ、ラス。しょっちゅうよ。あなたも知ってるでしょ」

彼は答えない。遠いサイレンの音が虚無を破った。

「キャロルは違った」ややあって、そう言う。「わたしが代わりに決断したんだ」

リンは頭を彼の肩に預けた。「あなたは十年かけて、自分が正しかったかどうか確認しようとしてきた。でも、そうやってあなたが記録してきた人たちはキャロルじゃないのよ、ラス。あなたが……処理してきた動物も、やっぱりキャロルじゃ――」

「ああ、そうとも」ウェスコットは目を閉じた。「あいつらは何カ月も何カ月も苦しみつづけたりしない。少しずつ……衰えて……いくんじゃなく、死ぬときもその死はすばやくて、毎日、息をするたびにぜいぜいとあえぐのを見つづける必要もない。わたしが誰なのかもわからなくなって、こっちはただただ望むようになる――」

彼は目を開いた。

「きみが生活のために何をしてきたか、すぐ忘れてしまうな」

「ラス――」

彼は落ち着いた顔でリンを見つめた。「どうしてわたしのことを気にするんだ？　まだ克服できていないと思うのか？」

「ラス、わたしはただ――」

「それではうまくいかないんだ。わかってるだろう。もう遅いんだ。長い時間がかかったものの、今では心がどう働くかわかっている。知ってるか？　結局、特別なことじゃなかった。霊的なものでも、量子的なものでさえなかった。単に一群のスイッチが互いにつながってるだけだ。見えているものを話してもらう必要さえない。すぐにそれが〝読める〟ようになる」

その声は冷静だった。目はずっと天井を向いている。薄暗い照明器具が目の前で揺れているようだ。瞬きすると焦点がぼやけ、部屋がぐらつくように感じた。

リンは手を伸ばし、彼の濡れた頬に触れた。「あなたは怖がっているのよ」とささやく。「十年のあいだ追いかけて、ゴールが目前になった今、心の底から怖がっているの」

ウェスコットは微笑したが、リンのほうを見ようとはしなかった。「いや、そんなことはまったくないね」

「じゃあ、何なの？」

彼は息をついた。「今わかった。どっちに転がろうと、もうまるで気にならないのさ」

帰宅してプリントアウトをつかみ、部屋の中が急に空虚に感じられて、ここでも敗れたことを悟る。

ワークステーションは片隅でスリープ状態になっていた。表面にまばらなモザイクが自動表示されている。彼はその前に近づいた。少し進んだところでキューブの一面が明るくなった。

リンの肩から上が画面上で彼を見つめている。

ウェスコットは部屋の中を見まわした。思わず声をかけそうになる。

キューブ上のリンの唇が動いた。「ハロー、ラス」

彼は何とか小さな笑い声を出した。「そこできみを見ることになるとはな」

「やっと試してみることにしたの。あなたの言うとおり、十年でずいぶん進歩したわね」

「本当にシミュレーションなのか？　出来のいい会話ルーチンじゃなくて？」

「そうよ。実に驚くべきものね。わたし自身のあらゆる映像と医療や学業の記録を食わせて、そのあと長々と話をしたわ。これがわたし自身だって感じられるようになるまで」

で、そいつは誰なんだ？　彼はぼんやりとそう思った。

「話してるうちにみるみる変化していくのよ、ラス。本当に不気味だった。死んだような棒読みから始まって、話すうちにわたしの声や癖を真似していって、すぐにわたしそっくりのしゃべり方をするようになった。それがこれよ。四時間くらいで機械から人間に変化したわ」

彼は微笑した。簡単ではなかった。次に何が来るかわかっていたのだ。

「これは——実際、過去数年間のあなたの姿をコマ落としで見てるみたいだった」シミュレーションが言う。「逆回転でね」

彼は平静な声を保った。「帰ってこないつもりなんだな」

「もちろん帰るわ、ラス。ただ、帰る場所はもうそこじゃないってこと。そこだったらよかったとは思う。あなたはわからないでしょうけど、本当に心底そう思う。でも、あなたはそれが手放せないし、わたしはもうこれ以上それといっしょにはやっていけない」

「きみはまだわかっていないんだ。こんなのはただのプログラムで、たまたまキャロルと同じように話すだけだ。どうってものじゃない。わたしは――きみがそんなに気にするなら、消去したって――」

「そういうことを言ってるんじゃないわ、ラス」

詳しく問いただそうと思い、考えなおす。

「リン――」

リンの口が大きく広がった。笑みではない。「訊かないで、ラス。あなたが戻るまで、わたしは帰れない」

「だが、わたしはここにいる！」

彼女は首を左右に振った。「わたしが最後にラス・ウェスコットを見たとき、彼は泣いていたわ。ほんの少しだけ。思うに――思うに彼は十年にわたって何かを求めつづけて、とうとうそれをちらりと目にしたけど、それが大きすぎたために逃げ出して、オートパイロットのようなものにあとを任せたんでしょう。責めるつもりはないし、あなたはとてもよくできているけど、それでもあなたにはものを感じるという能力がないの」

ウェスコットはアセチルコリンエステラーゼ（神経の刺激を解除する酵素）と脳内麻薬のことを思った。

「そんなことはないよ、キャロル。わたしはものを感じるということについて、世界じゅうの誰よりもよく知っている」

画面上でリンの代用品が、かすかな笑みとともにため息をついた。

シミュレーションは新しいイヤリングをつけていた。骨董品のプリント基板らしい。ウェスコットはそれについて何か言おうとした、褒めるかけなすか、とにかく会話をもっと安全な領域に誘導するようなことを。だが、実は彼女がもう何年もそれをつけていて、彼が気づかなかっただけである可能性を考え、結局何も言わなかった。

「どうして自分で言えなかったんだ?」とうとう彼はそう尋ねた。「わたしにそうするだけの価値がなかったからか? せめて個人的に話してくれてもよかっただろう?」

「だからこうして個人的に話しているの、ラス。これ以上個人的なやり取りを、あなたは誰にもさせなかった」

「ばか言うな! シミュレーションを作って出なおしてこいなんて言ったか? わたしがきみをアニメか何かみたいに見てると思うのか? まったく、リン――」

「個人的な侮辱とは思ってないわ、ラス。あなたの感覚では、わたしたちはみんなアニメなんだから」

「いったい何の話をしているんだ?」

「本当に、あなたを責めるつもりはないの。三目並べでけりがつくのに、どうして3Dチェスを覚える必要がある? 完全に理解していて、かならず勝てるのに。おもしろくはないかもしれないけどね、もちろん……」

「リン――」

「あなたのモデルは現実を単純化してるだけなのよ、ラス。再創造はしていない」

ウェスコットは手の中のプリントアウトの存在を思い出した。「してるとも。何にせよ、じゅうぶんな程度には」

「そう」映像がちらりと目を落とす。不気味だな。シミュレーションがこんなふうに目をそらすなんて――「あなたの答えは出たわけね」

「わたしたちの答えだ。わたしと、数テラバイトのソフトウェアと、たくさんの同僚たちの答えだよ、リン。顔と顔を合わせていっしょに働いている人々の」

彼女が顔を上げる。ウェスコットは驚いた。プログラムはこんなとき本物のリンの目に宿るだろう悲しげな明るさまで再現している。「それで、どんな答え？　トンネルの先には何があったの？」

彼は肩をすくめた。「大したものじゃなかった。拍子抜けもいいところだ」

「もっといいものならよかったんだけど、ラス。それがわたしたちを殺したんだから」

「あるいは単に、必然的に生じる人為構造だったかもしれない。よくある観察者効果だな、たぶん。常識で考えればわかっていたかもしれない。わたし自身を救うこともできていたかも――」

「ラス」

彼は画面を見ていなかった。

「その先には何もなかった」とうとうそう言う。「思考する存在は何も。わたしは気に入らなかった。そこにはただ……動物的な本能が中心に存在しているだけだった。大脳辺縁系が脳だった時代の遺物だ。今となってはそんなもの、非熟練労働者にすぎない。そうだろう？　全体の中のごく小さな一部で、新参者の新皮質がわざわざ手を出すまでもない、自動化されたちょっとした作業を一手に引き受けている。そもそも考えもしなかったよ。そんなものがまだ……生きているとは……」

声が徐々に小さくなった。リンの幽霊は黙ったままだ。たぶん対応できないか、応答しないようプログラムされているのだろう。

「死は外側から内側に向かって進行するって知ってたかい？」沈黙が言葉よりも耐えがたくなって、彼は口を開いた。「そのとき、ほんの一瞬、中枢がふたたび自分のすべてになるんだ。そこまで行くと誰もが死にたくないと……つまり、自殺者でさえ自分を騙しているんだ。知性のゲームだよ。人間は誰でも自分の死を誇り高く決断できると思っていて、脳の奥底に眠っている太古の蜥蜴のことなど忘れている。そいつは倫理もＱＯＬも親族への迷惑も考慮せず、ただただ生きたい、生きつづけることだけを志向するようにプログラムされてるんだ。とうとう最後に、手綱を握っていた者がどこにもいなくなると、そいつは起き上がってあたりを見まわし、最期の瞬間に裏切られたと知って……悲鳴を……」

誰かに名前を呼ばれた気がしたが、彼は顔を上げて確かめようとしなかった。

「見つかるものはいつもこうだ。一億年ぶりに目覚めたら、死ぬほど怯えて……」

その言葉は途中で宙吊りになった。

「あなたはわかってない」その声は遠く、急に緊迫して、ほとんど親しみを感じさせなかった。「あなたは自分に、それは人為構造だと言い聞かせてる。でも彼女は全然そんなふうには感じていないの、ラス。あなたはそのデータを持ってない」

「どうでもいいことだ」彼はつぶやいた。「ウェットウェアはどれも同じ死に方を――」

彼は顔を上げ、画面を見た。

何ということだろう、リンの映像は泣いていた。燐光(りんこう)を発する涙が人工的な頬の上を流れている。リンがそこにいたらそうなるだろうという情景を貶(おと)めるパロディのようだ。ウェスコットは突然、彼のために泣いているソフトウェアに、機械がリンの気持ちを理解する親密さに、その模造品の精密さに憎しみを抱いた。装置が彼女をよく知っているという事実に。

「どうってことじゃない。さっきも言ったとおり、拍子抜けさ。何にせよ、きみは戻って報告しなくちゃならないんだろう――本体に――」

「あなたが望むならこのままここにいるわ。どれほど辛いかわかってるつもりよ、ラス――」

「いや、わかってない」ウェスコットは微笑した。「リンならわかっただろうが。きみは単にどこかにある心理データベースにアクセスしてるだけだ。でも、がんばったほうだとは思うよ」

「ここにいてもいいのよ、ラス――」

「いや、それはもうわたしじゃないと言ったじゃないか。忘れたのか?」

「――あなたがそうしたければ、もっと話しつづけてもいいの」

「そうだな。戯画とオートパイロットの対話だ」

「わたしはすぐに戻らなくてもいいんだから」

「アルゴリズムが透けて見えるぞ」彼は微笑したままそう言い、きびしい口調で告げた。「ストップ」

キューブが暗くなった。

「プログラムをち、中断しますか、それとも一時停止しますか?」キャロルが尋ねる。

ウェスコットはしばらく何も答えずにその場に立ったまま、黒くのっぺりしたアクリル製のキューブを見つめていた。中には何も見えず、自分の顔が映っているだけだ。

「中断」とうとう彼はそう言った。「そのあと削除しろ」

帰郷

"Home"

深海底で行われる計画のために選抜されたのは、特殊な環境の精神的重圧に耐えられるよう、もともと重いトラウマを抱えた人間たち。さらに肉体はもちろん脳神経系までもが深海で生きられるように改造されて……そんな主人公の視点で語られる、ポスト・ヒューマンＳＦ短編。

公式サイトでの本人のコメンタリーによれば、もともとは海洋ＳＦ長編 *Starfish*（一九九九年）の終章として書き始めたのだが、最終的に独立した作品として発表することになったものだという。

初出は *On Spec* 誌一九九九年夏季号。

（編集部）

それは自分が何だったのか忘れてしまっている。こんな場所で、それが問題になるわけではない。名乗るべき相手が何もないところで、名前が何の役に立つ？　それは自分がどこから来たのかも覚えていない。北太平洋海流の陰気な薄明も、それを温度躍層の下へと押し戻した騒音とガソリンの後味も。以前は脊髄の先端にあった、言語と文化を司るゼラチン質の飾りのことも。そんな支配者が数十もの自律的な、互いに自己主張し合うサブルーチンに分解していったことも覚えていない。今はそうしたサブルーチンさえ沈黙している。

大脳皮質はもう大した指示を出さない。低レベルのインパルスが頭頂葉と後頭葉からちらちらと飛んでくるだけだ。背景では運動野がうなりを上げ、ときどきブローカ野がつぶやきを漏らす。それ以外はほとんどが暗く死んでいて、不凍液のように冷たい黒い海にのろのろと呑み込まれていっている。残っているのは純粋な蜥蜴の脳だけだ。

それは何も考えずにひたすら突き進み、四百気圧の水圧も意に介さない。手に入るものなら何でも食べる。脱塩機構と再利用機構が体内に水を循環させつづける。ときおり、古い哺乳類の皮膚が老廃物でべたべたしてくると、その上に形成された新しい皮膚が海に向かって孔を開き、蒸留した海水の一部を使ってすべてをきれいに洗い流す。

蜥蜴は頭の中で正しい道を示しつづける信号について思い惑うことなどいっさいない。どこに、なぜ向かっているのかは知らない。わかっているのは野獣の本能でそこにたどり着く方法だけだ。

もちろんそれは死にかけているが、すぐに死ぬわけではない。たとえそのことがわかっていても、気にすることはなかったろう。


何かがそれの内面を叩く。正確に刻まれた極小の衝撃波がどこか前方から伝わってきて、胸の中の機械を連打する。

蜥蜴には何の音なのかわからない。海底で大陸棚同士がこすれ合う断続的なうめきではなかった。ベーリング海峡に沿ってかすかに反響する海洋気象の音響温度測定（ATOC）の低周波パルスでもない。もっと鋭い——金属的な音だ。ブローカ野が何かつぶやいたが、それには何のことかわからない。

突然、その音が強くなる。

目の前にあらわれた光に目が眩む（くら）。すでに記憶にない大昔の癖で、思わず瞬き（まばた）しようとする。両目を覆う膜が自動的に暗くなる。数秒遅れて、反射神経が瞳孔（どうこう）を針先のように小さく収縮させる。

前方の闇の中で銅色のビーコンが燃え上がる——強く安定した光で、ときどき行く手を照らす生物発光とは比較にならない明るさだ。あれはせいぜい薄明かり程度でしかない。それでも蜥蜴の増感された目なら、深海魚の放つわずかな光でも薄暮くらいにはあたりのものを見ることができる。しかしこの新しい光は、光の当たらない部分を漆黒に変えてしまう。これほど強い光を最後に見たのは――

大脳皮質から認識の震えが伝わってくる。

それは身動きをやめ、ためらうように漂う。どこか近くから聞こえる、切羽詰まった調子のかすかな音にも気づいている。だが、それは記憶にある限りずっと同じコースをたどりつづけていて、そのコースはつねに一本道だ。

降下して海底に達し、泥の雲を巻き上げながら這(は)い進む。

ビーコンが海底から数メートルのところで光っている。近くから見ると、いくつもの小さな光が弧を描いて並んでいるのがわかる。ある種の大型魚の側面にある発光体のようだ。

ブローカ野がさらに雑音を立てる。〝ナトリウム灯だ〟蜥蜴は水中を押し進み、左右を見まわす。

と、突然の恐怖に凍りつく。光の背後に何か巨大なものがうずくまっている。闇を背景に、灰色の塊(かたまり)が見える。滑らかな巨岩のようだが、あり得ないほど軽々と海中に浮かんでいる。赤道部分にはずらりと光が並んでいる。細い線を撚(よ)り合わせたらしいロープで海底に固定されている。

何かが変化する。

何が起きたのか蜥蜴が認識するのに少し時間がかかる。胸の鼓動が静まり、それは神経質に、影から光へ、光から影へと視線を移す。

「こちらはアリューシャン地熱アレイのリンケ・ステーションです。ようこそお帰りなさい」

蜥蜴が影の中に飛び込む。背後で泥がたなびく。ぼんやりした認識に到達する前に、それは二十メートルほども後退している。

ブローカ野は聞こえてきた音を知っている。理解はできない――ブローカ野が得意なのは物真似だ――が、前に同じような音を聞いたことがある。蜥蜴は不慣れな衝動を覚える。好奇心が役に立ったのはずいぶん昔のことだ。

それは反転し、逃げてきた相手に向きなおる。距離を取ったので光は弱まり、ぼやけた輝きになっている。それの胸の中でかすかなスタッカートのリズムが刻まれる。

蜥蜴はじりじりとビーコンに接近する。固まっていた光がふたたび無数の光源に分裂する。灰色の不気味な輪郭はその背後にうずくまっている。

蜥蜴が近づいたことで、ふたたびリズムが静かになる。帯状の光をまとった奇妙な物体が頭上に迫ってくる。表面には滑らかな部分も、あばただらけの部分もある。近くから見ると、丸い窪みや鋭い突起が正確に並んでいるのがわかる。

「こちらはアリューシャン地熱アレイのリンケ・ステーションです。ようこそお帰りなさい」

蜥蜴はひるんだが、今度はそのまま進みつづける。

「あなたの音響プロファイルから正確なＩＤが読み取れません」音が海中に響く。「あなたはデボラ・リンデンだと思われます。デボラ・リンデンです。あなたがデボラ・リンデンなら、応答してください」

デボラ・リンデン。記憶が呼び起こされる。今と同じように四肢があるが直立して、まぶしい光の中で重力に逆らって動き、奇妙に甲高い音を立てる――

――笑い声――

「あなたがデボラ・リンデンなら――」

それはかぶりを振る。なぜそうしたのかはわからない。

「――応答してください」

ジュディ・キャラコ。何か別のものがすぐ近くでそう言う。

「デボラ・リンデン。話ができないなら、両手を振ってください」

頭上の光が帆立貝の形に海底を照らし出す。泥の上に、中に入れそうなくらいの大きさの箱があるのが見える。側面の一つに小さな緑の光点が二つ点灯している。

「ステーションの下にある非常用シェルターに入ってください。食料と医療機器が用意されています」

箱の一端が開く。きちんと整理された物資が影の中に設置されているのが見える。

「すべて自動化されています。シェルターに入るだけでだいじょうぶです。すでに救助チームが向かっています」

自動化。その単語だけが際立って聞こえる。もう少しで意味がわかりそうだ。個人的な関わりがある言葉なのだろう。

蜥蜴は振り返り、頭上にそびえるものを見上げる。それはまるで、まるで——

——まるで拳のよう——

まるで拳のよう。球体の下面は冷たい影に隠れている。赤道部分の光も凸面の全体には届かない。球体の南極付近に重なった影の中で、何かが手招きするように動く。

蜥蜴は海底を蹴り、ふたたび泥の雲を湧き上がらせる。

「デボラ・リンデン。ステーションはあなたを傷つけないようロックされます」

円錐形の影の中に滑り込むと、そこに直径一メートルほどの明るく輝く下向きの円盤があらわれる。蜥蜴はその中を覗き込む。

何かが見つめ返してくる。

驚いた蜥蜴は身をひるがえして逃げ出す。急に生じた渦で円盤が揺らめく。

泡だ。それだけ。気体が溜まっているにすぎない。それは——

エアロックだ。

蜥蜴は停止する。その単語を知っている。なぜか意味まで理解できる。ブローカ野はもう孤立無援ではない。何かが側頭葉から手を伸ばし、介入してくる。もっと上位にあって、ブローカ野の言っていることを理解できる何かが。

「ステーションの下にある非常用シェルターに入ってください——」

まだ不安を感じながら、蜥蜴はエアロックの下に戻る。空気溜りが光を反射して銀色にきらめく。そこに黒い死霊の姿が見える。目があるべき位置に二つの空白がある以外、表情らしいものはない。死霊が蜥蜴の伸ばした両手に向かって手を差しのべる。それぞれの指先が触れ合い、ヒューズが飛んで影が消える。片方の腕が手首のところまで、自分自身の鏡像の中に埋もれる。鏡の中にある指先は金属に触れている。

「——あなたを傷つけないようロックされます。デボラ・リンデン」

蜥蜴は魅せられたように手を引っ込める。内部で忘れられた部品が動き出す。もう少しなじみのあるほかの部品はそれを排除しようとする。死霊は何事も起きていないかのように、うつろに頭上に浮かんでいる。

蜥蜴は片手を顔に引き寄せ、人差し指で耳から顎の線をなぞる。折りたたまれていた非常に長い分子が開いていく。

死霊の黒い顔にも数センチの切れ目が生じる。その下にあるものが、透過した光を受けて薄い灰色に見えている。蜥蜴はその頬の見慣れたえくぼを見て、突然の寒けを覚える。

そのまま指を動かしつづけ、耳から耳までをなぞる。感光器官の下に笑っているような大きな開口部ができる。そこから黒い膜が顎のほうに垂れ下がる。その端は喉に固着している。

表面の中央部分には皺が寄っている。蜥蜴が顎を動かすと、その皺が開く。

すでに歯はほとんどなくなっている。何本かは呑み込み、顔が覆われていないときに抜けた歯は吐き出した。別に構わない。最近それが食べるものはどんどん柔らかくなっているから。ときどき大きすぎて丸呑みにできない軟体動物や棘皮(きょくひ)動物もいたが、そのときは両手がある。

親指はまだ対向している。

ただ、歯があった場所がぽっかりと空洞になっているのを実際に見たのはそのときがはじめてだ。何となく、これはまずいと感じる。

「――すべて自動化されて――」

くぐもった騒音が突然割り込んできて、すぐに静かになる。わずかの間、歓迎すべき静寂が訪れる。だが、すぐに別の音が聞こえてくる。前よりは静かで、ほとんどささやくようだ。

「ちょっと、ジュディ、あなたなの?」

それはその音を知っている。

「ジュディ・キャラコ? ジャネット・バラードよ、覚えてる? 予備訓練でいっしょだった。ジュディ? しゃべれる?」

遠い過去からの音だ。

「聞こえる、ジュディ? 聞こえたら手を振って」

もっと大きなものの一部だったとき、〝それ〟ではなく――

「システムはあなたを認識してないわ。わかってる? 現地用のプログラムだから」

――〝彼女〟だったときの。

長らく眠り込んでいたニューロン群が闇の中で発火する。忘れられていた古いサブシステムがつっかえながら再起動する。

〝わたし〟は――

「帰ってきたのね――何てこと、ジュディ、ここがどこだかわかる？　あなた、フアン・デ・フカ海峡で行方不明になってたのよ！　三千キロも旅をしてきたなんて！」

あれはわたしの名前を知っている。突然頭の中に生じたつぶやきをどう扱えばいいか、彼女はほとんど考えられない。

「ジュディ、わたしよ、ジャネットよ。ほんとに、ジュディ、どうやってこんなに長く生き延びられたの？」

彼女は答えられない。かろうじて質問を理解しはじめたばかりだ。まだ眠っている部分も、話ができない部分もあるし、完全に失われてしまった部分もある。どうして喉が渇かないのか覚えていない。周期的な呼吸の高まりも。以前、ほんの少しのあいだ、〝光学増幅〟や〝筋電〟といった単語を知っていたこともあったが、そのときでさえ意味はわからなかった。

彼女は首を強く振って頭をはっきりさせようとする。新しい部分――いや、古い、とても古い部分で、いなくなっていたが戻ってきて、今は何としても黙ろうとしない――は、激しく注目を主張する。彼女はふたたび泡の中に、自分の鏡像の向こうに手を伸ばす。下面エアロックがまたしても押し返してくる。

「ジュディ、ステーションの中には入れないわ。そこには誰もいないの。全部自動化されてる」

彼女は顔に手を戻し、黒と灰色のあいだの線をなぞる。死霊から影がさらに剝ぎ取られ、大きな白っぽい楕円の中に小さな二つの楕円が見えるようになる。小さな楕円は白くて、まったく表情がない。口のまわりの肉がちくちくして、無感覚になる。
わたしの顔が、と何かが叫ぶ。わたしの目はどうしちゃったの？

「どのみち、中に入りたくはないでしょ。立つこともできないみたいだから。ほかの離脱者の中にもいたけど、カルシウムが溶け出してしまってる。骨がすっかりすかすかになってるの、わかる？」

わたしの目が――

「潜水艇を空輸してるわ。十五時間以内に救助チームが到着する。シェルターに入って待ってて。最新鋭の装置よ、ジュディ。何もかも面倒を見てくれるわ」

彼女は開いた箱を見下ろす。頭の中に言葉が浮かんでくる。脚。拘束。罠。意味はわかっている。

「何か――何らかのミスがあったようね、ジュディ。でも、今はもう事情が違うわ。人間を変化させる必要はなくなったの。そこで待ってて、ジュディ。元に戻して、家に帰してあげるわ」

頭の中の音が急に静かになり、用心深くなる。言葉の響きが気に入らない。家。彼女はその意味を考える。どうして寒々した気分になるのかを。

さらにいくつかの言葉が頭の中を通過する。明かりが灯(とも)る。誰もいない家。

明かりが灯る。瞬(またた)きながら。

頭の中で何か病的な、腐ったものがうごめくのがちらりと見える。古い記憶が何年にもわたる腐食に抗して悲鳴を搾り出す。何かがいきなり焦点範囲に入ってくる。芋虫だ。ひくひくとうごめく、目のない、肉質の末端が、二十年の時を隔てて彼女に向かってくる。彼女はぞっとしながらそれを見つめ、芋虫が何と呼ばれていたかを思い出す。〝指〟だ。

　何かがぱちんと弾ける。広い部屋、小さな片手が握りしめる指人形。ミントのような香りがして、芋虫が彼女の脚のあいだをまさぐり、痛かったけれど、しいっ、そんなに悪いことでもないんだよ、というささやきが聞こえ、彼を失望させたくなかったし、これはみんなおまえのためなんだ、そう言われて彼女はかぶりを振り、目を閉じてただ待つ。ふたたび目を開けたのは何年も何年もあとのことで、すると彼がそこにいて、すっかり小さくなっていて、覚えていない、覚えてさえいないまま、おまえもすっかり大きくなったな、何年ぶりだろうな？　だから彼女はテーザー銃を撃ち込んでから教えてやり、彼は倒れて、千二百ボルトのオーガズムで全身の筋肉を硬直させている彼に言ってやる。ナイフを目の前で見せつけ、彼の左目が疲れたような湿ったため息を漏らしてしぼみ、だが右目はそのままにしておいたので、狂ったように小さな弧を描いてあちこちに楽しげに動きまわり、だから見ることはできるけれどそこで、くそっ、こんなときに限って警官が一人間に合ってしまい、また芋虫が、今度は握り拳になってピストンのように彼女の腎臓のあたりを叩き、芋虫が彼女の髪をつかみ、連れていかれたのは最寄の警察署ではなく奇妙な病院のような場所で、となりの部屋から聞こえてくる声は〝最適なトラウマ後環境〟とか〝内因性ドーパミン中毒〟とか話している。そのとき誰かがこう言う。代案があるんだ、ミズ・キャラコ。行ってもらいたい場所がある。少し危険だが、そこなら本当に自分の家だと感じられるんじゃないかな？　人類への貢献にもなる。ある種のストレス下でも参ってしまわない人間が必要なんだ……

彼女は言う。わかった、わかった、やるわよ。

芋虫が胸の中を掘り進み、柔らかい部品を貪り食って体内を切り開き、プラスティックと金属の頑丈な配列に入れ替える。

そのあと暗く冷たい、生命が呼吸をしない、巨大な子宮のように圧力をかけてくる四千メートルの深海に……

「ジュディ、お願いだから、何かしゃべってくれない？　ヴォコーダーが壊れてる？　応答できないの？」

全身が震える。ただ自分の手が持ち上がり、自律的な救済者として、顔のまわりを漂っている黒い皮膚をつまむのを見ていることしかできない。蜥蜴がその隅を押さえる。ここと、ここと。疎水性の側鎖がそれを囲繞する。すべすべした黒い膜が後方に広がり、腐った肉の上にかぶさる。中からかすかに、くぐもった怒りの音が上がる。

「ジュディ、お願い、せめて手を振るか何かして！　ジュディ、あなたは何——どこに行こうとしてるの？」

わからない。これまでしてきたのは、ここに旅をすることだけだ。理由は覚えていない。

「ジュディ、あまり遠くまでさまよっていってはだめ……覚えてないかもしれないけど、この装置は活断層が近すぎるとよく見えなくて——」

それが求めるのはこの音と光から逃れることだけだ。それが求めるのはふたたび一人になることだけだ。

「ジュディ、待って――あなたを助けたいと――」

それの背後でぎらつく人工の光が衰える。

前方には生体照明器のわずかな光があるだけだ。

かすかな認識が意識の端で揺らめき、永遠に消えていく。

海を見る何年も前から、彼女にはそこが自分の家だとわかっていた。

炎のブランド

"Firebrand"

突如として人体が燃え上がる〝人体発火現象〟が頻発するようになった未来。その原因はあるバイオ企業が開発した燃料製造用の遺伝子組み換え藻の遺伝子が漏出していたためだったのだが、企業と癒着している政府はもみ消しをはかる。あるときとうとう真実が露見し、もみ消しの実務に携わっていた主人公ドーラと同僚ゲイルは……

ワッツらしい乾いたユーモア感覚と生命観が見られる一編。なお、親子間の遺伝子伝達を垂直伝達と呼ぶのに対し、ウイルスなどの働きにより個体や種（しゅ）を超えて遺伝子が移動することを水平伝達と呼ぶ。

初出は、マサチューセッツ工科大学出版局が同大系列の科学技術誌〈テクノロジー・レビュー〉と共同で編んでいるＳＦアンソロジー *Twelve Tomorrows* 二〇一三年版（スティーヴン・キャス編）。

（編集部）

しばらく時間はかかったものの、やがては有権者も人間の自発的発火という現象に慣れてしまった。

それは結局、そう目新しいことではなかった。人間が突然発火するという現象の報告は、逸話として少なくとも中世まで遡る。近年は頻度がいささか増しているものの、その理由は——研究者が指摘するとおり——はっきりしていた。新政権の政策で詳細かつ明確な記録が取られるようになり、現象の発生が効率的に把握できるようになったせいだ。

たとえばライアン・フレッチャーの場合、家族みんなで『監獄島』のテレビ・シリーズの一話を観ていたとき、リクライニング・チェアに座ったまま発火した。目撃者の証言によると、一日一本だけ吸うことにしているベンソン&ヘッジス・ゴールドに火をつけ、それを口もとに持っていったとたん、部屋の中に炎を吹き出した——「まるでドラゴンだった!」八歳のシェルドン・フレッチャーは二十分足らずあと、警察にそう述べている。たぶんげっぷをしたのだろう。報告書にその旨の記載はないが、推定二・五リットルの直鎖炭化水素ドデカンと通常の胆汁、メタン、未消化の食物が混ざり合っていたフレッチャーの消化管に、酸素が流れ込む可能性はほかにない。

結果として起きた爆発には二つの段階があった。最初に腹に穴があき、嫌気性の内臓環境が酸素にさらされて第二の爆発を誘発し、ライアン・フレッチャーの焼灼された肉片を廊下の奥の五メートル離れた鏡に付着させた。

フレッチャーは生物燃料産業と職業上の関わりなどなかった。だが――彼のスバルから回収されたGPSの記録によると――二週間前にグリーンヘックス社の施設の風下を通過していた。ちょうどそこの生物反応槽のガスケットが一つ故障した時間帯に。幸い、その関係性に気づいた者はいなかった。

ただ、ドーラ・スキレットはポーランド人が非難されるように仕向けた。


報道によると、ポーランドのアルコール産業複合体がこのところ思わぬ復興を遂げているという。どんな規制も効果はない。EUは〝有毒廃棄物〟の定義を次々と拡大して対抗を試みた。酒類取扱免許の手数料は法外な額になり、ポーランドのレストランやホテルでアルコール飲料を買うのは事実上不可能だが――それでも文化のDNAに組み込まれた習慣はしつこく生き延びている。業者は広場にぐらぐらするテーブルを並べ、百種類もの密造酒を勧めている。何のマークもない木箱ができるだけ緩い環境基準を求めて国境を行き来する。そこらじゅうの地下室で自家製の醸造酒が泡立ちあふれている。アルコールはポーランドの司法においてさえ大きな役割を果たしていた。中世の伝統的な極刑は、犯人の喉にチューブを突っ込んで、腹が破裂するまでワインを流し込むというものだった（ルブリン県の山奥では今もおこなわれているという噂がある）。

ここ数年、ワインやウォッカ・コーヒーが北アメリカに流入し、その圧倒的な影響力はもっとも優秀な公務員にまで及んでいた。薬局や煙草店で売られている薬物には縁がなさそうな、家族の価値を重視するタイプの人々まで引っかかっているのだ。そしてある日、靴下と靴を履いたままの半長靴のような二本の足が居間のカーペットの上でくすぶっているのが発見される。焼け残った両足の上から炭化した脛骨の一部が突き出しているかもしれない。葬儀のあと、寄贈できそうな遺品を求めて地下室を片づけていると、まず誰も覗こうとしない温水器の陰にそれが見つかる。機械油のようにねっとりした液体が半分ほど入った、箱いっぱいのボトル。ラベルの文字はCの上に妙なアクセント記号があったり、Lの縦棒に小さな斜線がついていたり、単語の末尾がみんなskiだったりする。それを見た者は邪悪なポーランド人と邪悪な密造酒に悪態をつき、善良な人物の身に悪いことが起きる不公平さに怒りをあらわすが、〝プラスミド〟や〝水平伝達〟という単語は頭に浮かびさえしない。

ドーラのデスクトップのスクリーンセーバーは、一七〇〇年代のプロイセン王による〝ポーランドのワインを味わったことがない者は幸いである〟という箴言が事件ファイルのまわりをうろうろ這いまわるというものだ。この言葉にヒントを得て、彼女は二年前、E＆I省のジェームズ・ホアー賞を分析イノベーション部門ではじめて受賞した。確かに幸いだわ。彼女はそう思い、何の特徴もない花屋のロゴを側面につけたヴァンの運転手にフレッチャー家の住所を書いて渡した。

次の報告はもっと直截的（ちょくせつてき）――オレゴン州ガリバルディの仮設トイレで爆発したハイカーのメイ＝リー・バドゥラだ。驚くことではないが、トイレでの発火はほかのすべての偶発燃焼件数を合わせたよりも多い。専用の略語も作られ、略語辞典にも記載されたくらいだ（ｄｅｆｄｅｔというのだが――副長官が繰り返し注意したにもかかわらず、〝大腸火災（グレート・ボウルズ・オブ・ファイヤー）〟という非公式用語が職員のあいだで流行した）。最近はバスルームで香料入りキャンドルを灯す人が増えているが、ドーラは暴力的な自然淘汰（とうた）がいずれこの傾向を是正するだろうと考えていた。

バドゥラがトイレでマッチを擦（す）ったのは間違いない。

ドーラはバドゥラのバックパック内で着火剤の液体が漏れていたことにして（真実から大きくはずれてはいないはずだ）、次にスコットランドのスティーヴンストンで起きたグレタとロジャーのヤング夫妻の件に移った。二人の焼死体はベッドの上で並んで発見された。どちらも喫煙の習慣はない。

ドーラはデスクトップをタップした。スマート塗料が指の下で不安定にうごめく。彼女は最近親者を検索した。子供が五人、孫がその倍。

ＨＥＬにイエス。

彼女は昔から、子供を産まないことによって人類の絶滅をめざすという人類絶滅同盟（ＨＥＬ）が好きだった。一つには、それが実在している――少なくとも実在していたから。たとえそれが厳格な非暴力団体で、実際のスローガンが退屈なものであっても。〝HELにイエス〟はずっと力強く、最近になって街の中心部でよく見かけるようになった、スプレーで乱雑に描かれた棒人間の家族——手をつなぎ、目はXであらわされている——によく似合っている。グラノラ・バーを食べているようなそういう連中は、たとえ知っていても彼女に感謝などしないが、彼らが公共のレーダーに引っかかるようになったのは（確かに勝手にやったことではあるが）ドーラのおかげだった。それによって彼女はふたたびホアー賞を受賞した。

グレタとロジャーのヤング夫妻は子供たちともども熱心なカトリックだったから、人類の絶滅を求める過激派には格好の標的だ。彼女は登録しようとした。

デスクトップが苛立たしげな音を響かせる。入力拒否——割り当て超過だ。彼女は悪態をつき、詳細を要求した。今月すでにゲイル・ヴィンセントがHELを登録していた。

筋が通ることは認めるしかなかった。同じ井戸に何度も通うことはできない。人々の関心が偶発燃焼そのものから、なぜ政府は環境過激派の殺人者たちを何とかしないのかというほうに移ってしまう。それでもドーラには、HELは自分のネタだという意識があった。彼女はゲイルに音声メールした。「またHELにちょっかいを出してくれたようね。あなたも別のテロリストを見つけなさいよ?」

ごめん、ドリー。ゲイルから返事が返ってきた。コーヒーを奢るからそれで許してくれない?

「たぶんね。マフィンもつけてくれたら」

ドーラの視界の上方左側に琥珀色の星が点灯した。生物燃料産業に関連するニュースがあったら教えるようにプログラムしてあるのだ。彼女はとりあえず〝あとで読む〟に指定した。ヤング夫妻の件をどうするか決めたあとで読めるように。わずかに遅れてあらわれた緑の星にも同じ処理をした。グリーンヘックスに紐づけしてあるニュース。たぶん同じ話だ。

紫色の星（E&I省）が三十秒くらいあとに点灯し、同時に周囲の突然の変化に気づく。おしゃべりがいきなりやんでいた。目に見えないねっとりしたものがじわじわと建物内に流れ込み、満ち満ちて、ドーラの耳がぽんと鳴った。

居心地のいいデスクトップの前で椅子の背にもたれ、同僚の列を眺める。誰もがグーグル眼鏡をかけるか、デスクトップの前に座って身動きしない。言葉を発している者もいなかった。ゲイルからのV2Tが彼女の視野に這い込んでくる。くそ、あれを見た？

レーザーのようにまぶしい真紅の新星。E&I省長官その人だ。ドーラの黄道上で小さいがまばゆい星座が王冠の宝石のように輝く。

彼女はニュースを開いた。

マクロネット・ニュース速報

ピクセルが叫んでいる。そして

これは終わりの日のスムージーか？

だが、この二つの見出しのあいだにある画像はループになった小さな緑の螺旋だけだ。ドーラはそれがDNAの二重螺旋だとすぐに気づいた。

「――プラグ&プレイの道具を使い、遺伝子エンジニアは特別な力を振るいます」ナレーションはもう途中だった。「通常の遺伝子と違い、プラスミドは世代から世代へと受け渡されるだけではありません。この簡単な命令セットは種の垣根を越えてジャンプでき、これを水平伝達といいます。このおかげで別種のバクテリアのあいだでも――あるいは酵母菌や藻といった、もっと高次の生物でも――互いに特徴を受け渡すことができるのです。カスタム・プラスミドは通常の微生物を微小工場に作りかえ、大量の食料やドラッグを生産させることができます――あるいは、生物燃料産業の場合なら、ガソリンを」

映像がズームアウトした。活発なプラスミドが一つ、みるみる縮小して、無数のプラスミドの中で見分けられなくなる。それはさらにぼやけたクロロフィルのスープとなり、もつれた螺旋の糸の塊になった。

「グリーンヘックスは特許を取った〈ファイアブランド〉プラスミドを、おなじみのクローバー・スムージーの原料であるラセン藻の一種、スピルリナに移植しています――」

もつれた糸の塊が緑のスライムになる。カメラがさらに引くと、ココアの粉を振ったミント風味の飲み物になる――

「――これは数十年にわたり健康食品店で細々と販売されていましたが、最近リニューアル販売され、大成功を収めました」

――それは紙コップに入っていて、ベージュ色のタイルを背景にした手がそれをつかんでいる。と、魔法のように、マクロネットのアニメーションが現実世界のどこかにあるコーヒーショップの監視カメラの映像になっていた。つなぎ目はまったくわからない。下腹部に恐怖が重くしこっていなかったら、口笛を吹いて称賛していたかもしれない。

このあと事態がどう展開するかは予想がつく。ある意味、彼女はずっと前からこの日が来ることを予期していた。

「二十五日の午後にこのバーナビーのスターバックスで何があったのか、正確なところはわかりませんが、一つはっきりしていることがあります」

レモン色の無機能毛糸のブラウスを着たかわいらしい老婦人がカウンターの前で振り返り、あいているテーブルにちょこちょこと近づいた。手には大きな紙コップを持っている。

「ステイシー・ハーリヘイはクローバー・スムージーが大好きだったのです」

マクロネットの映像認識フィルターが働き、ステイシー・ハーリヘイが突然爆発して予想外の生贄（いけにえ）となった場面をぼかして、条例違反になるのを回避した。

それでも人々の悲鳴ははっきりと聞こえてきた。

もちろん実例はこれだけではなかった。メリーランド大学のピョートル・デムボウスキ教授はゲノム著作権管理（GRM）をクラックするのがどれほど困難だったかを語っている。サイモン・フレイザー大学の別の誰かは、ファイアブランドのようなもの（「暗号化された遺伝子をこれと断定するのは難しいのです」）が人間の腸内にだけ棲息（せいそく）する一部の微生物――なんとかかんとかバクテリア——の中にあらわれていると報告している（「小さな慰めですよ、実際。これがたとえば大腸菌の中に発現したら、子犬から鳩までどんな生きものでも、今ごろは火と硫黄を噴射していたでしょう、はっはっは」）。これを受けた緊急記者会見でグリーンヘックスのスポークスマンは、この主張をばかげていると切って捨てた（「これは当社の嫌気性リアクターの温かく湿った、メタンが豊富な環境に合わせて設計されており、人間の消化器系内では生存できません」）。また、たとえファイアブランドが外に漏れたとしても、グリーンヘックスが潟湖での操業を段階的に終了し、百パーセント閉環境生産に移行してから一年半も経つのに、野生環境で持ちこたえているはずがない。この説明は一時的な納得を得たものの、くそったれな〝世間の騒ぎなんて関係ありません大学〟の生物医療統計学者が完全フェイルセーフ神話の記録を精査した結果、この二十年で化石燃料を代替するほど急成長した産業は、たとえ業務全体を自己複製製品に置き換えていなかったとしても、一日数十件の事故を起こすことが判明した。

　肉体のない女性の声は、グリーンヘックスがデムボウスキ教授とメリーランド大学に対して著作権侵害で法的措置を取るというニュースだけを報じた。ドーラの上司の上司のはるか上の上司であるＥ＆Ｉ省副長官はこの偉大な国の人々に対し、政府が生物燃料産業と結託して〝年間数百名の死者を隠蔽している〟というのはまったくのでたらめであり、内部調査がはっきり示しているとおり、ほとんど叛逆罪にも等しい妄言だと断言した。

　だが、そのとき、ドーラ・スキレットはもう履歴書の用意をしていた。深く暗い井戸の底から響いてくる声が彼女の頭の中でニュースを報じつづけているうちに。

カフェ・セカンド・カップの呼気分析器は故障していた。三度やってみたが、かちかち、がりがりと音がするだけだ。ドアの鍵は開こうとしない。クロマサーモ・ジャケットを着たマラスキーノのような赤毛の女性がガラスの反対側を叩いて指をさし、ドーラはようやく閉鎖中の表示に気づいた。ファイザー製薬の抗プラスミド剤を宣伝する情報掲示板の下にテープで貼りつけてある。

別の入口をお使いください。

赤毛の女性はまたガラスを叩き、芝居がかって両手を広げ、肩をすくめた。わかる？

「ゲイル？」ドーラは自信なさそうにそう言った。そのあと、「ゲイル！」

もちろん、とゲイルが身振りをする。一年ぶりなのだが。

「まあ」ドーラは義務的に〝久しぶり〟のハグをしたあと、モカ・ミンクスのレギュラーを手にして言った。「ずいぶん変わったわね」

ゲイルは腰を下ろし、髪に触った――「これは何でもないの」――その表情は〝あなたは変わらないわね〟と言っていた。

ドーラは飲み物を置き、テーブルと接続しているどこかの水中カメラ（ロゴを見るとシドニー沖だ）目指して泳いでくる、すきっ歯の鮫の上にコーヒーを少しこぼした。「今はどこで働いてるの？」明らかに政府機関ではない。

「きっと信じられないでしょうね」ゲイルはメイン・エントランスのほうを顎で示した。その向こうではグーグル眼鏡をかけた四十代の誰かが呼気分析器を動かそうとしていた。「ほら、見て、また一人引っかかってる」

ドーラはくるりと目を動かした。「どうしてあんなものを使わなくちゃいけないのか、さっぱりわかんない」

「法律で決まってるからね」ゲイルがデニッシュを囓ると、ジャケットが感熱模様のパステルカラーを波打たせた。ドーラはそっちに少し気を取られた。

「しょっちゅう故障してるじゃない」

「設計から製品化まで一年もかかってないんだから、多少とも仕事ができれば御の字よ」

ドーラは紙ナプキンで鮫の顔を拭いた。「やってるとしても、最後に本当に誰かを捕まえるのを見たのはいつ？　海のないユタ州で、鮫の警戒のために何百万ドルも使うようなものよ」

「家庭向け映画かな。誰だって安全を感じたいのよ」

「実際、誰だって安全だわ」ときどきお婆ちゃんが爆発するのはもちろん例外だが。そう考えたドーラは、ステイシー・ハーリへイがちょうどここのようなカフェで昇天したことに気づいた。

「ああいう役に立たないがらくたが経済を後押しするってことを考えなくちゃ」ゲイルはドーラの濡れた紙ナプキンをつまみ上げ、完璧な放物線で壁際の容器に投げ込んだ。お見事。「消火器ブームも含めてね。弟は最初のニュースを聞いてすぐ消火器メーカーに転職して、つい最近、二軒めの家を買ったわ。裏庭でやるバーベキューに食材を配達する仕事が少し減ったことの埋め合わせにはなってるんじゃないかな、どう？」

そういう商売さえ活気を取り戻しているという話をドーラは聞いていた。結局、誰だっていろいろ楽しむのが大好きなのだ。燃え上がるのが自分のお婆ちゃんではない限り。いつだってそうなのだ。少なくとも統計的には。

「このなりゆきに驚いてるのは確かよ」とドーラ。

「なに、数千件の偶発燃焼のほうが、癌や熱中症や殺人スモッグで死ぬ数百万人よりましだって思われてることに？　焼け焦げた死体をいくつか処理するほうが、毎年水平線の先まで広がる油膜に対処するより簡単だってことに？」

「そんなわけないのはあなたもわかってるでしょ。でも、塵肺症で人々が静かに死んでいく動画を何時間分も流したって、そんなもの、ステイシーお婆ちゃんが炎に包まれる三十秒の動画で全部忘れられてしまう」モカ・ミンクスを一口飲み、不快な記憶にかぶりを振る。「史上最悪の映像だわ」

ゲイルは肩をすくめた。「最悪の映像が見たいなら、交通事故のを探してみるのね。車の残骸の中で炎に包まれるだけじゃなくて、手足がばらばらになったり、腐ったカボチャみたいに道路に飛び散ってたりするのが見られるから。そんな動画はいくらでもあって、五秒も検索すれば見つかるし――」彼女は芝居がかって両手を広げ、テーブルの上で波打たせた。

ドーラが片手を振る。「その気はないわね」

ゲイルはおとなしく引っ込んだ。二人のあいだのテーブルの上には青い魚の群れがいた。遠いので細かいところまではわからないが、鮫がいたあたりをうろついている。「わたしが言いたいのは、フランベされたお婆ちゃんが子猫のパレードみたいに思えるほどのグロい映像が大量にあって、死亡率も偶発燃焼の最悪の例の五倍もあるってこと。映像もそうだし、実際の数字もそうなのよ。それでも誰も車の運転をやめない。むしろ増えてるくらい」

「それはそうでしょ。今やガソリンは三十セントで一リットル買えるけど、昔は一ドル七十……」

「ビンゴ」ゲイルが訳知り顔で片眉を上げる。「変わるものが大きいほど、変わらないものも大きい」

ドーラはコーヒーを見つめた。「ものごとは変わっていくものよ」と穏やかに言う。

「故障がちの呼気分析器や、最新の抗プラスミド剤とかね。たとえジョンソン&ジョンソンが、薬剤耐性についてちょっとささやいただけでも訴えるってどれだけ脅しても。ああ、それから運輸保安庁(TSA)も忘れちゃだめね。これでまたチェック・インのとき尻に手を突っ込む理由が増えたってこと。今はだれでも自爆爆弾魔になれるんだから」ゲイルは指を一本伸ばし、こぼれた砂糖の上に線を引いた。「変化するものもあれば、しないものもある」値踏みするような視線をドーラに向ける。「あなたはどう、ドーリー?」

ドーラは目をしばたたいた。「わたし?」

「最近は何をしてるの?」

「ああ」彼女は肩をすくめた。「大したことじゃないわ。ラングリーで臨時雇いの火災調査員をやってる」それはE&I省での職歴が役に立った数少ない例の一つだった。疑わしい家屋火災のアリバイ作りを二年以上やったことでどれだけの知識が身についたか、自分でも驚いたほどだ。

ゲイルは立ち上がった。「散歩しましょう。とても歩きたい気分なの」

ゲイルは街路に出るとすぐにロスマンズの煙草の箱を取り出したが、火はつけなかった。手の中の小さな箱に目をやって、こう言っただけだ。「これも重罪になるところだったって知ってた？　誰かが法案を議員提案したせいで」

「あなたが煙草を吸うことさえ知らなかったわ」とドーラ。

「前は吸わなかったんだけどね。ママが癌で死んでるから」

「そのあと何が変わったの？」

ゲイルはなかば鼻を鳴らすような、なかば笑うような声を上げた。「わたしよ」

「あなたも、ほかの大勢もね」矛盾するようだが、喫煙は偶発燃焼のニュースが流れたあと勢いを盛り返した。知らない他人でも安全だというサインになるのだ。煙草に火をつけても燃え上がらない人間なら、バス停でその横に立つ危険を冒しても、たぶんだいじょうぶ。

二人は歩きだした。道路の向こうの公共情報掲示板には、油っぽい黒雲に覆われた空の下で、荒涼とした砂漠の街が煙を上げていた。「あの人たちを見て」とゲイル。「あそこではもう千年以上も火を燃やしつづけてる」

ドーラは顔をしかめた。テロップには〝テヘラン〟とあるが、最近は地中海以東ならどこであっても不思議はない。

「でも、それはいい変化じゃない？」とゲイル。

「何が？」

「わたしたちが気にもしなくなったってこと」

ドーラは足を止め、振り向いてゲイルを見た。「いつからそんな皮肉屋になったの？」

ゲイルは笑ったような顔になった。「あなたはいつからそうじゃなくなったの？　つまり、わたしの妄想じゃなければ、わたしたちは何年ものあいだ、人間がいきなり燃え上がったのは偶然だったって書類を作って事実をごまかしてきたんじゃなかった？」

「いっしょにやってたと思うわ。ずいぶん昔のことに思えるけど」ドーラは肩をすくめ、論点を明確にしようとした。「今何の仕事をしてるのか、まだ聞いてなかったわね」

「グリーンヘックスに勤めてるの」ドーラが目を丸くしているのを見て、「きっと信じられないって言ったでしょ」

「グリーンヘックスはもう存在しないはずだけど」

「社名がちがうだけで、グリーンヘックスのような会社は存続してる。グリーンヘックスの前にもグリーンヘックスはあったし、あとにもやっぱり存在してるの」

「何それ。企業を祝福するお祈り？」

「そういうものだってことは知ってるでしょ」

「変異するわけね」

　ゲイルは小さく笑った。「たいていはそうじゃない？　わたしたちがやってるのは遺伝子エンジニアリングなんだから」

「それで、あなたはどんな仕事をしてるの？」

「だから、エンジニアリングよ。ほかのみんなと同じこと」

「いつ遺伝学の学位を取ったの？」

「遺伝学じゃないわ。遺伝子はただの——言葉、でしょ。情報ね。エンジニアはその編集者。わたしたちがE&I省から這い出したとき身につけていたのは、第一級の編集技術だった。あなたは賞まで取ったんじゃなかった？」

　ええ、二回ね。「同じじゃないわ。あの人たちは生命そのものを再配線してる」

「それこそわたしが言いたいことよ。人々は中身よりも包装にこだわるの。結局はただの情報でも、たまたまどんな遺伝子で包装されてるかによって——感情的な——違いが出てくる。だから情報を最適化することで成り立つあらゆるビジネスは、当然、ほかのものを最適化する方法を知っている人材を評価するわけ。人生をもっとも大きく変化させるような製品は、それ以外の形で世の中に出てくることなんてないわ」彼女ははじめて手の中の箱に気づいたかのように、煙草を一本抜き取った。「人員を募集してるのよ。知ってるでしょうけど」

「そうね」とドーラ。

「口をきいてあげられるわ」

「ありがとう。わたしは――ありがとう。わたしにとって重要なことだから」

「言わなくていいわよ」

「でも、よくわからない。名前がちがってもグリーンヘックスのようなものだとか、何もかも。覚えてないかもしれないけど、わたしたちの最後の編集仕事は、どっちにとってもいい結果にならなかった」

「ものごとは変化するのよ、ドーリー。こっちも変わっていかないと。それが生命ってものでしょ」片手を丸めて風をよけ、火をつけて、一服する。彼女の口から一筋の灰色の煙が流れ出すのを、ドーラは信じられない思いで見守った。

「適応するのよ」

ゲイルは名刺を置いていった。舌の先で踊る透明な青い炎で命の火を灯(とも)された煙草の記憶とともに。

付随的被害

"Collateral"

装着者の脳神経系に流れる情報をキャッチし、意識に上るよりも早く〝装着者がするであろう〟判断を下して肉体を動かす装置が軍事利用されつつある近未来。その装着者であるサイボーグ兵士ベッカー伍長(ごちょう)は、作戦地域に入り込んでいた民間人を殺害してしまう。彼女の行為が機械の誤作動にすぎないとすれば、戦争犯罪の意味は根本から変わる。やがて事件の真相を悟った彼女が下す〝倫理的にもっとも正しい〟決断とは……

ウェブジン *Lightspeed* 二〇一六年四月号に再録された際の著者インタビュー（http://www.lightspeedmagazine.com/nonfiction/author-spotlight-peter-watts/）によれば、本作はテーマ的・物語的に「天使」の鏡像として書かれた中編とのこと。初出は人間と機械の融合をテーマとした書き下ろしアンソロジー *Upgraded*（ニール・クラーク編、二〇一四年）。

（編集部）

ベッカーは八分ちょうどで回収され、あとに残った死体は第六絶滅期がまだ殺しそこねている屍肉食い(しにくぐら)に始末を任せて砂の上に放置された。ムンシンはシコルスキーに彼女を引きずり込み、拡張をその場で、手で引き抜こうとした。ウィングマンは〇・五秒という漏らしそうな速度で振り向いて接続機構をロックし、遅ればせながらブートした脅威認識マクロがその興奮を鎮(しず)めた。誰かがベッカーの両肩のあいだの接続ホームに介入した。彼女の頭の中でワイヤレス・ゲートが開放され、上方のコクピットにいるブランチが安全な距離から義体を眠らせた。両肩のミニガンが麻酔された二本の腕のように垂れ下がる。銃口からはまだ煙が立ち昇っていた。

「伍長(ごちょう)」顔の前でぱちんと指が鳴った。「伍長、わかるか?」

ベッカーは目をしばたたいた。「あいつらは――人間でした……」少なくとも彼女はそう思った。実際に見えたのは熱源の形だけだが。闇を背景にした、原色の明るい光として。最初は手足が判別できたが、やがて薄れていく虹(にじ)のように、きらめく油膜のように拡散してしまった。

ムンシンは何も言わない。

アベママはヘリの後部に移動した。陽光を吸収した珊瑚礁が赤外線の輝きを放っている。昨日のうちに黒体が受け取ったものを空に返しているのだ。ブランチが制御をいじると、暈が消えた。暗視が利かなくなり、人間の可聴域を超える音も聞こえなくなる。すべての感覚が血と肉でできた肉体のものに戻った。

それでも方角はわかる。闇が落ちる前に見ていたのだ。思っていたのと違うような気がする。

「われわれわれ、ボンリキに向かうはずでは？」

「われわれはな」軍曹が答える。「おまえは家に帰るんだ。アラヌーカ島で落ち合うことになっている。こいつが知れ渡る前に、おまえは下ろす」

彼女はブランチが脳の奥で動きまわるのを感じた。視覚ログを読み取っているのだ。アクセスしてみようとしたが、締め出された。あの装置が彼女の脳から何を吸い上げているのかはわからない。処理が終わったあと、吸い上げられたものが彼女の脳内に残っているかどうかも。

それが悪いということではない。自分で自分の記憶を消去することはできないのだから。

「敵だったに決まってる」彼女はつぶやいた。「そうでなければどうしてあんなところに、つまり――そうじゃないはずがある？」ややあって、「でも、一部には……？」

「敵だったとしても、あんたは超人的殺戮マシンにはなれなかったさ」キャビンの反対側からオコロが言った。「相手は武装さえしてなかったんだ」

「オコロ二等兵」軍曹が静かに声をかける。「その臭い口を閉じていろ」

キャビンでは全員がベッカーの反対側に座っていた。飛行中の荷重のバランスなど考えていない。オコロ、ペリー、フラナリー、コール。拡張を装備している者はいなかった。誰もがベッカーと同じではない。予算の事情で三、四個中隊に一台しか配備できず、それでさえ政治家からはしきりに文句が出ているのだ。ベッカーはこの話になるたびに嫌味を言われるのにすっかり慣れてしまっていた。誰もが頑迷な態度を取り、宇宙的不公平に天を仰ぐ。抽選で選ばれたのが、よりによって田舎出の農夫の娘だとは。だが、彼女は気にしていなかった。どれほどひどいことを言われても、相手の目は明らかな羨望(せんぼう)の表情に満ち満ちていたから。

だが、今はそこにどんな表情があるのかわからなかった。

カナダ領空まで八千キロ。そこからトレントンまでさらに四千キロ。軍の上層部が直前の通知で何とか国連から手に入れたKC-500で、都合十四時間の飛行だ。それが四十時間にも感じられた。ずっと起こされたまま、延々と脳内検討会が続いたのだ。ベッカーはほんの短時間でいいからシャットダウンできるなら、何でも差し出したい気分だった——絶え間ないターボエンジンの低いうなりの中で、漆黒だった空が灰色になり、わずかに見える空が人をからかうような明るい青へと変化する中で——だが、彼女にそんな拡張は入っていなかった。

別種の付属物であるブランチは、帰途ずっと彼女といっしょだった。いつもなら彼女の頭の中をつつくのを五分と我慢できず、こっちの抑制遺伝子、あっちの脳コンピューター・インターフェースといじりまわして、速度遅延を一ミリ秒でも二ミリ秒でも削減しようとする。だが、今はじっと座ったまま、デッキや舷窓(げんそう)の外や、機内にストラップで固定された積み荷を眺めている。ベッカーの操り糸を操作する戦術パッドは彼の膝の上に置かれたままだ。たぶん手を出すなと命令されたのだろう。法医学調査チーム(FIT)が分析できるよう、犯罪現場を手つかずのままにしておくようにと。

あるいは、単にそんな気分ではなかったのか。

「ろくなことが起きないよなあ?」

ベッカーは彼を見た。「何のこと?」

「こんなことが数カ月前に起きなくてラッキーだったよ。島々の半数は海面下に沈んで、残りは数ヘクタールの土地とわずかな遺伝子組み換え作物をめぐって、互いの喉笛(のどぶえ)に食らいつき合ってる。援助の口実ができるのをくそったれな中国が虎視眈々(こしたんたん)と待ってるのは言うまでもない」ブランチは鼻を鳴らした。「それを〝平和維持活動〟と呼ぶんだぞ。どこまでひねくれたユーモアのセンスをしてるんだ」

「まあね」

「おれたちがアメリカ人じゃなくて残念だ。あいつらは条約に署名もせず、やりたいことをやってる」ブランチは鼻を鳴らした。「アメリカはファシストの巣窟(そうくつ)かもしれないが、誰かが戦争犯罪云々(うんぬん)を言い出したとき、少なくとも相手に従う必要はないからな」

ブランチが彼女の気分を引き立たせようとしているのはわかっていた。

「交戦規定のくそったれめ」彼は不満そうにつぶやいた。

着陸したあと、八時間はＦＩＴのもとにいた。すべての拡張が融解するまで試験され、すべての義体がボルト一個に至るまで分解されるあいだ、付属物の肉体はじっと静かにその場に座って悲鳴を噛み殺しつづける。彼女には四時間の休息が与えられた。そんなものなくても機械仕掛けで血中の疲労物質をすぐさま除去できるし、アデノシンとメラトニンを正確に投与して、あくび一つすることなく、心停止するまで動かしつづけることもできるのに。同じことだ、と彼らは言った。結局は別のスケジュールを調整して、海の向こうから別の誰かを連れてくることになるだけだから。

　心配するな、と彼らは言った。彼女のせいではない、と。それを信じさせるため、プロプラノロルも投与した。

　四時間、仰向けのまま天井を見つめつづける。

　今、彼女はその場にいた。魂は世界の反対側にあり、肉体は窓のない部屋の中にいる。三面がオークの板張り、残る一面には光で描かれた地図と戦略図。敵が軍用サイボーグに忍び寄って、くそったれな夜の中で何をしたのか調べている。

「敵は釣りをしていた」と広報将校(PAO)。

「いいえ」ベッカーが答えると、無意識下のサブルーチンが自動的に付け加える。「サー」

軍法務総監(JAG)――エイスバックという女性――は首を横に振った。「敵はアウトリガーに長い釣糸をつけていたのだ、伍長。釣針と、餌を入れたバケツもあり、武器は持っていなかった」

背後に控えた将軍――ベッカーはオタワの国防司令部の人間だろうと思ったが、紹介はされなかった——は手にした戦術パッドを調べていて、何も言わない。

彼女も首を横に振った。「魚などいません。西太平洋の珊瑚礁はすべて、二十年前から酸性化しています」

「まさにそこが問題なのだ」とエイスバック。「その領域に存在しないはずの条件が認識できなかったからといって、システムを責めることはできない」

「それならどうして釣りなんか——」

「伝統だろう」ＰＡＯは肩をすくめた。「一種の文化だな。地元のＮＧＯを調べているが、今のところ、どこも責任を引き受ける気はないようだ。何をしていたにせよ、国連のホワイト・リストには載っていなかった」

「姿を隠して接近してきました」ベッカーはそのときのことを思い出した。「映像も音声もなく——つまり、普通のボートがそんなふうに接近できますか？　何らかのステルス技術を使っていたはずで、それをウィングマンが察知して——つまり、いきなりその場に出現したんです」なぜこんなに苦労するのだろう？　拡張は彼女の精神を安定させ、最適な薬剤を投与して、生命の危機が目前に迫った状況でも冷静さを保たせてくれるはずなのに。

もちろん、拡張は相手が非武装の民間人ならそれとわかるはずでもあった……

ＪＡＧはうなずいた。「きみの整備担当専門員の、ええと……」

「ブランチです」室内にいる唯一の民間人は観葉植物の鉢のそばに目立たないように立っていた。ベッカーがちらりと目を向けると、彼は慣れた様子で短く笑みを見せた。

「ブランチ専門員、そうだったな。システムに何らかの欠陥があると考えているようだが」

「わたしなら撃たなかったと思います――」つまり、もちろん、わたしなら撃たなかった。

そう弱気になるな、ベッカー。先月きみは掩護なし、支援なしでクァンツァンを制圧して、汗一つかいていなかった。今はビロードカズラの鉢の横にじっと立っていればいいだけだ。

「事故は起きるものだ――こういう状況では」ＰＡＯが悲しそうに認める。「ドローンが標的の識別を間違えたり、トーチカが民間人を敵兵と誤認したり。どんな技術も完璧ではない。ときにはミスを犯す。簡単な話だ」

「はい、サー」虹が徐々に薄れ、夜の中に拡散していく。

「今のところ、ログからもブランチの解釈が正しいと推測される。二、三日もすれば詳しいことがわかるだろう」

「残念ながら、その二、三日の余裕がないのだ」

将軍は戦術パッドに指を滑らせた。背後の壁に無音のニュース映像が投影される。下院からの生中継だ。野党議員が立ち上がり、演説し、着席する。通路を隔てて陣取る与党議員たちも立ったり座ったりしている。二列になった眠そうなモグラ叩きだ。

将軍の目はパッドから離れなかった。「何を議論しているかわかるかね、伍長？」

「いいえ、サー」

「きみのことだよ。事件からわずか一日半で、もう質問時間はこのありさまだ」

「われわれは――」

「われわれはやっていない。漏洩（ろうえい）があったのだ」

将軍は黙り込んだ。その背後で戦争神経症を患った老政治家たちが口ごもって黙り込み、女王陛下の野党議員からの猛攻に目配せし合っている。ベッカーは国防相席に目を向けた。席は空っぽだった。

「誰が情報を漏らしたかわかっているのですか、サー？」

将軍は首を横に振った。「こちらの通信を傍受できた者は多いだろう。その暗号を解読できる者となると、ずっと少なくなる。身内の仕業とは考えたくないが、その可能性を排除することもできない。いずれにせよ――」ため息をつく。「――内々で何とかするという希望はなくなった」

「はい、サー」

将軍がはじめてベッカーと目を合わせた。「これだけは約束しよう、伍長。ここにいる誰一人、きみに過失があったという――可能性さえ認めることはない。われわれはテレメトリーも、証拠書類も、訊問内容もすべて見ている。ＦＩＴはまだ結論を出していないが、今のところきみの側に意識的な落ち度があったという証拠は出ていない」

〝意識的〟か、とベッカーはぼんやり思った。〝作為的〟ではなく〝意識的〟。そんな区別が気にならない時期もあったのだが。

「だが、そうだとしても、こちらも作戦を変更しなくてはならない。この漏洩の結果として、大衆と関わることになったからだ。ここで国防問題を引き合いに出すのは有罪という印象を強めることになる。フィリピンでの大騒ぎのあとだけに、隠蔽などそぶりを見せることさえ許されない」将軍は嘆息した。「少なくとも、これが国防長官の見解だ」

「はい、サー」

「というわけで、決定だ——きみには申し訳なく思う。こんなことのために入隊したわけではないだろうが——きみには〝この件の矢面に立ってもらう〟ことになったそうだ。物語をコントロールし、インタヴューを受け、われわれが何も隠していないことを証明するのだ」

「インタヴューですか、サー？」

「ここにいるミスタ・モナハンが連絡役を務める」それを合図に、一人の民間人が背景の中からあらわれた。「彼の会社は有能なところを示してきた——大衆対策でね」

「ただのベンと呼んでください」モナハンは握手のために右手を伸ばし、左手で名刺を差し出した。クライアントからの推薦文が流れる上に〝オプティック・ナーヴ〟という社名がきらめいている。「あなたには苛酷なことだと思います、伍長。自分のケツを守るため、高い料金を取るイメージ・コンサルタントの話を聞かされるなんて、耐えられないことでしょう。違いますか？」

ベッカーは唾を飲み、うなずいて、握手した手を引っ込めた。両肩の上で幻の翼が羽ばたく。

「いいニュースとしては、自分のケツを守る必要はありません。わたしがここにいるのは——それはそれで楽しいでしょうが——嘘を嘘で塗り固めるためではなく、真実が確実に伝わるようにするためです。ご存じのとおり、実際に起きたことよりも自分たちの政策を押し通すほうに興味がある党派には事欠きませんからね」

「わかります」ベッカーは穏やかに答えた。

「たとえば、この人物」〝ただのベン〟が腕時計をつつくと、壁に映った下院の様子が切り替わった。大写しになった女性は身長百七十センチくらい、黒人で、髪を軍人のように短く刈り込んでいる。少しバランスを崩しているように見えるのは、ヘルメットのカメラで撮影している警官が彼女の左上腕をつかんでいるせいだろう。二人は抗議の声と鎮圧ドローンの声のコーラスに合わせて踊っていた。

「アマル・サブリエです」モナハンが言った。「フリーのジャーナリストで、人権関係の仕事で左翼からは評価されています。生まれはソマリアですが、子供のころカナダに移民してきました。出生地はベレトウェインです。何か思い当たることはありますか、伍長？」

ベッカーは首を横に振った。

「空挺(くうてい)部隊、一九九二年では？」

「ごめんなさい、ありません」

「わかりました。彼女にはそれなりの理由があって、カナダ軍を信用していないとだけ言っておきましょう」

「もっともこちらの味方になりそうもない人物だな」エイスバックが言った。

「そのとおりです」モナハンはうなずいた。「だからこそ独占インタビューを許可したんですよ」

会見はサブリエが提案した中立地帯、湖畔を見下ろすトロントのレイトン・タワーのなかばにあるカフェ・パティオにおいて、命令系統の上のほうがしぶしぶ受け入れた中でおこなわれた。サルノコシカケのようにタワーから張り出した構築物で、たいていのドローンの飛行高度より上にある。

　モナハンは蜘蛛の足を一本ずつもぐように、サブリエの弱点を次々に挙げていった。〈犠牲者への病的なまでの感情移入。迷い猫や癌のリスへの同情。虐待された女性や抑圧された少数者や電撃警棒による死者に対する、血のたぎるような憤怒。ただしその憤怒をパフォーマンス化せず、怒りに任せて手当たり次第に牙を剝いたりはしない。大目的のために自制する賢明さがあります。だからこそ、ほかの狂犬たちがＳＮＳのような場所でしか意見表明ができない中、プライム・タイムにテレビ出演できるのです〉

　二十階下の歩行者たちはまるで蟻のようだ。ベッカーは一度も彼らを等身大で見ていなかった。屋上に到着し、屋上から帰還するから。もっと管理された条件下で会見をおこないたがる上層部に譲歩した結果だった。それを言うなら、彼らはこの会見自体を避けたがっていた。委ねられた権限の大きさが、ダメージ・コントロールに関するオプティック・ナーヴ社の評価を物語っていた。

〈あなたが犠牲者だと思わせることができれば——実際そうなんですが——彼女はアジテーターからチアリーダーに変化します。家父長制の道具として使われたと主張すれば、デザートを

いっしょに食べるソウルメイトになれますよ〉

あるいは状況があまりにも絶望的で、最適化戦略が聖母マリアに祈ることだという話でもある。

〈来ましたよ〉モナハンが彼女の右のこめかみの内側でささやく。だが、ベッカーはすでに標的をとらえていた。手すりの横のテーブルに腰を下ろしたところだ。手前には花を植えたプランターとオードヴル。手すりの向こうは確実な死をもたらす八十メートルの断崖。ウィングマンは牙を抜かれているものの警戒心は強く、武器を取りはずした四肢で慎重に待機している。

アマル・サブリエは彼女が近づくと立ち上がった。「あなた――」と言いかける。

――ひどいありさまでしょ。ベッカーは三日間眠っていなかった。表にはあらわれていないはずだが。サイボーグは疲れたりしない。

「いえ、つまり、拡張というのはもっと、一目でわかるものだと思ってたわ」サブリエはそう先を続けた。

大きな翼が両肩から生え、神の怒りを表現する。死の天使ナンディタ・ベッカー伍長。

「普通はね。はずせるのよ」

どちらも握手の手を伸ばさないまま、二人は腰を下ろした。

「そうだと思ってた。だって、立ったまま眠らなくちゃならないもの」自分の言葉でふと思いついたようだ。「あなたも眠るんでしょ?」

「わたしはサイボーグよ、ミズ・サブリエ。掃除機じゃない」予期しない苛立ちの火花だった。

暗く広大な平原に一瞬閃(ひらめ)いたまばゆい光。目覚めているあいだあまりにも何もなかったので、ベッカーはそれを歓迎した。

モナハンはそうではなかった。〈敵対的すぎます。少し絞って〉

サブリエは即座に反応した。「片手で車をひっくり返せるサイボーグね。広告を信じるなら」

〈友好的に振る舞って。少し情報を教えてもいい。相手を怒らせないように〉

了解。

ベッカーは座ったまま背を向け、やや前屈(まえかが)みになって、背骨沿いにボルトで固定されたエナメル質のムカデがジャーナリストに見えるようにした。「脊柱(せきちゅう)と長骨を補強して、重量を支えられるようにしてあるの。ワイヤーを使った人工筋肉をかぶせて、一ｃｃあたり約二十ジュールを蓄積できるようになってる」無機質なスペックの羅列は、むしろ気分が楽になった。「たいていの状況下で、七十パーセントを超える——」

〈少しだけです、伍長〉

「とにかく」ベッカーは肩をすくめ、姿勢を正した。「大部分は中にあるの。残りはプラグ&プレイ」息を吸い込み、最後に告げる。「正直に言うと、任務の内容は話せないわ」

サブリエは肩をすくめた。「そんなことを訊きにきたんじゃない」メニューをつつき、ナゲットとライジング・タイドを注文した。「何か頼む？」

「ありがとう。お腹はすいてない」

「そりゃそうね」記者は顔を上げた。「でも、食事はするんでしょ？　消化器は残ってるの？」

「いいえ。プラグで壁につながれるだけ」冗談だ、という意味の笑みを浮かべる。

〈うまいですよ〉

「まだ冗談が言えるようでよかった」サブリエが急に石のように硬くなった表情で言う。

〈くそ。まずかったみたいです〉

左手に震えが走り、ベッカーは両手をテーブルから引っ込めて膝の上に置いた。

「いいわ」ようやくサブリエが言う。「始めましょう。特殊部隊があなたと話をさせてくれたこと自体が驚きよ。こういう場合の通常の反応は、いちかばちかでコメントを拒否して、どこかのセレブがドラッグの過剰摂取でもやらかすのを待って、スポットライトが別の場所に移動するのを期待するってものだったから」

「わたしは命令に従っているだけです」手の震えは止まらない。ベッカーは両手を組んでぎゅっと力を入れた。

「じゃあ、あなたが話せることを話題にしましょう。どんな気分？」

ベッカーは目をしばたたいた。「はい？」

「起きたこと、あなたの役割について。どんな気分？」

〈正直に〉

「ぞっとします」声がひび割れるのは何とか抑えた。「どう感じるべきだと？」

「ぞっとする、ね」サブリエはしばらく沈黙したあと、こう先を続けた。「公式発表では、システムの不具合だそうだけど」

「調査はまだ続いています」ベッカーは穏やかに指摘した。

「それでもよ。これは情報源の言葉なの。発砲したのはあなたの拡張で、あなた自身じゃない。故意ではないと」

そこにはない色が砂の上に花開く。

「相手を殺したと感じた？」

〈ありのままを答えて〉モナハンがささやいた。

「わたしは――わたしの一部はそう感じたと思います、たぶん」

「拡張は本人がするつもりのないことをするわけじゃない。それをすばやくするだけだって言ってるけど」

六人で魚のいない海に釣り旅行。どうにも筋が通らない。

「あなたはそう理解したわけ？　脳が行動を決断したと知る前に、もう決断はされていたってこと？」

ベッカーは懸命に意識を集中し、何とかうなずいた。少し震えていたかもしれないが、ジャーナリストが気づいた様子はない。「いわば、湖の底で生じた泡のようなものです。表面に届くまで泡の存在はわからない。でも、拡張は気づいた――表面に届く前に」

「どんな気分だった？」

「それは――」ベッカーはためらった。

〈正直に、伍長。うまくやっていますよ〉

「本当に優秀なウィングマンに肩の上から見守られているようでした。自分が気づく前に脅威を排除してくれるんです。実際に動くのは自分の身体なんですけど。わかりますか?」

「たぶん、それなりにね。拡張を入れていない人間としては精いっぱい」サブリエはかすかに顔をしかめた。「ティオニーのときもそうだった?」

「誰ですか?」

「ティオニー・アノカ。リーシ・エテリカ。イオ――」ベッカーの表情に気づいて言葉を切る。

「知りません」ややあって、ベッカーが言う。

「どの名前も?」

ベッカーはうなずいた。

「リストを送るわ」

ウェイターがあらわれ、サブリエの前にタンブラーと、蛍光を発するオキアミの湯気の立つ皿を置いた。雰囲気を察したのか、そのまま何も言わずに戻っていく。

「わたしはちっとも――」ベッカーは目を閉じた。「つまり、そうです。同じ気分でした。最初は。脅威はあったわけでしょう?　だから拡張が――わたしが発砲したんです。何を相手に戦っているのかわかるまで待っていたら、今までに少なくとも四回は死んでいたでしょう」喉に詰まった塊(かたまり)をごくりと呑み下す。「ただ、今回は事態が――あとになってわかりました。どうして近づいてくるのに気づかなかったんでしょう?　どうして――」

〈慎重に、伍長。戦術情報はなしだ〉

「相手はまだ——動いている者もいました。一人は話をしていました。何かを言おうと」

「あなたに向かって？」

紫外線領域の外で、たまたま射し込んできた陽光がテーブルの織物ガラスを通過して、小さな虹を作った。「わかりません」

「何て言ってたの？」サブリエはナゲットをつついたが、口にはしなかった。

ベッカーは首を左右に振った。「キリバス語はわかりません」

「拡張がいっぱい入ってるのに、同時通訳の機能はないの？」

「お——思いつきませんでした」

「機械は頭がいいから、たぶんわかってたでしょうね。あなたが知りたくないと思ってるのがわかったんでしょう」

それもやはり思いつかなかった。

「とにかく、あなたはぞっとした。ほかには？」

「ほかに何を感じればよかったんです？」震えは両手に広がっていた。

「それほど難しいことじゃないはずだけど」

どういうことなの彼は心が乱れることはないって言ったドラッグを使ってるからって——

「プロプラノロルを投与されていました」ささやくような声だった。ベッカーは即座に、自分が一線を越えたのではないかと思った。だが、頭の中の声は何も言わない。

サブリエはうなずいた。「PTSD対策ね」

「どう思われるかはわかっています。わたしが犠牲者だとかいうことじゃなくて」ベッカーはテーブルを見つめた。「効かなかったんだと思います」

「最先端の場合、よく耳にする不満ね。神経伝達物質に合成ホルモン。相互作用が多すぎて、薬物が想定どおりに働かない」

モナハン、この役立たず、あなたＰＲの専門家でしょ。わたしがこうなるのがわかっててよかったはず……

「ぞっとした、というだけじゃなかったんです」ベッカーはかろうじて、自分がしゃべっているのを意識した。「気分が悪くなって……」

サブリエは黒い目で瞬きもせずに彼女を見つめた。

「ただのインタヴューでは終わりそうにないわね」と、ようやくまた口を開く。「このあともっと踏み込んで、深層プロファイル分析に移行してもいい？」

「それは——上官の許可がないと」

サブリエはうなずいた。「当然ね」

最初からそのつもりだったんじゃないの、とベッカーは思った。二百五十キロ離れた場所で、小さな声が勝利の叫びを上げた。

彼女は死んでも〝やり直し〟オプションがある並行宇宙にプラグインさせられていた。シナリオが用意され、シミュレーションによって、百名の市民を百通りの方法で殺害しなくてはならない。そのために、キリバス人市民は彼女の拡張の中で繰り返し蘇った。彼女自身、目を閉じるたびに何度となくその光景を蘇らせていることなど意に介さないかのように。

もちろん、すべては彼女の脳の中で起きていることだ。彼女の心は関与していないとしても。シナプスとシミュレーターのあいだで高速の対話がなされ、どんな脳梁よりもすばやい、多チャンネルの情報交換がおこなわれる。戦術的な乱暴さで実行されるモンテカルロ・シミュレーションだ。

四回めのセッションのあと彼女が目を開くと、ブランチはいなくなっていた。代わりにネオンのような赤毛の男が、殺戮を繰り返すベッカーの面倒を見ている。名札を見ると〝タウチ〟というようだ。拡張は見当たらないが、メガヘルツ帯でスマートウェアが輝いている。

「一時的な配置変えだ」尋ねられて、彼はそう答えた。「不具合を探り出すらしい」

「でも――確かこれは――」

「それとは別件だよ。目を閉じて」

ときには多くの人命を救うため、罪のない市民を死なせなくてはならないこともある。悪い時に悪い場所に居合わせたというだけの理由で、その人々を殺さなくてはならないことも。医療チームを攻撃している戦闘ボットを目視する射線上にいた者。市の反対側にある硫化水素のタンクを爆破するためハッキングされた制御装置に、何も知らずに手を伸ばした者。そんなときはベッカーも撃つのをためらった。標的が移動するか、手を引っ込めるのではないかというかすかな希望を抱いて。それでも、ほかにどうしようもないまま、仕方なく引金を引くことになる。

鍛えられているのかもしれないと思うこともあった。戦場で罪悪感に囚われて役に立たなくなる前に、きびしい状況を何度も経験させて感覚を鈍磨させているのではないかと。

正解などないと思える、生命の優先順位が決められないような状況もあった。大人と子供が入り混じった集団。負傷の程度がばらばらな犠牲者たち。脳を損傷した子供と無傷な母親のどちらを選ぶか。誰も救えないことがわかっていながら、誰かを殺すことを求められることもあった。彼女は昔ながらの単純な割り切り方が好きだった。人間の魂の相対的な軽重に気を使うのはうんざりだ。ただ狙いをつけ、撃つだけがいい。

わたしはカメラだ、と彼女は思った。

「誰がこんなシナリオを書いたの？」

「裁きを下すのは嫌いかね、伍長？」

「こういうのは嫌い」

「主導権があるとは言えないからな」タウチはうなずいた。「だが、後始末は任せてしまえる」パッドに目をやり、「ふむ、これが原因だろう。コルチゾールの数値がひどいことになってる」

「修理できる？　戻ってきてから、拡張が働いてないみたいなんだけど」

「フラッシュバック？　発汗？　警戒機能の不作動？」

ベッカーはうなずいた。「何ていうか、その全部で拡張が本来の役割を果たしてないような感じ？」

「当然だよ」タウチが説明する。「きみが興奮状態になれば、拡張はドーパミンなりロイモルフィンなり、適切な物質を噴射する。問題は、あまりやりすぎると効果がなくなってしまう点だ。きみの脳は余分な物質を処理するためにレセプターを増やし、その増えたレセプターに回すため、さらに多くの物質が必要になる。古典的な馴化反応だよ」

「へえ」

「このごろ不安定な感じがあるなら、たぶんそのせいだ。例の釣り人たちを殺したことで、一気に閾値を超えたんだろう」

やれやれ、ブランチが懐かしいわ。

「化学物質セットは、いずれにしても応急処置でしかない。設定をいじって一時的にぬかるみから引き上げることはできるが、長期的にはもっとましな方法を考えている」

「ドラッグ？　それならもう――」

彼は首を横に振った。「恒久的な変更だ。手術をすることになるが、大したものじゃない。切開する必要もないくらいだ」

「いつやるの？」彼女は自分の内側がぼろぼろになっていくのを感じていた。ウィングマンがそっぽを向くのを想像する。あまりに優れた兵士なので、自分自身の侮蔑感に足をとられることさえない。「いつ？」

タウチは破顔した。「今、何をしてると思ってるんだ？」

次にサブリエと会ったとき、ベッカーは前よりも心強く感じた。

今回は地上でのインタヴューとなった。別のパティオ、別の環境、同じ戦闘員。各テーブルの中央の穴にはたたんだパラソルのポールが刺さり、午後の陽射しが高層ビルのあいだから射し込んできたら、すぐに日陰を作れるよう待機している。サブリエはポールの横に滑らかな円盤――クローム製のホッケー・パックを半分にしたくらいの大きさ――をセットし、表面を軽くつついた。

瞬間的に静電気が生じ、ベッカーの脳内ディスプレイの縁が乱れる。手足のない、空腹のウィングマンが即座に警戒を示した。

「プライバシーよ。問題ない？」とサブリエ。

無線が空電だけになった。広帯域映像はまだ生きている。サブリエの装置が発する電磁的な暈は太陽のコロナのようにまぶしかった。彼女が身につけている電子機器がかすかな光を放っている。腕時計。すでに記録を開始していたスマート眼鏡。何かの回路が仕込まれているらしい、胸もとの布地に隠れたペンダントも放射状に光を発していた。

「どうして今回？」ベッカーは尋ねた。「前回は使わなかったのに」

「一杯めは店のおごり。インタヴューが認められただけでも驚きだった。幸運に頼りすぎたくないの」

ウィングマンがアイコンを光らせた。少しばかり慎重に周波数をジャンプさせれば妨害を回避できる。これが実際の戦闘状況下だったら、許可を求めたりはしていない。

「ほかにも盗み聞きする方法があるのはわかってるでしょ」とベッカー。
(周波数ジャンプ起動？　[Y／N]　周波数ジャンプ起動？　[Y／N]　周波数ジャンプ起動？　[Y／N])

サブリエは肩をすくめた。「屋上のパラボラ集音器。テーブルにレーザーを反射させて振動を読み取る」視線がちらりと上を向いた。「そこらを飛んでるドローンのどれかが読唇機能を持ってるかもしれない。ねえ、知ってる？　その全部の目と耳が次のマイケル・ハリスを、事件を起こす前の彼を見つけられるなら、わたしは受け入れるわ」

「マイケルって誰のこと？」

「オーランドの男。何年か前にデイケア・ホームを無差別銃撃した」

「わたしはたぶん――」(周波数ジャンプ起動？　[Y／N])

(N)

「――待って、デイケア・ホームを銃撃したって言った？」

「まったく新しいレベルの狂人ね。わかってる。三世代四十人を殺したあと、当局に排除された」

「その人はどうしてそんなことをしたの？」

サブリエは正面から彼女を見つめた。「あなたはどうして？」

ベッカーはたじろぎがなかった。それなりの努力は要したが。

「不具合よ」注意深く、声に感情が出ないようにする。「そうとしか言いようがないわ」

「たぶんハリスも同じね」

「拡張を入れてたの？」

サブリエは首を横に振った。「生身の脳の配線も同じように不具合を起こすの。半年前に妹を亡くしてたことがわかったわ。別の銃撃事件でね。それが最後の一押しになったんだろうと言われてる」

「筋が通らないわ」

「そういうものよ。でも、世間じゃそう言われてる。何とか説明したいのね」彼女の中で何かが緩んだ気配があった。決定的瞬間が過ぎ去って、小さく一息ついたかのような。「とにかく、わたしはやみくもにプライバシーを主張するタイプじゃないってこと。ときには衆人環視であることに命を救われたりもするわ」

「それなのに」ベッカーはテーブルの上の装置を顎で示した。

「限度ってものはあるからね。カメラは上空にある。あなたのボスたちは、文字どおりあなたの頭の中にいる」妨害装置のほうに顎をしゃくる。「あなたがいくつか口移しじゃない返事をしようとしたら、上は反対すると思う？　透明性と説明責任に関して、明らかに新しい政策が採用されてるわけだけど」

「わからないわ」とベッカー。

「透明性と説明責任をもっと確実にするにはどうすればいいかわかる？　二十五日の夜の映像を公開すればいい。わたしはずっとそう要求してて、向こうはずっと、そんなものないって言いつづけてる」

ベッカーはうなずいた。「そんなものないわ」

「よしてよ」

「本当に。メモリを食いすぎるから」

「伍長、わたしはこのインタヴューを記録してる」サブリエが指摘した。「16K、スループ音声、圧縮なしで」横目で街路を見る。「通行人の半数はまったくのナルシシズムから、自分のライフログを常時記録してる」

「ストリーミングでね。あるいはキャッシュを数時間おきにダンプするとか。わたしには、キャッシュがいっぱいになるごとにクッキーをどこかのクラウドに預けるような贅沢はできないの。何週間も続けて、無線封止した状態で作戦行動を取ることだってある。戦場で何らかのデータをストリーミングで流したら、自分の居場所を大きなネオンの矢印で指し示してるようなものよ。

さらに言えば、予算策定期がめぐってきたとき、自然派ドキュメンタリーを撮るために、戦術コンピューティングの限られた研究開発予算をどれくらいぶんどってこられると思う？」バドワイザーのグラスを上げ、戯れに小さく乾杯するしぐさを見せる。「それで人民共和国の眠りが多少とも浅くなるかしら？」

〈実に好都合な話の展開だ〉小さな声がささやいた。〈これできみが……〉

彼女は声をオフにした。

サブリエが横目で彼女を見る。「映像は記録できないわけね」

「もちろんできるわ。ただ、タイミングは自分で決めることになる。記録する必要があると思ったことを記録するけど、デフォルトのリアルタイム・ストリーミングは数字の羅列よ。完全なブラックボックスなの」

「つまり記録する必要はないと――」

「だから、わたしは知らなかったの。意識してやったことじゃないから。どうしてあなたたちはみんな――」

サブリエは無言で彼女を見つめた。

「ごめんなさい」ややあって、ベッカーが言う。

「いいのよ」サブリエが穏やかに応じた。「湖の底の泡でしょ。わかってる」

頭上でオフィス・タワーのあいだから太陽が顔を覗(のぞ)かせた。明るい菱形(ひしがた)がテーブルの上に落ちる。

「あそこで何をしてたか知ってる?」サブリエが尋ねた。「ティオニーとその友人たちが」

ベッカーは一瞬だけ目を閉じた。「釣り旅行みたいなことでしょ」

「鉄屑(てつくず)や粘液みたいなものしかかからない場所で、どうして釣りなんかしてたのか、不思議に思ったことはない?」

不思議に思ったことしかないわ。「それはいわば――文化的なものだと思う。伝統を途切れさせないようにする。誰かが石灰岩を食べるマグロを作り出すかもしれないし」

「芸術プロジェクトだったのよ」

ホッケー・パックに反射した陽光が目に入り、ベッカーは目を細めた。「何ですって？」

「ちょっと待って」サブリエは腰を浮かし、テーブルの中央に手を伸ばした。ぱちんと音がしてパラソルが広がり、テーブルはふたたび日陰になった。

「このほうがいいわ」サブリエはふたたび腰を下ろした。

「芸術プロジェクト？」ベッカーが鸚鵡返し（おうむがえし）に繰り返す。

「大学生だったのよ。文化人類学と芸術史が専攻で、ワシントン州と接続してた。祖先の日常生活を再現して、人間には感じられない周波数で記録して再生するの。本人たちはそれを〝宇宙人の目〟と呼んでた。部外者の視点から実況するような感じね」

「どの周波数？」

「リーシはラジオ波からガンマ線まで、スマート眼鏡（スペック）で記録し調べ上げてた」

「第三者が傍受してたってこと？」

「とても高精細とは言えないけど。結局は学生の予算だから。それでも四百メガヘルツ周辺の信号を受信するにはじゅうぶんだった。何の信号だったのかは誰にもわからないでしょうけど。少なくとも民間では」

「その地域全体の信号を受信したはずよ。軍用無線なんて、そこらじゅうを飛び交ってる」

「まあそうね。問題は、それが本当に短いバースト発信だったってこと。たぶん〇・五秒、一一四五時ごろ」

ウィングマンが凍りついた。ベッカーの背筋に沿って鳥肌が立つ。

サブリエが両手をテーブルについて身を乗り出した。「あなたじゃなかったんでしょ？」

「作戦の詳細には立ち入れないの」

「うーん」サブリエは彼女を見つめ、待ちつづけた。

「あなたはその記録を手に入れたわけね」ようやくベッカーがまた口を開く。

ジャーナリストはかすかな笑みを浮かべた。「作戦の詳細には立ち入れないの」

「情報源を聞き出そうっていうんじゃないわ。ただどうにも――奇妙に思えて」

「あなたのところの連中なら、まだ冷えてもいない死体まで調べつくすはずだもんね。何らかの証拠を握ってる者がいるとしたら、その連中しかいないはず」

「まあそうでしょうね」

「心配しないで、あなたたちの中にモグラはいないから。いたとしても、少なくともわたしは接触してない。誰を批判するのも自由よ。あなたのウィングマンでも」

「何ですって？」

「あなたの〝前意識（ぜんいしき）トリガー〟は強力な武器につながってる。複数の弾体が秒速千二百メートルで肉体にぶつかったとき物理学がどんなゲームをするか、説明する必要はないと思うけど」

運動量。慣性。力のベクトルは小さい物体から大きい物体に移り――たぶんふたたび小さい物体に戻ってくる。スマート眼鏡（スペック）のひとつは二十メートルかそこら飛んで、草むらか礁湖（しょうこ）の水面に突き刺さる。

「探すことさえ思いつかないか」ベッカーがつぶやいた。

「わたしたちは探した」サブリエが飲み物に口をつける。「聞きたい？」

ベッカーはじっと黙り込んだ。

「ルールはわかってるわ、ナンディタ。認めろとは言わない。コメントも求めない。ただ、あなたなら……」

ベッカーは妨害装置に目を向けた。

「それはオンのままにしておきたいわね」サブリエはブラウスの下に手を入れ、首から下げたきらめくペンダントをいじった。「ソケットはあるんでしょ？　ハード用インターフェースが」

「公衆の面前で脚を開く気はないわ」

サブリエの目が通りの反対側に動きをとらえた。目立たない小型四発ドローンがパラソルの中を覗き込もうとしている。「あなたの家族の話をしましょう」彼女はそう言った。

モナハンにとまどった様子はなかった。

「そのくらいのことはしてくると思っていました。サブリエは度しがたい相手ですから。あなたはよくやりましたよ、伍長」

「モニターしてたの？」

「ソニー・ストアで買ってきたようなおもちゃで、わたしたちを閉め出せるとでも？　その気になれば、あなたの耳もとで毒にも薬にもならない甘い言葉をささやくことだってできましたよ――音声タイトビームです。身を乗り出してあなたの耳たぶをしゃぶりでもしない限り、彼女が気づくのは無理だったでしょう――でも、言ったとおり、あなたはよくやりました」何か思いついたように眉根(まゆね)を寄せ、「周波数ジャンプを認めていれば、そのほうが簡単だったかも……」

「あの人はいろいろなおもちゃを用意してたはずよ」とベッカー。「その中に信号を拾えるものがあったら……」

「なるほど。いい計画です。それがうまくいったと思わせましょう」

「了解、サー」

「ただのベンですよ。ああ、もう一点……」

ベッカーは相手の言葉を待った。

「少しのあいだ接触が途切れたんです。パラソルが開いたとき」

「大したことは聞き逃してないわ。巻き添えになったのは何かの教育プロジェクトをやってた学生みたい。芸術史の。本当に釣りをしてたわけじゃなくて、むしろ――その再現上演みたいなものだと思う」

「ふむ、ほぼ聞いたとおりです」モナハンはうなずいた。「次のときはアクティヴ・ログを取ってもらえると助かります。つまり、接触が切れたときは」

「そうね。ごめんなさい。気がつかなかった」

「謝らないで。あんな体験をしたんだ、ときどきへまをしなかったら、そのほうが驚きです」

彼はベッカーの背中を軽く叩き、ウィングマンが毛を逆立てた。

「わたしは準備がありますので。いい仕事を続けてください」

悪魔との取引と勝者のいないシナリオ。彼女を内面から引き裂く訓練。わかってみれば、それらはすべて修理の一環だった。ベッカーの悔恨をパラメータ化し、そのあとそれを焼きつくすための。

手順は簡単だ、と彼らは確約した。予定されたブロック・アップデートの小さな一部にすぎない、と。腹内側前頭前野(ふくないそくぜんとうぜんや)を狙った七発の超短波バースト。所要時間は最大で十分。傷痕(きずあと)らしい傷痕も残らず、書類にサインする必要さえない。

麻酔も使わず、彼らはただ彼女のスイッチを切った。

オンラインに復帰したときも大きな違いは感じなかった。いつもどおり頭の奥でかすかなうなりが聞こえ、ウィングマンが起動してあたりを見まわす。リブート・シーケンスの途中で電圧のピークが来て、手足の指先にいつもの震えが走る。不具合の遠い記憶はやや鋭さを失ったが、一晩ぐっすり眠ったあとのように、感覚が以前より明瞭(めいりょう)になったと感じる。たぶんようやく事態を客観視できるようになったのだろう。

彼女はシミュレーターに接続された。

五十代の男性、三十代の女性、子供部屋に赤ん坊が一人。全員が床に倒れ、屋内に閉じ込められて、周囲では火の手が上がり、生命の危機に直面している。ベッカーはまず女性を、次に男性を運び出し、赤ん坊を連れに戻ろうとしたとき建物が焼け落ちた。三人中二人。悪くないわ。彼女はそう思った。

次はどこかの崩壊した世界にある陸橋の上での狙撃任務だった。眼下の道路を百メートルほど行ったところに駐機しているエアバスを守るのだ。避難民が痛めた脚を引きずりながら、救助を求めて飛行機に駆け寄っていく。陸橋の下を草の塊のようなものが転がっていった。雷酸とマグネシウムと白燐(はくりん)をまぶした自走式球形鉄条網で、銃弾は効果がなく、貪欲(どんよく)に熱を追尾し、避難民に向かって突進していく。ベッカー側のエンジニア――その顔は明らかにテンプレートだが、なぜかシミュレーションは彼をベッカーの弟とタグづけしていた――は車輛(しゃりょう)の損傷を懸命に修理していて、避難民に迫る脅威には気づいていない。

気づいたのはベッカーが彼を陸橋から投げ落とし、転がってくる爆弾の餌食(えじき)にしたからだった。

次の場面は昔ながらの黄金パターンだ。戦闘地帯にいる老人が迷子になったペットだか子供だかを探していて、はるか遠くから医療チームに狙いをつけている戦闘ロボットを攻撃するための射線を遮っている。彼女は何も考えることなく一発で老人を排除し、さらに三発でロボットを破壊した。

「どうして赤ん坊を最後にしたんだ？」終わったあと、タウチが接続をはずしながら尋ねた。彼の目の光は網膜ディスプレイの反射光だったが、子犬のように好奇心満々なのがわかった。

「損害が小さいからよ」とベッカー。

「軍事的ポテンシャルって意味？」三人はいずれも民間人だった。戦術的には、同等の中から誰を選ぶかという問題だ。

ベッカーは首を左右に振り、直感を言葉にしようと努力した。「大人のほうが――苦しみが大きいから」

「赤ん坊は苦しまない？」

「痛みはあるわ。肉体的に。でも夢や希望、思い出といったものはない。赤ん坊は――可能性よ。付加価値はない」

タウチはまじまじと彼女を見た。

「どうかしたの？　訓練でしょ」

「きみは弟を殺した」

「シミュレーションでね。五十名の民間人を救うため。そもそも、わたしに弟はいないし」

「老人と戦闘ロボットを排除したのが、アップグレード前より六百ミリ秒早くなったと聞いたら驚くかね？」

彼女は肩をすくめた。「前と同じシナリオだから。最初のとき間違ったわけじゃないけど」

タウチは戦術パッドに目を向けた。「二度めは迷わなかった」

「何が言いたいの？　今のわたしは一種のソシオパスだってこと？」

「逆だよ。きみはトロッコのジレンマに免疫ができたんだ」

「何それ？」

「誰もが道徳というものを正邪の問題ととらえているが、実際には、それは同じ回路に流れる空電の負荷の問題なんだ」タウチの頭がキッツキのように何度も前後に動いた。「だから信号をきれいにした。今現在、たぶんきみは地球上でもっとも倫理的な人間だ」

「へえ」

彼は引き返しはじめ、少し歩いて振り返った。「まあ、少なくとも上位三十位には入るよ」


トロントの街路のはるか上に埋め込まれ、ダメージ・コントロール作戦中の兵士の短期滞在用ホームベースとして用意された窓のない部屋にこもって、ナンディタ・ベッカーは壁を見つめ、ウェブを見ていた。

壁は空白だ。ウェブは側頭葉の裏口から頭の中に招き入れられている。彼女とウィングマンはそこであまりにも長い時間、ほかに誰もいないまま過ごしていた。彼女が決めたことだ。だが、そろそろ誰かの顔を見る頃合いだった。

たとえばグローバルの『フロント・ヴュー・ミラー』にゲスト出演している連中。JAGの女性弁護士、ダルハウジー大学の軍法専門の教授、政府の説明責任を求める退役軍人会の名ばかりの左翼活動家。国防省から借りてきたサイボーグ技術の専門家ははじめて見る顔で、専門技術だけでなく、視聴者を懐柔するため、容姿のよさでも選ばれたらしい男性だった（ベッカーはベン・モナハンがカメラに映らない距離から操り糸を引いているのを感じた）。総合司会者は真摯さとかわいさを両立させようとして失敗している印象だった。

彼らはすべてベッカーのことを話していた。たぶん今もそうだろう。音声は五分で消してしまったが。

握りしめたペンダントは指のあいだから淡いコバルト色の輝きを放っている。三メガヘルツのかすかな霊光だ。彼女はその金属の感触をじっくりと味わった。装飾的な線刻細工（サブリエによれば、文明との接触を生き延びられなかったアマゾン文化の表象だそうだ）、髪の毛のように細い隙間にあるインターフェース・ポート。中央の窪みには〝送信〟ボタンがある。一度押すと一回わめくとサブリエは言った。押しっぱなしにすると連続的に送信しつづける。

押してみた。何も起きない。

もちろんだ。暗号があるのだろう。戦場で、母艦と同期して時系列を擬似ランダム化することもせず、そのまま送信したはずがない——アマル・サブリエの友達がいつ草むらに潜んでこっそり傍受し、持ち帰ってじっくり解析するのかわからないというのに。信号が意味を持つのは、それが生成された瞬間だけだった。それをとらえそこね、再確認したいと思ったら、タイムマシンが必要になる。

ベッカーは自分専用のタイムマシンをその日の午後に作り上げ、短縮ダイヤルの一番に登録していた。三行のマクロで、彼女のシステムの内蔵時計を数週間前の、彼女の世界が暗転する直前にリセットする。

ウェブ音声の消音を取り消すと、グローバルの出演者の一人が、ベッカーの乗っ取られた肉体に射殺された環境難民たちと同じく、ベッカー自身も犠牲者だと話していた。別の一人は可罪性と意思について述べ、罪——この場合この用語が適切かどうかはともかく——はテクノロジーにあり、この汚濁に満ちた危険な世界で日々綱渡りのように生きている無垢な魂にあるのではないと主張した。

「しかしそのテクノロジーは、それ自体で何かを決断しているわけではありません」司会者が言う。「兵士の無意識——いや、前意識がすでに決断したことを実行しているにすぎないのです」

「それは単純化しすぎでしょう」専門家が応じる。「システムは拡張を入れていない兵士がリアルタイムではとても処理しきれない大量のデータ——無線通信、衛星テレメトリー、広スペクトルの映像情報など——にアクセスしています。事実上、前意識の意図を取り込み、それだけの情報にアクセスできれば兵士がどう行動するかに基づいて修正を加えているのです」

「つまり、考えている」と退役軍人会の男。

「予測ですね」

「それが間違いを犯すことにつながるのでは？」

「間違いを減らしているんですよ。可能な限り最大の情報に基づいて、人間の知恵を最適化しているんです」

「それでも今回のケースは——」

ベッカーは〝送信〟を押し、短縮ダイヤルを操作した。

「——そうはいかなかった」と弁護士。「神経学的にどんな説明をつけようとも」

三十五秒が一瞬で過ぎ去る。

「われわれの法体系はすべて、自由意思が存在するという前提に基づいています。自由意思は人間の道徳の中心です」

ベッカーにはそれがとんだたわごとだとわかっていた。人間の道徳の中心がどこにあるかはよく知っている。そこをいじられてから、まだ六時間も経っていない。脳が共感と同情を覚える部位、罪と恥と後悔を感じる場所だ。

腹内側前頭前野。

「たとえば——」司会者が指を立てた。「——わたしが呼気(こき)分析器の故障した車に乗って、手動運転で誰かをはねたとしましょう。飲酒して運転することを選択したわたしは、当然それなりの責任を問われます。たとえ誰かを傷つける意図がなかったとしても」

「上官から車を運転しろという合法的な命令を受けていたかどうかによるでしょう」弁護士が反論した。

「兵士はサイボーグになるよう命令されていたということですか？」

「狙撃兵にライフルを持つよう命令するのとどこが違うと？　アマゾンに派遣される兵士に——過去に副作用で暴力的な行動を引き起こしたことが知られている——抗マラリア薬を打つよう命令するのとは？　兵士は国を守ると宣誓しています。武器を使う必要があること、そこに先進テクノロジーが利用されていることも知った上で。銃にナイフで立ち向かっても勝ち目はありません——」

短縮ダイヤル。

「――サイボーグとは違うといっても――わたしは心配する合理的理由があるとまっ先に認めるものですが――中国人を説き伏せてテクノロジー開発の時計を戻させることができない以上、はるかに小さな問題だと考えますね」

今回は二十八秒。

「付随的被害のない世界にいると言うつもりはありません。悲劇的な事故があっても、重要な計画を停止させるわけにはいかないんです」

悲劇的な事故。ベッカーさえそれを信じていた。サブリエがバースト通信装置を仕込んだペンダントを彼女の手に滑り込ませるまでは。死を運命づけられた若者たちのスマート眼鏡(スペック)が暖かい太平洋の夜からつかみ取った暗号化通信。二十秒から六十三秒のあいだだけ、彼女をオフラインにできる信号。

その時間の変化にパターンはあるのだろうか。

「最低限でも、安全装置は組み込むべきです」司会者が中庸の意見を述べる。「ああした、その、〝ハイブリッド〟を遠くからモニターして、問題が起きそうになったらすぐに停止できるように」

ベッカーは鼻を鳴らした。ウィングマンは戦場に出れば命令を受け付けない。命令を〝聞く〟ことさえできない。もちろんベッカーは側頭葉を通じて、にやにや笑いの小さな情報操作屋にデータを流すことはできる。ただそいつは単なる覗き屋で、運動系にアクセスできるわけではない。実際の金属部分にはオンボードの受信部さえなかった。最初から無線コマンドを受け入れない設計で、誰かがベッカーの両肩のあいだにある背面スロットに手動でプラグ・インするしかないのだ。

ハッキングでたまたま正しいコードを手に入れた誰かがシャットダウンできるように、戦闘ユニットを設計するはずがあるか？　そんなばかがどこにいる？

それでも――

送信。短縮ダイヤル。

「――実際に任務に就いているのは少数で――もちろん正確な人数は公表していませんが、二十名から三十名といったところです。何か起きたとしても責めることのできないサイボーグが、それだけいるということになります。今現在でですよ。今後どれだけ早く増加していくか、見当もつきません」

四十秒ぴったり。

「むしろ奨励していますよ。この世界は火薬庫です。水争い、干魃（かんばつ）、どこを見ても難民だらけ。それをかろうじて力で抑え込んでいる状態です。強大な軍事力がこれほど必要とされている時代は、冷戦以後ではじめてでしょう。とりわけ、米国経済の崩壊が――」

短縮ダイヤル。

「――戦場のあらゆる兵士が機械に心を読まれ、機械の名において引金を引くようになったら、どうなります？　あらゆる虐殺が技術的な事故ということになったら、〝戦争犯罪〟という概念は意味を失ってしまう」

　三十二秒。

「つまり、このベッカーというのが故意に——」

「そんな話はしていません。心配しているんですよ。民間人虐殺への怒りが、彼らを殺したものへの同情に、あまりにも急速に移行している。そんなタイプではないはずの人々までもです。アマル・サブリエが〈ザ・スター〉に寄稿した調査記事を見ましたか？　まるでラヴレターだ」

　無線を使わないシステムに送られる、シャットダウンの無線コマンド。

「ここにいる誰も犠牲者のことを忘れていません。でも、ベッカー伍長がある種の同情を集めるのも、不思議でも何でも——」

　ベッカーはずっと、こんなトリックを仕掛けられるのは誰だろうと考えていた。そのたびに浮かんでくるのは同じ名前だ。

「もちろんです。ベッカーは同情を集めるし、カリスマ性があり、〝好ましい〟人物です。模範的な兵士で、勤務記録には一片の瑕瑾もなく、高校時代にはみずから進んで獣医の手伝いもしています」

〝物語のコントロール〟に興味を持っている人物。

「国防省が広報ポスターを作るなら、最高のモデルに——」

　ダイヤル。

「——告発するかどうかは査問会が決めることです」

四十二秒。

今、自分が何を感じるべきなのかもわからなかった。怒り。利用されたことへの不満。これはすべてPTSD治療の一環だと思っていた。そういう効果も確かにあったが。

「では、査問の結論を待ちましょう。ただ、これをジュネーヴ条約を覆す前例にするわけにはいきません」

別の問題が出てきた。同情、共感、罪悪感。道徳の中心。それらはもうどうでもいいようだ。腫瘍（しゅよう）のように焼灼（しょうしゃく）されてしまった。

「条約は百年も前のものです。そろそろオーヴァーホールが必要では？」

彼女はまだ、少なくとも正邪の判断がついた。

脳がどこかに保管していたに違いない。

「あなたは西太平洋に送り返されたと思ってた」サブリエが言った。

「この週末ね」

ジャーナリストは洞窟めいた店内を見まわした。青みがかった薄暗い照明、ダンスフロアを囲むように配置された二人がけのテーブル。フロアではパーティ好きの連中がバス・ビートに合わせて身体をくねらせているが、消音フィールドのせいでテーブルのほうに音はほとんど聞こえてこない。彼女はベッカーが注文したライジング・タイドにちらりと目を向けた。

「インタヴューを台なしにする気はないんだ、伍長。とりわけ、かっとなったらわたしの背骨をへし折れるようなのが相手のときは」

ベッカーは笑みを返した。「それはわたしたちがここにいる理由じゃないわ」

「うん、了解」

「妨害器は持ってきてる？」

「いつも持ってる」サブリエは小さな装置をテーブルの上に置いた。ベッカーの周囲をありがたい雑音が取り巻く。

「それで、わたしたちが午前二時に出会い系ダンスホールにいる理由は？」

「ドローンがいないから」とベッカー。

「地元のマイルストーンにもいないよ。とくに平日昼間には」

「ええ、ただ——群衆に紛れたかったの」

「午前二時に」

「深夜になると、人は別のことを考えるわ」ベッカーは小部屋に消えていく三人組を横目で眺めた。「映像で見たかもしれない人間に気づきにくくなると思って」

「わかった」

「人間は——昔と違ってあまり集まらなくなってるって知ってた？」ベッカーはスコッチを一口飲み、グラスを置いて、それを見つめた。「遠隔勤務にコクーン。中心街は——閑散としてる。最近はね」

サブリエはホールの中を見まわした。「ここはそうじゃない」

「ウェブ上でセックスはできないから。今はまだね。自慰以上のことがしたかったら、出かけるしかない」

「何を企んでるの、ナンディタ?」

「あなたのせいで考えたのよ」

「何を?」

「安全の値段。第二のマイケル・ハリス。忘れたとは言わせないわ」

「覚えてるけど、わたしはただ――」

「銃による死者は年に二万人よ、アマル。カナダとアメリカとで」

「主に南側ね、幸いなことに。でも、そのとおり」

「あなたのせいで考えることになったのは、どうしてハリスがデイケア・ホームなんかを銃撃するほど狂ってしまったのかってこと。どうして誰もが、妹の死が最後の一押しになったと言っているのか。ただ……」

「ただ?」沈黙が長引いたため、サブリエが先をうながした。

「もしもハリスが狂ってなんかいなかったとしたら?」ベッカーが続きを口にした。

「そんなことあると思う?」

「ハリスは妹を亡くした。無意味な暴力の動機としては古典的ね。銃文化ってやつ。全米ライフル協会は全員の急所を握ってて、銃規制なんてことをささやいただけでその人は撃たれてしまう。まあ、言ってみればそんな感じ」ベッカーはうめいた。「言葉は役立たなかった。市民運動もそう。役立つものがあるとすれば、考えられないくらいおぞましい、言葉にできないほどの恐ろしく醜悪な行為しかない。どんなに強く銃の所持を支持する人でも反論できないほどの――絶対的に邪悪な行為しか」

「ちょっと待って、つまり銃規制の支持者が――銃のせいで妹を亡くした人間が――わざとデイケア・ホームを銃撃したっていうの？」

ベッカーは両手を広げて同意した。

「つまり、自分自身を怪物に変えたことになる。四十人を殺したのが、法案を一つ通すためだったっていうの？」

「年に数千人の死者を出さないためにね。法律の制定で犠牲者が数パーセント減るだけでも、一、二週間で投資は回収できる」

「〝投資〟ですって？」

「〝犠牲者〟でもいいけど」ベッカーは肩をすくめた。

「自分がどれほどばかげたことを言ってるか、わかってる？」

「そうじゃなかったって、どうして言えるの？」

「だって、何の変化もなかったじゃない！　新しい法律なんてできなかった！　ハリスの名前が殺人鬼のリストに加わっただけ」

「事前にはわからないでしょ。わかっていたのは可能性があるってことだけ。自分とほかの数人の命で、数千人が救われるかもしれない。可能性はあったのよ」

「人もあろうにあなたが――あれだけのことがあった、あれだけのことをしたあとで――」

「それはわたしじゃなかった、でしょ？　やったのはウィングマン。みんなそう言ってるわ」

ウィングマンは目覚めて、存在しない手足で引き綱を引っ張っていた。

「それでも、あなたはその一部だった。それはわかってたはずよ、ディート、感じてたはず。自分のせいではなくても、内面はずたずたになったでしょうね。はじめて会ったとき、それがわかった。あなたは善良で、道徳的で――」

「道徳って本当は何だかわかる？」ベッカーは冷静に相手の目を見つめた。「それは自分の子供を助けるために、知らない子供二人を死なせること。それは誰かを殺したとき、相手の目を見つめていたら何か違いがあると考えること。それは小胆さと臆病さと、誰かに子供たちのことを考えさせないこと。合理的なものじゃないのよ、アマル。倫理的でさえない」

サブリエはじっと黙り込んでいる。

「伍長」ベッカーが沈黙すると、彼女はようやく口を開いた。「いったい何をされたの？」

ベッカーは息を呑んだ。「何をされようと――」

……広報ポスターを作るなら、最高のモデルに……

「――ここで終わりよ」

サブリエは目を丸くした。その目の奥でパズルのピースがようやく正しい位置にはめ込まれていくのがわかるようだ。ドローンはいない。周囲には群衆。本物のセキュリティは存在せず、数人の用心棒は哀れな肉と骨でできている……

「ごめんなさい、アマル」ベッカーが優しく言った。

サブリエは妨害器にすばやく手を伸ばした。ベッカーはその手がまだ半分にも達しないうちに、さっと装置をつかみ取った。

「今は頭の中に誰も入れるわけにはいかないの」

「ナンディタ」サブリエの声はささやくようだ。「やめて」

「あなたのことは好きよ、アマル。いい人だし、できることなら関わらせずにいたい。でも、あなたは――頭がいいから。わたしのことも少し知ってるし。きっとあとでいろいろ状況を考え合わせて……」

サブリエは席を蹴って立ち上がった。ベッカーは腰を上げもしなかった。毒蛇が飛びかかるようにすばやく、相手の手首をつかみ、軽々とテーブルの上に引き戻した。サブリエが悲鳴を上げる。消音フィールドの向こうで踊っている薄青い人影はみんな別のことを考えていて、関心を示さなかった。

「無事に済むなんて思わないことね。機械のせいにすることも――」穏やかな嘆願の言葉が、切羽詰まって次々と連射された。そこにはない色の圧迫痕（こん）がサブリエの前腕にあらわれる。虹のような、油膜に反射する光のような。「お願い、これを誤作動なんてことで片づけるのは、いくら何でも無理が――」

「まさにそこよ」ベッカーは自分の笑みにせめて一片の悲しみが感じられることを願った。

「わかってるでしょ」

アマル・サブリエ。七十四人中の最初の一人。

翼を広げて腕を上げることができれば、そのほうがずっと早かったろう。だが、彼女の翼は根元から引きちぎられ、痙攣（けいれん）しながらトレントンの倉庫に転がっている。今の彼女が上げられる腕は、肉と血と炭素シート（グラフェン）でできたものだけだ。

だが、それでじゅうぶんだった。とっちらかってはいるが、仕事はなされるのだから。なぜなら、ナンディタ・ベッカー伍長はただの超人的殺人マシンではない。

彼女はこの惑星でもっとも倫理的な人間だった。

ホットショット

"Hotshot"

二十二世紀。人類の生存のため、小惑星を改造して時空特異点を搭載した巨大なワームホール構築船を複数打ち上げ、超光速移動が可能なワームホール網を銀河系全体に建設するディアスポラ計画が立案された。一隻あたり出発時約六千人の乗組員候補は注意深い遺伝子改変と教育を受けて育てられたが、サンディは常に反抗的だった。そして彼女は出発直前、存在しないことがすでに証明されている〝自由意思〟を体験できるという旅に出る。

作中で言及される理論物理学者リー・スモーリンの宇宙論は、『エコープラクシア』の「参考文献」でも紹介されているが、デジタル物理学（本書巻末解説参照）を否定し、現実が決定論的ではない単一の宇宙を構想するもの。

なお、ここから三編は Sunflowers cycle と呼ばれる連作。本書では作中時系列順に収録しており、本作は書かれた順序では三作目だが、もっとも早い時期を扱っている（時系列では「ホットショット」→*The Freeze-Frame Revolution*〔ノヴェラ、二〇一八年、未訳〕→「巨星」「島」の順）。初出は書き下ろしアンソロジー・シリーズの一冊 *Reach for Infinity*（ジョナサン・ストラーン編、二〇一四年）。

（編集部）

わかっているはずだ。きみが選ばなくてはならない。

いつでも手を引いていいと彼らは言いつづけた。火星軌道の内側に小惑星を運び込んでいたときも、鋼鉄のシロアリのように岩を嚙み砕いて洞窟やトンネルを穿ち、森や岩場や、太陽そのものよりも長い期間にわたって作動する生命維持システムの層を積み重ねていくあいだも。特異点がテスト中に分解してしまったL４での大失敗のあとも準備を続けていたのだ。プロジェクトの中止などという言葉は——〝穴〟を保持していた魔法が工場フロアの半分と推進器チームの四分の一を食ってしまったというのに——ささやきにもならなかった。ただ、この悲劇を受けて国連ディアスポラ公社（UNDA）は、わたしたちに出口の存在を思い出させることがとりわけ重要と考えたらしかった。

きみが決めるんだ。誰にもきみの代わりはできない。

事態の皮肉さが理解できる年齢になると、わたしは面と向かって彼らを笑いとばした。生まれる前からこの任務のために訓練され、適応させられてきたのだ。すでに両親がわたしと同じように慎重に手入れをされてきていた。母親がわたしを妊娠する三十年前から、わたしは星々のあいだに向かう運命だった。そう望むように作られたのだ。ほかの生き方など知らない。

それでも、ここは文明社会、だろう？　本人の意思に反して徴募することなどできない。たとえもう半世紀以上にわたって〝本人の意思〟などというものがお笑いぐさだったとしても。彼らは絶え間なく、今ならまだ引き返せると言いつづけた。あとになって悔やんでも、引き返す機会は存在しないからだ。この〝あと〟の期間はとてつもなく長かった。〈エリオフォラ〉が出航したら、戻ってくることはできない。

それはわたしの決断でなくてはならなかった。彼らが手を血で汚さなくても済む方法はそれしかない。

それでもなお、すべてが決まったあと――十八年にわたる教育と反抗、二十年近く繰り返された、同じ運命に対する抵抗と受容を経て――共用脱出ハッチが最後にもう一度だけ開いたとき、彼らが耳にした答えは予期したものとは違っていたと思う。

本当にそれでいいんだね？

「二カ月待って」わたしは答えた。「戻ってくるから」

星々のあいだに向かうために作られたのだ、たぶん。孤独を楽しめるように更新世の社会性回路を飼い馴らし、刈り込み、核だけになるまで削ぎ落とした。部族の中に生まれながら、ろくに振り返ることさえせずにそれを捨て去れるように。本当に別れたくないと思う仲間はごく少数しかいないように育てられ、彼らはみんないっしょに太陽系の外へ出航する。

ただし、心の内へではない。この旅に限っては、わたしは一人だ。短い移動。水平線に向かう航海に比べたら瞬きくらいのものでしかない。それでもなお、なぜかわたしはさよならを言いたい衝動に駆られた。

離陸するシャトルにかろうじて乗り込む。旅のあいだはシナリオの点検をくり返した——何を言うか、彼がどう応えるか、どうすれば議論がいちばんうまく嚙み合うか——やがて不確定要素は徐々に縮小し、月は船尾方向に小さくなり、薔薇の花輪が神の演じるジャグリングのように視界に広がっていく。宇宙にそびえる山。ニッケルと鉄と自然のままの玄武岩でできた不格好な小世界。その表面がゆっくりと重々しく、視野の中を動いていく。積載ベイとドッキング・ポート。一つの都市ほどもある推進ノズル。これはほんの数時間だけ白熱して高推力を得るためのものだ。それぞれの船の前部にある歯のない巨大な口のようなものは、推進ノズルが冷えて死んだあと、船を前方に引っ張る飼い馴らした特異点を呑み込むためのものだ。

〈アラネウス〉が左舷にそれていく。断崖の表面にほとんどさわれそうだ。〈マストフォラ〉が右舷にそれる。〈エリオフォラ〉は正面から動かない。目の前にそびえるその巨体のごつごつした表面が星々を覆い隠した。

ドック入りする。

わたしはチンプにカイの居場所を尋ねた。まだ声はないが、ローカル・リンクに透視地図が送られ、森に光点が灯る。暗い中に彼がいた。夜明け前の影の中、微重力でなかば浮かんだまま、生体発光植物の青方偏移した銀河の淡い光を受けている。

わたしが近づくとうなずいて見せたものの、振り向かずにこう言う。「生産率六十パーセント。必要があればすぐにでも出発できる。酸素が足りなくなることはない」

「人は空気のみにて生きるにあらず」わたしの指摘に彼は反論しなかった。言いたいことはわかっているだろう。

しばらくは二人黙ったまま、枝分かれした骨のような腕と、ひょろ長い指と、共生バクテリアが使いきれなかった光でかすかに光る地面から成る森に腰を下ろしていた。わたしは七歳のときから体積やルーメンや代謝率について話すことができたが、腹の底ではこんな貧弱な地下生態系など、時の終わりまでどころか、一週間ももつかどうかと思っていた。星の光に頼る光合成。それがすべてだ。蟻（あり）一匹分にもならないだろう。

もちろん、蟻は酸素消費を抑えたりしない。千年に一週間しか呼吸しないなら、星明かりでもじゅうぶんだ。

「太陽を楽しんでこいよ」カイが言った。

「ええ」

「三カ月。一億五千万キロ。たった一つの隠し芸のために」

「長くて二カ月よ。サイクルによるけど。でも、それだけじゃないことはわかってるでしょ」

彼は首を横に振った。「何を証明しようとしているんだ、サンデイ?」

「あの人たちが正しくて、望めばいつでもやめられるってことを」

「これまでの生涯、ずっとそれを証明しようとしてきたじゃないか。やめる機会なら百万回もあった。結局、きみはやめたくないのさ」

「わたしが何を望むかじゃなくて、望まなかったら何が起きるのかって話よ」わかってる。あなたはこの狂気じみた計画がうまくいくのを、今こそ実行すべき時であることを恐れてる。

彼のシルエットがわたしの横で身じろぎした。近くの発光器の光がその頬骨を照らし出す。

「ときには肉体が――勝手に行動することがあるのは知ってるだろう。本人にも理由はわからない。まるで何かに取り憑かれたようだと感じるらしい。エイリアン・ボディ症候群だ」彼は小さく鼻を鳴らした。「自由意思どころか、正反対だ」

「これは経頭蓋磁気刺激（TMS）じゃなくて――」

「一方から中に入ると反対側から別の何かが出てきたからといって、それが何の証明になる？反対側から何かが出てきたとして」さらに別のシナリオも付け加える。「船が爆発で吹っ飛んでないとして」

「やめてよ。彼らがどれだけ長くこの商売をしてると思うの？　自殺行為であるはずがないでしょ」

「それほど長い時間じゃない。われわれがエンジンを売ったのが、ええと、六年前？　それを彼らが形にするのに少なくとも一年かかっているし、本来の設計はそういう意図では――」

「だからこそ行くのよ」

彼はわたしを見た。

「だいたい、どうして知ってたの？　わたしはあなたに自分の気持ちを話したことなんかない。

彼らがプロトタイプを買った当時、一度か二度、興味があるくらいのことは言ったかもしれないけど。それなのに、今日ここに来たら、あなたはもうあらゆる議論を整理していた。それ以上にひどいのは、あなたがそうしているだろうって、わたしが知っていたってことよ」わたしはかぶりを振った。「自分たちがそんなに〝予測可能〟だってことが怖くない？」

「だから脳をぐちゃぐちゃにして、しばらく何が何だかわからなくして、それでどうなるっていうんだ？　一組のカードをシャッフルしたら、それが自由意思になるのか？」カイは首を横に振った。「そんな話を信じたやつは、この百年のあいだ一人もいなかった。つつかれなくても発火するニューロンを誰かが見つけるまで、われわれはみんなただの――反応なのさ」

「それがあなたの解決策？　誰もが決定論的なシステムにすぎないんだから、その糸に操られていればいいってこと？」

彼は肩をすくめた。「人形使いもやっぱり糸に操られているのさ」

「できることがカードをシャッフルすることだけだとしても、目先を変えて〝予測不可能〟になってみて何が悪いの？」

「悪くはないさ。人生でもっとも重大な決断を、サイコロの目に任せるべきじゃないと思うだけだ」

怖いのよ、カイ。わたしはそう言いたかった。どこまでも薄くスライスされた人生を送るのが怖いの。目覚めるたびに故郷はさらに何光年も遠くなり、そのたびに何世紀も宇宙の熱死に近づくような人生が。そんな生き方を望んでいるのはあなたと同じだけど、でもやっぱり怖い。

何よりも怖いのは、自分がそんな感覚を持てるという事実なの。もっとうまくわたしを作れなかったの？　疑いを持つことなんてできないはずじゃなかったの？

　ほかにどんな欠陥が隠れているの？

「こう考えてみたら――」わたしは肩をすくめた。「わからないけど、出発前のチェックリストに並ぶ項目だとするなら、〝転移場の同期〟と〝歯ブラシの用意〟の中間あたりのもの。純粋なルーチン。何かがうまくいかないはずがある？」

　なぜかカイのシルエットが顔をしかめたように思えた。「太陽に落下して蒸発するってこと以外に？　それとも――」

　――全体的に？　彼は最後まで言わなかったが、急に首をかしげた様子から、わたしの手首を見たのがわかった。これはわたしが邪魔されずにやり直すための、手の込んだ策略ではないだろうかとでも思っているのか……

「わかってるでしょ」わたしは身を乗り出して、彼の頬にキスした。彼は身を引かず、わたしは小さな勝利を感じた。「そのころには、太陽はもうとっくに死んでいるわ。わたしたちは銀河系そのものより長生きするんだから」

国連ディアスポラ公社
乗員心理部門（ＤＰＣ）

事象後面接記録

記録タグ　EC01-2113／03／24-1043
事象の性質　反発性の肉体的接触
対象　S・アーズムンディン、〈エリオフォラ〉乗組予定。女、肉体年齢七／精神年齢十三
面接者　M・サワダ、DPC
調査／バイオテレメトリー　YZZ-284-C04
心理所見　YZZ-284-D11

M・サワダ　肋骨（ろっこつ）二本と鼻の骨折。目のまわりの痣（あざ）は言うまでもない。
S・アーズムンディン　こうなると思ってなかったの？　一千万年後のことまで全部考えてあるのに、小さな子供が五分後に何をするかもわからないなんて。
MS　どうしてカイを殴ったんだね、サンデイ？
SA　あら、わたしの心が読めるんじゃないの？
MS　カイが何かきみを怒らせるようなことをしたのかな？
SA　だったらわたしを追い出す？

MS　それが望みなのか、サンデイ？　だから騒ぎを起こして、わざと追い出されるようにしているのかい？　ここが気に入らなければいつでも出ていけるのは知っているだろう。きみが嫌がっているのに、無理に引き止めたりはしないよ。ご両親はまたきみに会えれば喜ぶだろう。驚きはするだろうが——喜ぶはずだ。

SA　わたしはカイとは違う。誰とも違うの。

MS　それは当然だね。

SA　カイはあなたたちが望むとおりの子だわ。いつも言われるとおりに行動して、そっちが訊かれたくないことは絶対に訊かない。愚かで幸せなロボットが、愚かで幸せな生涯をかけて、愚かで幸せな橋を作りつづける。どうしてわたしたちが必要なのかもわからないわ。

MS　わかっているはずだよ。

SA　ええ、わたしたちはバックアップね。船がどう対処していいかわからないものに出会ったときだけ起こされる。そんなことは起きないかもしれない。

MS　起きるとも。これほど長い航行では——

SA　起きなかったら？　だいたい、どうしてわたしたちが必要なの？　同じくらい——何ならもっと——頭のいいマシンを作れば、わたしたちを使うことなんてないじゃない。

三秒間の沈黙

MS　そう単純な話じゃなくてね。高速なマシンはもちろん必要だ。大きなマシンも問題ない。でも、頭のいいマシンは……要するに、人間がどう行動するかさえ、たとえ変数がすべてわかっていても、百パーセント確実に予測することはできないんだ。人間よりも頭がいいものを作ったら、起動した瞬間にこちらの制御を離れて、勝手なことを始めるに決まっている。いったい何を始めるか、事前に予測することはできない。

SA　でも、人間だって勝手なことを始めるかもしれないわ。

MS　人間のほうが——安定しているんだ。生物としての欲求があって、本能は百万年前まで遡（さかのぼ）る。それでも——

SA　コントロールしやすいってことね。マシンは飢えさせて言うことを聞かせたりできない——

MS　そのとおりだ、サンデイ、人間も勝手なことを始めるかもしれない。そこが重要なんだ。きみの言う愚かで幸せなロボットを、わたしたちが望まない理由もそれだよ。きみたちには主体性を見せてもらいたいんだ。だから余裕を持たせて、きみたちがときどき道をそれても、多少なら大目に見ている。

ただ、あくまでも多少ならだ。気をつけなさい、お嬢さん。

五秒間の沈黙

SA　それだけ？

MS　まだ何か？

SA　わたしに——罰を与えないの？　カイにしたことで。

MS　謝罪はすべきだと思うが、それでじゅうぶんだろう。きみが決めることだよ。きみとカイは――プログラムに参加する全員がそうだが、仲間とどう接するかを自分たちで決めていかなくてはならない。五万年後には、わたしたちはもうどこにもいなくて、きみたちを罰することなどできないんだから。

二秒間の沈黙

SA　あなたは……知ってたのね。きっと知ってたんだわ。

MS　何を?

SA　わたしがカイを殴ることを。むしろ殴らせたかったのよ!

MS　どうしてそんなことを言うんだ、サンデイ? どうしてきみが仲間を殴るのを望んだりするはずがある?

SA　知らないわ。たぶんだけど、カイが何か悪いことをして、わたしに殴られるのがその罰だったとか、わたしの〝社会関係がどんなふうに進化するか〟、あなたが見てみたかったとか。単にわたしたちが喧嘩(けんか)をするのが見たかったのかもしれない。

MS　それは違うよ、サンデイ。きみたちを慰みものにするような気持ちは絶対に――

SA　自分でも気がついていないのかも。あなたたちはわたしたちとは違う、でしょ? わたしたちは簡単にコントロールされる。あなたたちがそんなふうに作って、だから何をしようとするかもわかってる。じゃあ、あなたたちを作ったのは誰なのかしら? 誰でもない。

あなたたちは単にランダムなだけよ。

　三秒間の沈黙

あなたたちは自由だわ。

慎重に読むこと

　あなたはこれまで体験したことがないような認知的自主性を獲得しようと、旅に出ることになります。一部の体験者は太陽ダイヴを〝恍惚(こうこつ)となる、宗教的な、とてつもなく充足感のある体験〟と述べていますが、インダストリアル・エンライトンメント社は快適な体験を保証するものではありません。契約により提供されるのは、本人がこれまでできなかった考え方を可能にする物理環境のみです。その考え方の内容にも、また結果として生じるかもしれないトラウマにも、当社は責任を負いません。この契約に署名することにより、あなたはインダストリアル・エンライトンメント社ならびにその代理人および代表者を、この体験の結果として生じた否定的な心理的衝撃に関して、明示的に免責することになります。

　ベースキャンプはフォイルに包まれた長さ九百メートルのジャガイモだった。回転は止められ、水星の内側のラグランジュ点でこんがり焼かれるべく準備を整えている。少なくともドッキングした時点ではその位置に存在していた。わたしたちが乗り込むと、すぐに太陽に向かって落下していく。灼熱地獄の底に向かう潜水ベルだ。
使っているのは古いプロトタイプの一つ、中心部に一兆トンの量子ループ・ホールを持つ転移ドライヴだった。そこにうまく手が加えられている。単に内部のワームホールに沿ってベースキャンプの質量中心を塗り広げただけではなく、一方の端をL1に固定して、投石器にセットした石のように水星の質量を利用している。そんなとてつもなく細長いものを安定させるエネルギーの膨大さを考えるとぞっとするが——顔に太陽の息吹をじかに感じる中では、反物質を作る材料が必要になったら、ジャガイモを完全反射体にしているメタ物質を簡単に黒体に変化させることができる。

これは古い技術を新しいボトルに入れる、なかなか賢明な方法だった。わたしたちも出航する時には似たような改造をほどこしてもいいかもしれない。太陽と惑星をいっしょに連れていけるならの話だが。

案内人——チトというひょろりとしたフィリピン人——がエアロックで待っていた。「先に進む前にアップロードを確認しましょう。全員、オリエンテーション・パッケージは受信してますね？」

内惑星系を航行中、眠っているわたしたちの頭にダウンロードされたファイルにピンを飛ばす。神経哲学と社史、スモーリンの宇宙論、コロナの輪、決定論の死。その奇蹟のような技術のすばらしい詳細が、焼きつくされることなく太陽にキスするのを可能にしていた。バンドパス・フィルターはこの旅の肝となる磁場を素通しする一方、熱や危険なものを遠ざけてくれる

（これが企業の専有情報であることはわかっている。秘密の場所に入れてもらうことでわたしたちは心の平安を得るが、戻るときにすべてが消去されるのだ）。

　チトは全員が親指を上げるのを待った。「結構。ダイヴの前にそれを使うのを忘れないように。ブラインドを開けてしまえば、インプラントは作動しないからね。こっちだ」

　トンネルを進んでいくと重さが増していった。浮遊していた十数人の巡礼たちは床に跳ね返り、やがてよろよろと歩きはじめた。ベースキャンプの居住区のほとんどは穴の後部二十メートルに集中していて、ジャガイモが静止した状態で約四分の一Gの重力がかかる。質量をどれだけ引き伸ばしているかにもよるが、降下中はその半分くらいだろう。

　ロビーでは球体に入った脳が待っていた。小さな明るい核の光がかすかに見えている。球体には弱い重力場があり、それが一列になって寝台に向かうわたしたちを引き寄せ、速度を低下させた。わたしたちは囚われた随行衛星群のように、球体のまわりに集まった。

　本物の脳ではない。近くから見ればわかる。半球に分かれておらず、明確な脳葉（のうよう）もなく、大脳辺縁系（へんえんけい）で位置が固定されているわけでもない。皺だらけの、瞬きするニューロンの塊（かたまり）だ。内側で輝いている思考の波がはっきり見えるのは、出資者向けに見栄えをよくしようと加えられた発光タンパク質のおかげだった。

　その小さな忌まわしい代物の片隅で、ラベルが穏やかに光った。〝自由意思。知られている唯一の例〟

「わたしたち幸せな少数者を除いてね。対価に見合うものをもらえるとしての話だけど」

わたしより一センチ背が低い。小太りで剃髪（ていはつ）し、北欧系のアルビノの肌色をしている。「アグニ・ファルクだ」彼女はそう言って、自分の名刺をピンしてきた。ファラデイ・リッジ社副社長補佐。深海採鉱者。死にかけているフロンティアの住人で、稀少（きしょう）金属の宝庫である小惑星が空にいくらでもあるというのに、まだ海底にこだわっている。

「サンデイよ」身分や姓は明かさなかった。わたしは有名人ではない——もっとも遠い宇宙に向かいはするものの、同じような人は五万人ほどいて、一人ひとりの存在感は薄まっている。とはいえ、氏名の検索には一秒もかからない。〝ディアスポラ体験者になること〟についての質問を受けつづける気は、わたしにはなかった。

「会えて嬉しいよ」ファルクは片手を差し出した。わたしは一瞬ためらって、その手を握り返した。彼女の視線がちらりと握手する手に落ち、わたしの袖口から覗（のぞ）いた傷痕（きずあと）を認めたようだった。その笑みはまったく揺るがない。

彼女の顔の奥にある皺だらけのグレープフルーツはさまざまな感覚に接続されている。音、触覚、自己再受容。目からだけでも二百万を超える入力回路が存在するのだ。この金魚鉢の中の球体とは違う。耳も聞こえず、言葉もしゃべれず、目も見えず、廃棄物と栄養が通過するもの以外、どんな管も持っていない球体とは。それは単なるニューロンの塊、数十億の肉のスイッチが停止状態のまま、外からの刺激で作動するのを待っているだけのものだ。

だが、わたしの見る限りここには何の刺激もなく、回路に信号が流れるはずがなかった。それなのに、なぜかそれが作動している。表面で揺らいでいるオーロラは、囚われた魂（たましい）の徴（しるし）なのかもしれない。

刺激がなくても発火するニューロン。欲しがってたものがここにあるわよ、カイ。

ファルクがわたしの視線を追って言った。「どうして動いてるんだろうね」

「新奇なものだからだ」球体の反対側で薄明かりに照らされた巡礼者の、ヒンドゥスタン系の声が聞こえた。「少なくともそう聞いている。量子場の特殊な組み合わせで、以前は存在しなかったため宇宙もそれを覚えておらず、結果——即席に作り出すしかなかった」

「トリックだな」彼女の左手で懐疑的な声が言った。「われわれが到着する前に、こいつを急速始動させたんだと思う。きっとそのうち止まるだろう」

「誰だってそのうち止まるよ」

「量子効果が——」

「エファプス伝達みたいなものだろう」

「それで、こいつは何をしてるんだ?」誰かがそう言い、全員が黙り込んだ。

「つまり、自由意思なんだろ? 何をする自由だ? こいつは何も感じないし、動けないし、何ていうか、知性あるヨーグルトみたいなもんじゃないか」

全員の目がチトに向けられる。

「そこは大して重要じゃありません」ややあって、チトが言った。「むしろ原理証明的なものなんです」

わたしの視線はふらふらと球体に、肉のうごめきで生じる干渉パターンに戻っていた。これがオリエンテーション・パッケージに出てこなかったのが不思議だ。ちょっとした謎があったほうが、体験に厚みが生じると思ったのかもしれない。
近ごろは謎に出会うことも稀(まれ)になっているから。

国連ディアスポラ公社
乗員心理部門

事象後面接記録

記録タグ　DC25－2121／11／03－1820
事象の性質　自己破壊行動
対象　S・アーズムンディン、〈エリオフォラ〉乗組予定。女、肉体年齢十六／精神年齢二十三
面接者　M・サワダ、DPC
調査／バイオテレメトリー　ACD－005－F11
心理所見　ACD－005－C21

M・サワダ　気分はよくなったかい？

　　六秒間の沈黙

　どうしてあんなことをしたんだ、サンデイ？

S・アーズムンディン　それ以外の言葉で会話を始められないの？

MS　サンデイ、どうして――

SA　わたしは何もしなかった。何もしないわ。わたしたちの誰もが。

MS　ああ、なるほど。

SA　囚人の脳にできた癌を摘出したら、その男は動くものすべてとセックスしようとするのをやめたそうね。セックス中毒のペドフィリアにつながるものが、その人の人格からすっかり蒸発したのよ。当然、囚人は釈放された。ひどいことをさせていたのは癌であって、本人に責任はなかったから。

MS　古典に回帰しているようだね。いいことだ。

SA　みんなお互いに新しい知見と現代医学の奇蹟を称え合って、どうして腫瘍のせいでそんな違いが起きるのか、問題にする勇気がある人はいなかった。健康な人間は自分の脳の配線について、病人よりも大きな責任を負わなくちゃならないの？　病人には認められないシナプスの編集が、健康な人には認められるの？

　　三秒間の沈黙

MS　信じるかどうかはともかく、十六歳でその質問をしたのはきみがはじめてじゃない。成長加速されていない青少年でも、人間の本質的な矛盾に苦悩することがあるのが知られている。

SA　そうなんだ。

MS　もちろん、ほとんどは早熟ぎみの者たちだがね。たとえば、そういう者たちはその気もないのに自殺をほのめかすようなことはしない。

SA　どうしてわたしにその気がないと思うの？

MS　きみは頭が切れるからね。本気だったら、すぐに手首を縦に切っている。

SA　調べてみたの。横に切っても縦に切っても、結果は変わらないみたいね。

MS　いいだろう。きみは頭が切れるから、どの方向に切っても、わたしたちがすぐに駆けつけて助けてしまうとわかっているんだ。

四秒間の沈黙

何度言えばいいんだ、サンデイ？　こんな——芝居がかった——やり方は必要ないんだ。ただ立ち去ればいい。一言そう言えば、あとは歩いて出ていくだけだ。

SA　それでどうするの？　わたしはプランBでしょ。Aチームがばかげた何体問題だかを解決できなかったときのための予備。わたしはそのために作られた。

MS　きみは主体性を持つよう訓練されている。全般的な問題が解決できるよう教育もした。太陽系内でその能力を生かす道を思いつかないなら、そのまま今の道を進んだほうがいいだろう。次はエアロックから飛び出してみることだ。

SA　わたしが進む道は知ってるでしょ。ほかのことをしても、頭がおかしくなるだけよ。
MS　だったら、どうして抵抗しつづけるんだ？
SA　自分のあり方が偶然じゃないからよ。あなたたちに押しつけられたものだから。
MS　わたしが自分の才能や願望を、きみよりうまくコントロールできると思うかい？　誰だって――枠にはめられているんだ。唯一の違いは、ほとんどの人間が偶然任せで育てられるという点だ。きみたちは目的に沿って育てられた。
SA　あなたたちの目的にね。
MS　つまり、結局は腫瘍が違いをもたらすということだろう、うん？
二秒間の沈黙
幹細胞はまだ根づいていない。引っ掻きつづけたら傷痕になるぞ。
SA　わたしは傷痕が欲しいの。
MS　サンデイ――
SA　ほっといてよ、マモル。身体はわたしのものなんだから。人生はそうじゃなくても。気に入らなければわたしの損害預託から差し引けばいい。
五秒間の沈黙
MS　少し休んでおきなさい。カー・ニューマン・シミュレーションは明朝〇八四五からだ。

これだけ太陽に近いと無反動ドライヴも、量子ループ重力も、魔法のワームホールも使えない。あまりの大質量の存在に、どこかをつまみ上げることができないのだ。ベースキャンプは限界まで引き綱を伸ばし、最後の瞬間に新しい船を射出する。〈人々の自主性〉号を。無数の鏡が切り子面をなすシールドされたクリスタル――五億個の保護片が集中的に積層し、正確に配置されて、船を太陽の光球から保護している。

　チトに言わせると、今のサイクルではこれ以上ない最高の条件だそうだ。行く手に安定した二つの黒点が生じていて、直径五万キロ近いピークに達しようとしている。物質噴出の可能性は一パーセント以下で、その稀な事象が起きた場合でも、船と反対の方向に噴射するという。不安要素は何もない。

　結構。五千度という周辺環境で生きていられることさえ、わたしにとってはすでに魔法だ。秒速五百キロで頭上から降り注ぐ放射性プラズマのツナミがそこに加わったからといって、何だっていうの？

　彼らはわたしたちを縛り上げ、窓のない小部屋、直径六メートルくらいのシリンダーの内部に放置した。曲面になった隔壁はキリストの後光のような、穏やかな卵の殻の色に輝いている。わたしたちは部屋の中心軸に沿って伸びる背骨に固定されていた。脊椎の一つひとつが緩衝カウチに、突起が足かけや肘掛けになっている。拘束されているのは自分自身と互いの安全のためだった。オートマトンが自主性に対してどう反応するかわからない。至福の喜びが得られるという保証はないのだ。噂も耳にした――確認はされていないし、ＩＥ社のオリエンテーションからも排除されているが——初期の航行で、拘束されていなかった乗客が自分の顔を引っ掻いてめちゃくちゃにしたという。最近の企業は間違いを犯すくらいなら慎重になりすぎるほうがましだと思っている。わたしたちの自由は大きく制限されたものになるだろう。

もう何時間もこの状態が続いている。近くに浮遊する随行トレーナーも、何かあったら介入しようと油断なく監視しているマシンもいない。六千ガウスの環境下では、細い金属線を多用する技術も技術者も信頼できないのだ。とはいえ、防護されたコクピットから覗いているのは間違いない。ミューメタルと超伝導体の層の下、ケツまでファラデー・シールドで守りながら、髪の毛の半分の太さしかない光ファイバーを通じてじっとこっちを見ている。何かが制御できなくなったら即座にフィルターを下ろし、わたしたちを時計仕掛けの中に戻し、薬剤と、脳を電極で刺激するゴッドヘルメットと、除細動器を持って戻ってくるだろう。

暇つぶしには事前に録音されたさまざまなジャンルの音楽が用意されているが、利用する者はいなかった。ベースキャンプを離れて以来、誰も一言も発していない。たぶんムードを壊したくないのだろう。最終段階に向けて詰め込まれた奇蹟のメカニズムを最後にもう一度確認しておきたいのかもしれない。わたしたちの中に埋め込まれた、その手の資料を記憶しておくインプラントは、ブラインドが開いたら何の役にも立たなくなってしまう。

少なくとも二人、祈っている者がいた。

隔壁が消失した。小さな群衆がいっせいに息を呑む。わたしたちは裸で炎の海の中にいた。ただの海ではない。それは沸き立つ無限の広がり、白熱する創造の表層だった。どっちを見てもプラズマのフラクタルが繰り返され、対流層の底から噴き上がるエネルギーを再充填（さいじゅうてん）しつづけている。世界よりも大きな輝くタペストリーが、目と口を燃え上がらせた悪魔の笑い顔になる。コロナの輪、どこまでも続くプラズマのアーケードが、想像もつかないほど遠い水平線の濁った表層に向かって揺らめき、跳躍している。

なぜか瞬時に盲目になることはなかった。

眼下の火炎地獄。頭上は漆黒の闇。その闇の中に明るいロープや糸がもつれ合って輝いている。サファイア、エメラルド、黄色や白の絡み合い。ソルの磁場の輪や結び目が、コリオリ力と差動回転によって無限にねじれつづけている。

もちろん、それは人工的なものだ。戦術オーヴァーレイが目に見えない輪郭を人間の可視範囲で描画している。ここではあらゆる現実が場とフィルターの、タングステン遮蔽体（しゃへいたい）とプログラマブル物質の検閲を受けている。それを通過できる光子は一兆個に一個くらいだろう。硬X線やガンマ線や高エネルギー陽子はすべて門前払いされる。

真正面の水平線から一対の腫瘍が這（は）い寄ってきた。明るく燃える海に生じた暗い大陸だ。小さいほうでも、その影の中に地球を五つは呑み込めるだろう。「スキュラとカリュブディスだ」と誰かがわたしの肩越しにささやいたが、何のことだかわからない。

わたしたちはその二つの大陸のあいだに向かっていた。

磁場。それがすべてだ。ガンマ線やシンクロトロン放射などどうでもいい。内臓を瞬時にずたずたにする、針の嵐のように降り注ぐ陽子のことも忘れていい（遮蔽が突破されなければ問題はないが、実際、ごく一部は突破してくる。だから現代の旅行者は帰宅するとすぐに診察を受け、顕微鏡手術で十数個の微小な癌を切除する)。重要なのはタコクラインから太陽表面までを貫く、目に見えない磁力線の輪だった。そこでは多くのことが起きている。輪郭と輪郭が踊り、見えない軸を磁力線が包み込み——反応によって磁場の強さが五千倍にも強まる。そこに生じる複雑性。もつれ合った線が結ばれ、編み合わされて、複雑で張りつめた一つのパターンを形作り、そうなれば何かを破砕せずにはいられない。

彼らはそれが自由意思の見つかる唯一の場所だと言う。その破砕ポイントが。

いつ起きてもおかしくない。

黒点は今やわたしたちの側面にある。磁北極(じほっきょく)、磁南極(じなんきょく)、両方から光を呑み込む巨大な黒い穴。編み合わされたアラベスクがそのあいだに弧を描く。アーチの中のアーチの中のアーチ。高さは木星五個分くらいある。わたしたちが接近すると、その頂部がわずかに震え、陥没した。

と、それが弾(はじ)ける。

キャビンは目も眩(くら)む白色光に満たされた。凍りついたようなその瞬間、わたしたちは再連結の中心にいた。電気がカプセルに満ちる。全身の毛がいっせいに逆立った。放電がすべてのシナプスにあふれ、すべての回路をリセットし、すべての時計をゼロに戻した。

わたしたちは自由だ。

背後にはきらめく輪郭がゴム紐(ひも)のように、航跡に沿って跳ね返っていた。どこか近くで数人が声を合わせて歌っている。アグニ・ファルクはこの地獄の穴の底で天国にいるようだ。目を閉じて至福の表情を浮かべ、口の端には涎が光っている。三つ後方の脊椎では誰かがうめいて拘束具を叩いている。酔いしれているのか、単なる電気的な反応なのかはわからない。

わたしは何も感じなかった。

感じようとはしたのだ、本当に。心の奥底を覗き込んで新しい洞察の火花を探し、今や手にした本物の意志と、モデルができて以来ずっと人類を苦しめてきた自由意思の幻影との違いを見出そうとした。どうすればわかるだろう？　わたしの頭頂葉にはＬＥＤのようなものがあって、今までは消えていたが、手綱から解放されると点灯するのだろうか？　今している決定は、十分前の決定よりも自律的になっているのか？　わたしは自由に出ていっていい？　まだ到着しないの？

ほかの者たちはわかっているようだった。太陽神に奴隷状態から救われたのか、あるいは脳を焼かれたのかは知らないが、何かが変化したようだ。わたしのほうの問題かもしれない。深宇宙で長時間を過ごせるよう編集されたせいで――どこか鈍感になったのだろう。芽胞インプラントが何か特異な形で干渉し、信号を妨害したのかもしれない。

カイの言ったとおり、これはばかげた浪費だ。

〈人々の自主性〉号のアフターバーナーが起動した。加速で身体がシートに押しつけられる。太陽はなおも全方位でのたうちまわって目を眩ませる（それでも帰還コースを上昇するため、水平線は丸みを帯びてきた）。この状況でなかったら、それは恐怖と霊感に満ちた光景だったろう。だが、今わたしが目をそらしたのは、畏怖のためではなく失望のためだった。視線を左手に向ける。手首は拘束され、多少の余裕をもって肘掛けに固定されていた。内分泌系さえ何の興奮も覚えていない。見えている八百六十四個の汗腺のうち、活動して汗をかいているのは百六個だけだ。太陽の横をかすめるからにはもう少し——

待った……

見えるはずがない。人間の目にそこまでの解像度はないはずだ。それなのに——これは幻覚ではない。汗腺も毛穴も細かい体毛も、それぞれがあるべき場所に見えている。個々の位置をそれぞれ論理的に確認できるのだ。

頭に閃いた言葉があった。データの可視化。

わたしはこれを見ているのではない。存在を推測しているのだ。意識のメモ帳に書き留めるには巨大すぎる計算を実行する脳の奥の一部がテーブルの下でメモをやり取りし、視覚野をカンニング・ペーパーとして使っている。シートのカバーの顕微鏡レベルの毛羽や、太陽のコロナの中で羽ばたく蝶の翅の動きさえ見ることができる。このカプセル内にいる全員の心拍の音まで聞き取れる。

わたしは蜘蛛の巣のような宇宙を見ていた。すべてがすべてとつながっている。徐々に高まる相互作用のもつれ合いで未来が息を詰まらせるのが見える。振り返るともつれたロープが背後で細っていくのがわかった。光円錐が縮小し、原因と結果が切り離され、収束した可能性の波がポテンシャルを回復して、すべてが可能だった時点へと回帰する。

わたしは後退し、〝外〟に出て、すべてを理解した。

わたしが見ているのは形態も虚無もないカオス、発火だった。

その副作用として生じるプランク時間だ。

電核力（でんかくりょく）が崩壊して、建築ブロックの残骸になる場面を見ている。重力、電磁力、強い核力、弱い核力に。開かれなかったドア、辿られなかった道筋の中からアンプリテュヘドロンが自己生成するのを見ている。そこでは膨大な可能性が失われ、多くのゲートが一ピコ秒のあいだにいっせいに閉じられる。物理法則が確定し、無数の自由が永遠に消滅する。未来は拘束服だ。電子がわずかに動くたびに拘束がわずかに強くなり、あらゆる決定があそこではなくここに来て、残っている選択肢を摘み取っていく。

わたし自身の未来のもつれた糸も見えた。徐々に束縛され、一点に収斂（しゅうれん）していく。その一点はここからは見えないが、それは大して重要ではない。糸だけでじゅうぶんだ。それが永劫（えいごう）の彼方まで伸びている。

以前は本気で信じてはいなかった。

すすり泣く者、歓呼の声を上げる者、かちかち鳴る歯を食いしばる者。わたしは笑い声を上げた。これほど希望を感じたことはない。今ほど確信に満ちていたことはない。肘掛けをつかんでいた両手を開き、掌（てのひら）を上に向ける。

手首の傷痕は消えていた。

わたしは再誕（さいたん）したのだ。

「わかっているわね。あなたたちが自分で選ぶのよ」

はじめてそう言われたのは四歳のときだった。わたしもほかの誰も、まだインプラントを入れてもいなかった。全員が一カ所に集められ、言いわたされたのだ。まるで前世紀の学校のように。

そこにいる理由も教えられた。ダスト・ゾーン、前進する海岸線、数世紀にわたる人類の廃棄物で窮乏化するエコシステム。コークのリンチ事件の公式記録ビデオも見せられた。少し気分はよくなったが、それで何かが本当に変化するわけではない。

「わたしたちには時間がないの」と指導者が言った――いちばん最初の指導者で、今となっては彼女の名前も思い出せないが、片目が青く、片目が琥珀色だったのを覚えている。「限界が来るのはわかっていたけど、誰も信じようとしなかったわ」彼女はホーキング・マニフェストの基本と、フェルミのパラドックスを説明づけるグレート・フィルターの概念と、ふくれ上がりつづける返済期限の過ぎた借金のように人類の歴史の裏面に影を落とす不吉な前兆について説明した。利息は年々積み上がり、期日は次々に到来し、人類は煉瓦塀に向かって突進するが、速度を落とすことができる者はどこにもいない。だったら、それについて話をする意味がどこにある？

だが、それは最初のホーキング・フープまで、最初の水素イオンがここからあっちへ、途中の空間を通過することなく移動するまで、非相対論的ワームホールが発見され、数人は向こう側にある、まだ汚されていない別の巣に到達できるかもしれないというかすかな希望の火が灯るまでのことだった。

「うまくいきっこないわ」わたしはうっかり口を滑らせた。

指導者がわたしに向きなおって尋ねる。「どうしてかしら、サンデイ？」

もう少し歳が行っていれば、もう少し頭の回転が速ければ、何か理由をひねり出せていただろう。わたしたちの成長をどれだけ早めて出航させようと、脱出ハッチが数光年に一瞬で橋をかけることができようと、何の関係もない。わたしたちはまだここにいて、どこかに到着するには何世紀もかかるし、いくら魔法の橋でも、両端を何かに固定することはどうしても必要だ。わたしたち自身について学んだことはどれも——消し去られたすべての種も、通過してしまったすべての分岐点も、たった一回の選挙任期も生き延びられない、さまざまな頭の悪い解決策も——数千年にわたる地球規模の主導権が発揮される希望には、いっさいつながらなかった。人類はその任に耐えられなかったのだ。

それでも彼らはわたしたちを賢明にせず、ただ速度を上げただけだった。クロックアップされたわたしの小さな脳は肉体年齢の倍の速度で働けたかもしれないが、八歳の子供に、全種族が故意に盲目になっているという事情がどこまで理解できるだろう？ わたしは本能的に真実を感じ取っていたが、それをあらわす言葉を持っていなかった。だから愚かにこう繰り返すしかなかったのだ。「手遅れよ。わたしたちは、あなたが言ったとおり、時間切れなの……」

わずかの間、誰もが黙り込んだ。カイはわたしを睨みつけた。だが、ふたたび口を開いた指導者の言葉に怒りはなかった。「自分たちのためにしようとしてるんじゃないのよ、サンデイ」

彼女は全員に向きなおった。「ネクサスを地球に作らないのもそれが理由なの。宇宙のはるか遠くに作るのは、人類が地球で何をしても、ネクサスが存続できるようにするため。そうすれば——待ちつづけられるから。次に来る誰かを。

千年後に、あるいは百万年後に、人類がどうなっているかはわからない。あさってには自分たちを忘却の彼方に吹っ飛ばしているかもしれない。人類はそういうものなの。でも、そういうものだからといって希望を捨てる必要はない。星々に手は届くから。それにたとえ一夜にして未開な状態に後退したとしても、あなたたちがふたたび接触してくる前に文明を再建する時間はじゅうぶんにあるわ。いずれゲートを構築したとしても、そこから何もあらわれないかもしれない——でも次のとき、あるいはその次のときには、天使に出会えるかもしれない。わからないけど——でも、あなたたちは未来が見られる。全員が、最後の一人まで。どうなるのか見届けることができる。そう望むなら。

それを決めるのはあなたたちよ」

左右の手が打ち鳴らされる音で振り向くと、一人の男が戸口に立っていた。猫背ぎみで、バセットハウンドのような悲しげな目をして、不釣り合いな笑みを顔に浮かべている。指導者は拍手の音に一瞬だけわずかに赤くなり、片手を上げて相手に挨拶した。「みんなにドクター・サワダを紹介するわ。これから数年、とてもお世話になるはずよ。今いっしょに行けるなら、ぜひ見せたいものがあるそうだけど」

わたしたちは立ち上がり、荷物をまとめはじめた。

「そして一万年後――」

急がないと逃げてしまうとでも思っているような、性急なしゃべり方だった。

「――もしも何かが出てきて挨拶してきたら――それはきっとあなたたちがあとに残していった以上のものであるはずよ」

彼女は微笑した。少し悲しげに。「だからって、命を捧げる値打ちはないでしょ」


カイはドッキング・ラウンジでわたしを待っていた。思ったとおりだ。しかめ面を見れば驚いているのがわかる。わたしがこんなに早く一人で歩けるはずがないのだから。ほかの者たちは――衝撃の余波で混乱していて――介助者に肘を支えられ、ゆっくりと終身刑に復帰しようとしているところだ。悟りの残像にまだ目をしばたたいている。誕生の際に盲い、ふたたび盲いて、そのあいだに何を見たのか思い出せないでいる。

思い出すことはないだろう。彼らはたまたま作られただけだ。一、二カ所いじって、緑の目や、優れた聴力や、癌になりにくい肉体は得たかもしれない。彼らを作り出したエンジンには先見の明も未来もない。進化にとって重要なのは、その瞬間の働きだけだ。

わたしはそうじゃない。数光年彼方を見ることができる。

だからサンデイ・アーズムンディンに介助者は必要ない。あれは今もエアロックの前で、いらいらしながらわたしが出てくるのを待っているはずだ。目の前を素通りしたが、向こうは気づきもしなかった。探しているのは混乱した人間で、目的を持って歩いている者ではない。

「やあ」わたしはカイに笑みを向けた。「こんなことしなくてもよかったのに」

「欲しいものは手に入った？　幸せになれたかい？」

なれた。彼に会えて本当に嬉しかった。

「あいつらはきみをもてあそんだのさ」とカイ。「うまく出し抜いて、意表をついたつもりだったろう？　連中にはきみがしようとしてることがわかってた。きみが何を学んだと思っても、何を成し遂げたと思っても——」

「わかってる」わたしは穏やかにそう言った。

「どうしてもきみが必要だった。任務に対するきみの熱意を試したんじゃない。それを固めるためだった」

「カイ、それはわかってるの」わたしは肩をすくめ、彼の手を取った。「どう言えばいいかな？　うまくはいったのよ」彼らのもくろみとはやや違うだろうが。彼の手をつかんだまま手首を返し、血管が見えるようにする。「見て」

「何を？」彼は眉間に皺を寄せた。「前に見たよ」

まだ準備ができていないようだ。

相手が身を引こうとしているのを感じ、わたしは先に顔を部屋の奥の見えないレンズに向けた。〝こっちに来て〟と呼びかける。

「何をしてるんだ？」

「ドクターを呼んだの」カイの反応から、サワダが助手を連れてきていたらしいとわかった。

呼ばれた彼らが脇のドアからこちらに近づいてくる。巡礼者が最後の一人まで、それぞれのチューブの中に姿を消した。「ミズ・アーズムンディン」とラデクが言う（頭で理解するよりも早くその名前がわかった。名札をつけているも同然だ）。

「サンデイ」サワダがわたしに微笑みかける。「自由はどうだった？」

「評判ほどじゃなかったわ」

「家に帰る準備はできた？」

「そのうちね」わたしの返事にラデクが少し緊張したのがわかった。「急いだほうがいい？」

「その必要はないよ」とサワダ。

「時間ならいくらでもあるからね」ラデクが付け足した。「星々が消える前に、好きなだけうろつけるさ」

彼はそれを文字どおりの意味で言っていた。

「何か楽しいことはあった？」ラデクが尋ねると、カイの眉間の皺がさらに深くなった。

思わず微笑してしまう。わたしは彼らが反応できない形でそれを見ることができた。彼らの顔はぴくりとも動かないが、目には星が集まっている。それもただの星ではない。光から熱へと、自然現象ではあり得ない速さで赤方偏移（せきほうへんい）していく星だ。灯火を枡（ます）の下に隠すなという諺（ことわざ）があるが、これは枡の下に隠した灯火だ。すべての恒星が……覆い隠される……

「タイプ2文明を見つけたのね」ひとりごとのようにつぶやく。「へびつかい座方向に」

やっと彼らの顔がぴくりと動いた。

「まあ、最初はね」瞼（まぶた）の痙攣（けいれん）が多くを語っている。「今はうみへび座にいて、近づいてきている」

当然だ。

この連中は、ライバルに先を越される恐れがなかったら、宇宙に手を伸ばそうともしなかったろう。みずからの無関心で世界を火だるまにしておいて、その同じ世界が外からの脅威にさらされると、俄然（がぜん）精力的に防衛しようとする。人類は放っておかれると親指をしゃぶり、自分の糞尿（ふんにょう）にまみれて停滞する。他者が出現すると無限への入口を構築し、わたしみたいな怪物を作って、全宇宙に広めようとする。

いつだって敵を必要としているのだ。

ほかのものも見えた。ただ、この視力は遠からず奪われるだろう。もう始まっている。思考が曇り、目に靄（もや）がかかりはじめていた。わたしのニューロンはファルクやほかの者たちのより粘着力が強かったらしいが、それでもすぐに――数時間後か、せいぜい一日で――基本状態に戻ってしまい、わたしは消耗した電池のように消えていくだろう。

それは構わない。この洞察が消えるわけではない。行き先を覚えている限り、旅を再構築する必要はなかった。

「きみが決めたことだ」サワダが指摘した。「ずっとそうだった」

それは間違いだ、もちろん。わたしが決めたことではない。そうだったことなどなかった。

そこまではわたしが正しい。

ただ、彼らが決めたわけでもなかった。

わたしは教師に向きなおった。「あなたはわたしの進路を選んでいないわ、マモル」

彼はうなずいた。「誰もそんなことは——」

「進路は選ばれていた。あなたはそこを通れるようにしただけよ」

これまでずっと、わたしは彼らに蹴り出されようとしてきた。彼らはしたり顔でドアを開けておき、わたしがいつでも出ていけるようにしていた。わたしはずっと自由になろうともがいてきた。

あんたは自由を手にしていればいい。わたしにはもっといいものがある。

運命が。

巨星

"Giants"

ワームホール構築船〈エリオフォラ〉が地球を出発してからすでに六千万年以上。地球との連絡はとっくに絶えているが、任務遂行を最優先するＡＩチンプの管理のもと粛々と任務は進められていた。状況が複雑化して人間の判断が必要になったときのみ、乗組員の数人だけが冷凍睡眠から起こされるのだ。チンプと脳梁をリンクしていて〝裏切り者〟とされている〝ぼく〟と、過去の〝叛乱〟以降チンプに激しい敵意を抱くハキムの二人が解凍された今回は、赤色巨星と氷惑星が存在する星系において、〈エリ〉が恒星を直撃するコースを進んでおり……

シリーズ作中に登場する「フォン」（フォン・ノイマン・マシン）とは、ここではワームホール構築に用いられる、自己複製能力を持つ機械のこと。

Sunflowers cycleとして書かれた順番では二作目。なお、「島」や本作で言及される〝叛乱〟の詳細はのちに、*The Freeze-Frame Revolution* で描かれている。初出は書き下ろしテーマ・アンソロジー *Extreme Planets*（二〇一四年）。

（編集部）

幾永劫も眠りつづけるあいだに宇宙は彼の周囲をめぐった。人間の目には死んでいるとしか見えない。機械にさえ、その細胞の中で刻まれる化学反応をほとんどとらえることができない。太古の硫化水素分子がヘモグロビンの抱擁の中で凍りついている。電子がのろのろと、どこかの代謝経路を二週間前に行き来しはじめたばかりだ。その昔、地球には地殻の奥、マントルまで半分ほど下ったところに生命が存在した。それらの微生物が息づくあいだに、いくつもの帝国が興亡した。それでも今のハキムに比べれば、彼らの生命さえ瞬きする間に過ぎ去ってしまう（ぼくたちの誰と比べても。一週間前まで、ぼくも同じくらい死んでたんだ）。

彼を起こすのがいい考えなのかどうか、今も自信が持てない。

X軸に沿って無限行進を続けていたフラットラインがぴくりと動いた。分子同士が衝突しはじめ、体幹温度がごくわずかに上昇する。視床下部でシナプスが一つだけ発火した。前頭前野で別のシナプスが身をよじる（千年前に賞味期限が切れた思考の断片が琥珀から解放される）。ミリボルト単位の電気が迷走し、瞼がぴくりと動く。

身体が震えて呼吸しようとしたが、早すぎた。内部はまだ嫌気環境で、純粋な硫化水素が邪気が生命活動はささやき程度にまで低下している。チンプが窒素分圧を低くした空気の供給を開始した。ホタルの群れが肺と脈管系に花開く。ハキムの冷たく空っぽの外殻が内部から光に満たされていく。赤と黄色の等温線が、脈動する血管が、再覚醒する数兆個のニューロンが、ぼくの頭の中の透明なアヴァター全体に点描のように広がっていく。今度こそ本当に息をした。もう一度。指がぴくぴく動きだし、棺の底面にランダムな模様を描いた。

　蓋がスライドして開く。一瞬遅れて彼の目も。目は焦点が定まらないまま眼窩の中をあちこち動き、朦朧とした復活の靄に包まれていた。ぼくの姿も見えてないだろう。見えるのは柔らかな光とぼやけた影、聞こえるのは近くの機械のかすかな水中エコーのような響きだけだ。その心は過去にしがみつき、まだ現在を認識していない。

　革のようにかさかさに乾いた舌が上唇を舐めた。飲料チューブが穴から伸び出し、ハキムの頰を押す。新生児のように反射的に、彼の口がそれを咥えた。

　ぼくは彼の視野に身を乗り出した。「ラザロよ、出で来たれ」

　その文句が彼の意識に引っかかる。急に目の焦点が合い、その奥に過去が去来するのがわかった。記憶と風聞がぼくの声に喚起されたのがわかる。目の中の混乱は消え、代わりにもっと鋭いものがあらわれた。ハキムが墓の中からしっかりした視線を向けてきた。

「くそったれ。まだおまえを殺せてないなんて、信じられない」

　ぼくは彼に場所を与えて森に引っ込み、彼が生きることを学びなおすあいだ、つねに薄闇の中にある洞窟（どうくつ）をうろついた。そこでは顔の前にある自分の手がかろうじて見える程度だ。灰色の指に、かすかなサファイア色のアクセント。発光器が薄暗い星座のように周囲で光った。個個の小さな星は一兆個もの微生物が光らせている。核融合ではなく、光合成だ。〈エリオフォラ〉内部で本当に迷子になることは——チンプがつねに居場所を把握しているから——不可能だが、この闇の中では安心感の幻想にひたることができた。

それでもやがて、うろつくのをやめなくてはならない。小惑星の深部から浮上しながら無数の映像を確認し、右舷（うげん）のブリッジにいるハキムを見つける。ぼくは彼が辛抱強く質問をして、その答えを処理し、不安定な答えの上に新たな答えを積み上げて洞察に至るのを見守った。この星系には多くのデブリがある。確かに。一度の構築で使いきれないほどの物資が存在する。中継器を呼び出すと——これは何？　星系内の足場はなく、構築中のジャンプ・ゲートもなく、小惑星採鉱機も工場船団もない。いったいなぜ——？

星系内力学を見てみる。ラグランジュ点。いずれにせよ、こっち側には何もない。天体は少なくとも三つ——うわ、あの軌道は——

ぼくらの軌道は……

ハキムと実際に顔を合わせたとき、彼は身動きもせずに戦術タンクを見つめていた。タンクの中心には明るい光点がある。小惑星を改造したこの船〈エリオフォラ〉だ。右舷には氷結した巨大惑星の暗い塊（かたまり）が見え、赤い恒星——氷惑星よりも桁違いに大きい——がその背後遠くで沸騰していた（船外に出てみれば、宇宙の半分を覆ってまぶしく輝く壁の、かすかにそれとわかる程度に湾曲した水平線が見えるはずだ。タンクはそれを水族館の水槽の中に浮かんだサクランボくらいの大きさで表示している)。惑星から小石まで、百万ものデブリがあたりを飛びまわっている。相対性理論が効いてくるほどの速度でもないのに、チンプはそれらすべてに標識をつけ終えていなかった。

どのみち、標識をつけても意味はない。いちばん近い地球の星座さえ永劫の彼方なのだ。アルファベットのカタログ記号は、これまでに通過してきた星々でとっくに使い果たしている。ただ、ぼくたちが眠っているあいだにチンプが独自の命名法を発明したかもしれない。十六進数とアスキー文字で記される秘密の呪文、彼にしか意味のない命名法を。趣味のようなものだが、そんなことをするにはチンプは愚かすぎるはずだった。

ぼくは眠っていて、途中の光景をほとんど見ていない。起きていた構築はせいぜい百回くらいだ。〝ぼくの〟神話学的ストックは使い果たしたなんてことはなく、だから怪物に名前をつけた。

巨大氷惑星はトゥーレ、熱い恒星はスルトだ。

ハキムはぼくが来たことも気にせず、スライダーを前後に動かしていた。それに応じて軌道が変化し、ニュートン力学に従って未来の動きを予測する。やがてすべての軌道が収束すると、彼は時間を巻き戻し、エントロピーを逆行させ、割れたティーカップを元どおりにしたあと、ふたたび時間を前進させた。ぼくが見ているあいだにそれを三度繰り返す。結果はつねに同じだ。

振り向いた彼の顔は蒼白だった。「衝突する。あの天体にまっすぐ突っ込むことになる」

ぼくは息を吞み、うなずいた。

「それはまだ始まりだよ」

衝突する。〝狙って〟衝突するのだ。小さな怪物に船を吞み込ませ、そいつをもっと大きな怪物に吞み込ませる。〈エリオフォラ〉をつまんで引き下げ、渦巻く水素とヘリウムと千もの異質な炭化水素の海に、トゥーレが大昔から抱えている極寒の深海まで沈める。いったいいつからそこにあるのか——誰にわかる？〝われわれ〟が出発したのと同じくらい遠い昔からかもしれない。

もちろん、ずっとそのままではいられない。惑星は長い闇の中で長い落下を開始して以来、ずっと温度を上げつづけている。それでも中心部は灼熱の恒星の中をじゅうぶん通過できるだろう。五時間前後といったところか。だが、大気圏はそうはいかない。スルトの中を進むほどに、子供がソフトクリームを舐めるように、大気は剝ぎ取られていってしまう。

船は灼熱の空とトゥーレの核の圧力鍋のあいだの縮小しつづけるスイート・スポットでバランスを取りながら、スルトを突っ切ることになる。計算上はそれでうまくいくはずだった。ハキムもわかっているはずだ。あの阿呆どもの叛乱がなかったら、彼も〝目覚めた〟ときには事情を知っていただろう。だが、彼らは自分自身を盲目にすることを選び、リンクを焼き捨て、任務の心臓部から自分たちを切り離した。だからぼくがこうして〝説明〟し、事態を〝見せて〟やらなくてはならない。かつては利用できた瞬間的な洞察はもうない。一時の原始的な腹立ちのせいで、〝言葉〟を使い、〝図表〟を描き、面倒なコードや象徴を駆使しなくてはならない。そのあいだも時間は過ぎていく。この赤方偏移の千年のあいだに彼らが考えなおしてくれることを期待していたのだが、ハキムの目を見る限り、今も自分たちの行動に疑念を抱いてはいないらしい。彼の視点からすれば、すべては昨日起きたばかりのことなのだ。

ぼくは最善を尽くした。プロ意識に徹して、話をこれまでのいきさつに絞った。失敗した構築。渾沌と慣性、消滅が目前に迫り、直感に反する狂気じみた手段が必要となった。恒星を迂回するのではなく、直進して内部を突っ切る。「どうしてここにいるんだ？」話が終わるとハキムはそう尋ねた。

「完璧な場所に思えたんだよ」ぼくは身振りでタンクを示した。「遠くからだと。チンプはフォンまで送り出した。でも——」肩をすくめる。「近づいてみると、最悪の場所だった」

ハキムが何も言わずに見つめつづけるので、ぼくは付け加えた。「わかってる限りでは、何十万年か前に何か大きなものがそばをかすめて、大混乱を引き起こしたらしい。黄道上にはもう惑星質量さえ存在してない。離心率〇・六以下で公転してるものは何もなくて、暈の中は勝手に飛びまわるごろつきだらけ——でも、その数値が返ってきたときにはもう手遅れだった。だから今、船はデブリが飛び交う中を進んで重力アシストを掠め取りながら、次の星系に向かおうとしてる」

ハキムは首を横に振った。「どうしてここにいるんだ？」

ああ、そっちの意味か。ぼくはインターフェースをタップして、赤色巨星の映像を高速再生した。恒星がタンク内に、細かく震える心臓のように表示される。「こいつは不規則変光星だったんだ。さすがに複雑すぎるだろ？」ぼくらのほうがチンプよりも正確にやれるというわけではない（もちろんハキムは残された数時間で何とかやってみようとするだろうが）。だが、任務にはパラメータがあり、チンプはアルゴリズムに縛られている。変数が多くなりすぎて、肉体を起こすことにしたのだろう。そのためにぼくたちは乗っている。

それが理由のすべてだ。

ハキムがもう一度尋ねた。「どうしてわれわれがここにいるんだ？」

ああ。

「あなたは計算屋だから」一拍置いて、そう答える。「その一人なのは確かだろ？」ほかに何千人が霊廟に保存されているのだろう？

どうでもいいことだ。今ごろはきっと全員がぼくのことを知っている。

「たまたま順番が回ってきたんだと思うんだね」

彼はうなずいた。「おまえは？　おまえも計算屋になったのか？」

「戻るときは二人一組だよ」ぼくは穏やかに指摘した。「知ってるだろ」

「おまえもたまたま順番が回ってきたってことか」

「ねえ――」

「チンプが自分の操り人形を使って状況を監視したいってことじゃなく」

「くそ、ハキム、何を言わせたいのさ？」ぼくは両手を広げた。「隙さえあればプラグを引っこ抜こうとしてる以外の人間をデッキに配置したいと、チンプが思ってるとでも？　実際に起きたことを見れば、プラグを引っこ抜くのが不合理な行動だったってことはわかるでしょ？」

もっとも、彼はそのときのことを直接には知らない。叛乱の発生時、ハキムは起きていなかったのだ。どこかの時点で誰かが話したに違いない。彼が聞いた話のどこまでが真実で、どこまでが嘘や伝説なのかは知りようがなかった。

数百万年が過ぎて、ぼくはいきなりお伽噺（とぎばなし）の怪物になっていた。


船は氷に向かって落下し、氷は炎に向かって落下する。氷と炎はリンクを通じてぼくの後頭部に広がり、恐ろしくも華やかな一人称視点の映像を提供する。桁違いというのは、ここでは抽象概念ではない。等身大の、腹に感じることができるものだ。スルトは教科書的には小さい――直径七百万キロ、巨星クラブにぎりぎりで入れる大きさだ――が、現実に正面から向き合って平静でいられるものではない。そこにあるのはただの恒星ではなく、あらゆるものを焼きつくす前線、熱による死の具現化だった。吐息にはそれがすでに呑み込んだ世界のリチウムの残り香が感じられる。表面を横切る黒い汚点はただの惑星ではなく、天王星の倍もある溶けかけた地獄で、その凍ったメタンと液体水素の奥にある核はダイヤモンドが生成されるほど熱く高圧だった。それが目の前で崩壊していく。衛星はとっくに消滅し、その残骸である輪が腐った暈のように周囲を取り巻いていた。表面には嵐が沸き立ち、両極にはオーロラが狂ったようにはためいている。暗い側の中央でスーパーサイクロンが渦を巻き、明るい側から暗い側へと流れてくる雲を貪(むさぼ)る。それがまるで盲目の神の目のようにぼくを見つめ返していた。

ハキムがボールを水族館の水槽に押し戻す。

もう何時間もかかりきりだ。こちらには明るい青色のビー玉、あちらにはくすんだ赤色のバスケットボール。ビーズの連なった糸が時間と軌道を通して、狂乱した宇宙蜘蛛(ぐも)の巣のようにループしている。どうやら船の重心を右舷側に、最初はそっと、そのあと一気に最大値まで引っ張っている？　途中にある岩をいくつか破壊し、多少の構造ダメージを受けるものの、次の構築までにドローンが修理できないほどではない。

だめかな？

すばやく滑らかに全速後退できるかもしれない。〈エリ〉はそういうふうに造られていないが、ベクトルを中心線に合わせつづけ、反転してトルクを発生させたりせずにそのまま直線的に同じコースを後退すれば——

いや、だめだ。

すでに重力井戸を落下しすぎている。トランクを開けるためにこれほど減速しておらず、周囲の物体にがっちりつかまれてさえいなければ。だが、今の速度は速いもののじゅうぶん速くはなく、船は大きいもののまだ小さすぎる。

正面突破しか手はない。

ハキムもばかではない。法則はぼくと同じように理解している。それでも試行錯誤を続けているのだ。敵を信用するくらいなら、物理法則を書き換えようとするだろう。結局、そこでのぼくたちは目も見えず、耳も聞こえないに等しい。トゥーレの大気圏が引き裂かれて痙攣（けいれん）し、短距離の視界を霧で閉ざす。スルトの磁場の咆哮（ほうこう）が長距離の耳をふさぐ。船がどこにいるのかもわからず、チンプの計算以外では、どこにいるはずなのかもわからない。

ハキムはまた違った世界の見方をしていた。何かに信頼を寄せるのが好きではないのだ。

今や彼は必死になって、おもちゃにしている〈エリ〉から破片を吹っ飛ばし、運動量を削減しようとしていた。船がふたたび速度を上げたとき、放射線の遮蔽（しゃへい）にどんな影響を及ぼすか、考えていないようだ。星系内のデブリを漁（あさ）って穴をふさげるかどうかしか見ていない。

「うまくいかないよ」そう声をかけたものの、ぼくはその場から半キロ離れた地下墓地の中をうろついていた（スパイしていたわけじゃない。ハキムはぼくが見てるのを知ってるから。もちろん知ってるとも）。

「今のところはな」

「脱出軌道沿いにじゅうぶんな質量がないんだ。たとえフォンが全部集めて、時間内に持ち帰れたとしても」

「どれだけの質量が存在するかはわからない。まだ全部は把握してないからな」

わざと鈍いふりをしているけど、ぼくはそれに付き合った。少なくとも話はできている。

「よしてよ。質量分布を見るのに、小石一つひとつまで調べる必要なんてない。うまくいかないよ。ぼくが信じられないなら、チンプに訊いてみるといい。教えてくれるから」

「今聞いたばかりだ」

ぼくは歩きまわるのをやめ、無理にも息を整えた。

「ぼくはリンクしてるだけだ、ハキム。乗っ取られてるわけじゃない。ただのインターフェースだよ」

「脳梁（のうりょう）でつながってる」

「ぼくは自律してる。あなたと同じように」

「〝ぼく〟を定義してみろ」

「そんなこと——」

「心はホログラムだ。半分にすれば二つになる。二つをくっつければ一つになる。たぶんおまえも〝アップグレード〟する前は人間だったんだろう。今はわたしの頭頂葉（とうちょうよう）くらいの独立した魂（たましい）しか持っていない」

ぼくは両側で死者が眠っている通路の円い天井を見上げた（聖堂のような構造になっているのは偶然だと思う）。

あのままのほうが付き合いやすいな。

「それが本当だとしたら」と彼らすべてに尋ねる。「どうして〝あなた〟は自由でいられるの？」

ハキムは一瞬答えに詰まったあと、こう言った。

「おまえがそれを理解する日こそ、われわれがこの戦争に負ける日だ」

これは戦争じゃない。ばかげた八つ当たりだ。彼らは任務を脱線させようとし、チンプはそれを阻止した。そんな単純な話で、完全に予見可能だ。チンプが必要最小限の能力しか持てないように設計され、八次元の知能指数を誇る卓越したＡＩが任務を監督していないのもそれが理由だった。状況を予見可能にしておくため。ぼくの仲間の肉袋たちがそうなることを予見できなかったのなら、彼らは戦っている相手よりも愚かだ。

もちろん、ハキムもあるレベルではそれを理解している。信じるのを拒否しているだけだ。自分と仲間たちが、シナプスの数が半分しかない相手に出し抜かれたことを。チンプに。イディオ・サヴァン、人工無能に。計算処理に特化してそれ以外は愚鈍に作られているため、宇宙の寿命の半分の時間をかけても独自の優先事項を決められるほどには進化しない存在に。そんな相手に公平な戦いで負けたことが信じられないのだろう。

だからぼくが必要とされた。チンプがいんちきをしたと言い張るために。ぼくが同族を裏切らなかったら、結局は指折り計算機でしかないチンプに勝利の目はなかったはずだと。ぼくの裏切りの内容は、彼らの命を救うために介入したことだった。もちろん、彼らはいろいろ言うけれど、本当に命の危険があったわけじゃない。単なる戦略だ。それもまた予見可能なことだった。

実害が出る前にチンプが空気供給を再開すると、ぼくにはわかっていた。

トゥーレはぼくが見ていないうちに惑星から壁に変化していた。黒く渦巻く巨大な積乱雲と、惑星を引き裂きそうな竜巻だ。その背後にあるはずのスルトは、地平線のかすかな輝きでかろうじて存在がわかるだけだった。船が小さいほうの巨星の陰に隠れ、大きいほうはどこかに消えてしまったかのようだ。

理論上、船はすでに大気圏内にいる。雲よりも高く星々のあいだに鼻を突き出した山塊だ。トゥーレの核にある熱い水素のぬかるみから、船の小さく冷たい特異点を経由して、船首の円錐形をした開口部までが直線上に並んでいる。ハキムが戦術タンクでやったことだ。それで多少とも自分が事態を制御しているという気分になれるんだろう。

〈エリオフォラ〉が舌を伸ばす。

それが見えるのはX線かホーキングだけだ。センサーを正しく調整すれば、ごくかすかなガンマ線放射が観測できるかもしれない。〈エリ〉の口の奥で小さな可動橋が開いた。船の心臓に達する時空の穴だ。重心は中心から少しずれた位置に引き伸ばされていて、そのあいだには伸縮する均衡力が働いている。チンプが重心を押しやると、中心もその動きに追随する。その結果、〈エリ〉は上方に引っ張られ、それ自身を追って落下する。トゥーレがそれを引き戻す。船は中空でバランスを取り、ワームホールが小惑星の外殻から、青い砂をまぶしたような玄武岩の表面から、張り出した前方センサーから顔を出す。

船をこれほど薄く引き伸ばしたのははじめてだ。普通ならそんな必要はない。何をするにも数光年を費やし、ごく緩慢な落下速度を得るのにも長い時間をかけるのが普通だ。青方偏移した放射線に焼き上げられたくなかったら、どのみち光速の二十パーセント以上は出せない。通常、〈エリ〉は舌を口の中にしまっていた。

だが、今回は事情が異なる。今回はハキムの休日の装身具、ハリケーンの中で糸からぶら下がった飾りにすぎない。チンプによると、この糸は切れずに済みそうだ。ただ、誤差は存在するし、推測を補強する経験的な観測数も多くない。燃える巨大氷惑星の中の小惑星の中の特異点に関するデータベースは、あまり頼りにならなかった。

しかもそれは問題に〝内在する〟問題にすぎなかった。秒速二百キロで落下する惑星の大気圏への突入など、恒星内部でトゥーレがたどる軌道の予測に比べたら、まったくの些事でしかない。一立方センチあたり百万分の一グラムの赤熱した質量がもたらす引力、太陽風と熱塩循環の混淆、化石化したヘリウムの奥深い磁気トルク。真空から縮退物質までの三百万キロに及ぶぼやけた勾配の中では、〝内部〟という言葉の意味さえ確定するのが困難だ。定義しだいでは、船はもうその中にいるとも言える。

チンプが船を嵐のほうに落下させると、ハキムがぼくに向きなおった。「起こしたほうがいいかもしれない」

「誰を?」

「サンデイ、イシュマエル、全員だ」

「何千人が保存されてるかわかってるの?」ぼくは人数を知っている。ハキムは推測しているだけだろう。でも、この裏切り者は数えるまでもなく、一人ひとりを実際に知っている。

彼らの誰一人、背中を叩いてぼくを褒めてはくれない。

「何のために起こすのさ？」

彼は肩をすくめた。「理屈どおりに行くとは限らない。わかってるだろう。明日には全員、死んでるかもしれないんだ」

「目覚めたまま死なせたいから起こすってこと？」

「そういうことかな——よくわからない。詩を書いたり、彫刻をしたり。くそ、死ぬ前におまえと仲直りしたいやつだって、一人か二人はいるかもしれない」

「全員を起こして、死ななかったらどうするのさ。生命維持用のストックを本来より三桁も多く消費することになる」

彼はくるりと目を動かした。「すぐにまた霊廟に戻せばいい。二酸化炭素は急増するが、二、三世紀もあれば森が吸収するだろう」

その声はごくかすかに震えていた。

怯（おび）えているのだ。そうに違いない。一人で死ぬのが怖いのだ。ぼくは数に入らない。

ここが突破口になりそうだと思った。

「なあ、少なくとも最高のパーティにはなるじゃないか」

「チンプに訊いてみればいい」ぼくはそう提案した。

彼の表情が硬くなる。ぼくは無表情を通した。

どっちみち、本気ではなかったんだと思う。

対流圏の奥。嵐の中心部。行く手には水とアンモニアの崖が立ちふさがる。宙に浮かんだ海が水滴となり、結晶となって砕ける。それがぼくたちの乗った小惑星に向かって音速で殺到し、周囲の状況に応じて凍りついたり、散乱したりする。そこらじゅうで電光が閃き、ぼくの脳幹に瞬間的な残像を刻みつける。悪魔の顔や、大きな鉤爪のある指の多すぎる手といった映像だ。

足の下のデッキはなぜか堅固で、世界が死の発作に身もだえても微動だにしない。不信感が抑えきれなかった。いくら二百万トンの玄武岩とブラックホールが重しになっているとはいえ、風洞の中の塵のように翻弄されないはずがないと思ったのだ。

映像を終了すると暴風は消え去り、あとにはボットと隔壁と、工場の床を見下ろす透明なクォーツだけが残った。ぼくはしばらく組立ラインが動き出すのを眺め、舷窓の向こうの真空中でメンテナンス・ドローンが作業の準備をするのを見守って時間を潰した。うまくいっても損傷は避けられない。カメラは超音速で飛んでくる氷や沸き立つ酸の幕のせいで盲目になる。細く伸び出した長距離アンテナは熱のせいでぐにゃりと垂れ下がる。損傷の程度によっては、通過したあとの修理に膨大な手を取られるだろう。チンプ麾下の軍団が勢揃いしているのを見て、少しだけ気分が軽くなった。

一瞬、どこか遠くの通路でかすかな悲鳴が聞こえたような気がした。亀裂と減圧？　だが警報は鳴らない。たぶん充電ポートを求めるゴキが一台、急いで通路の角を曲がったか何かだろう。

だが、頭の中に鳴り響く音は幻聴ではなかった。ハキムがブリッジから呼んでいる。「こっちに来い。おまえの手が必要だ」チャンネルを開くと、彼の声が聞こえた。

「ぼくは船の反対側に――」

「頼む」彼はそう言って、生の映像を送ってきた。船首側の、空を向いたカメラの一つだ。

特徴のない曇り空に特徴が生じていた。暗い空にあらわれた明るい窪み。世界の屋根に突き立てられた指のようだ。可視光では見えないものが、アンモニアと炭化水素のハリケーンの渦に隠れて、赤外線領域で揺らめく熾火（おきび）のように明滅している。

何なのか見当もつかない。

ぼくはワームホールの先まで想像上の線を引いた。「船の転移ベクトルと同じライン上だね」

「偶然なんかじゃない。ワームホールが――どういうわけか、あれを引き寄せてるらしい」

二千ケルヴィンを超える熱を放射している。

「恒星内に入ったってことだよ」ハキムがこれをいい知らせと考えてくれるといいのだが。

いずれにせよ、スケジュールどおりに進んでいるということだ。

できることはほとんどなかった。惑星表面からどれくらい離れているのかもわからない。上方でばらばらになりつづけているのは確かだが。核にどれくらい近づいているのかも不明だ。大気が剝ぎ取られて重しが減っていくため、下方で膨張しつづけているのは確かだが。はっきりしているのは頭上の温度が上昇すれば船が下降し、下からの圧力が強まれば上昇することだ。

船は何もない大海を泳ぐ一匹の魚の腹にある小さな点だった。海面と海底は仮定的な存在にすぎない。どんな基準点も、船の現在位置と同じで確定できない。チンプは重力と慣性を元に推計値を出しているが、限局的な時空をワームホールが崩壊させているせいで、それさえも当てずっぽうと大して変わらないものになっていた。船は確率波全体に伸び広がり、ぼくたちが生きているのか死んでいるのかは、箱が開いて宇宙がそれを観測するまでわからない。

ハキムがタンクの向こうから合図する。その顔の上では百ものカメラ映像の光が踊っていた。

「何かがおかしい。もう通過しているはずだが」

この一時間で何度聞いたかわからない。

「変動があるんだよ」ぼくは指摘した。「モデルどおりには――」

「モデルか」彼は短く苦々しげな笑い声を上げた。「〝別の〟時間の中で収集したゼタバイト単位のデータに基づいて、氷惑星にただ乗りして赤色巨星に突っ込んだわけだ。モデルなんて役に立たたん。磁場が軽くしゃっくりをしただけで、〝外〟じゃなくて〝下〟に突き進むことになる」

「まだここにいるじゃないか」

「まさにそれが問題なんだ」

「まだ暗いね」大気が濃いため、スルト内部のまばゆい光輝は遠ざけられている。

「夜明け前がいちばん暗いそうだしな」ハキムはぼそりとつぶやき、赤外線領域で明るく見える頭上の染みを指さした。

リアルタイムの最新データをすべて方程式に詰め込んでも、チンプはその染みの存在を説明できなかった。わかっているのは、あれが何であれ、それが船の転移ベクトルのライン上にあり、徐々に熱くなっているということだけだ。近づいているのかもしれないが、何とも言えない。これだけ離れていると感覚は当てにならないし、頭を雲の上に出してよく見てみるわけにもいかない。

いずれにせよ、チンプは心配する必要はないと思っていた。間もなく通過してしまうはずなのだから。

もう衝撃で嵐が凍りつくことはなかった。音を立てて分裂し、即座に流れ去っていく。絶え間ない電光が空を照らし出し、メタンとアセチレンの怪物じみた雲の動きをストップ・モーションで描き出す。

神が癲癇（てんかん）の発作を起こしたら、世界はこんなふうに見えるのかもしれない。

われわれが邪魔になることもあった。神のシナプスの発火を途中でブロックしたのだ。船体に百万ボルトの電撃を受けて玄武岩のかけらが飛散したり、〈エリ〉がさらに目を失って部分的に盲目になったりしたために。破壊されたカメラやアンテナやレーダー・パラボラを数えるのはもうやめていた。コラージュされた映像の一部が欠けるたび、それまでの総計に足していくことしかできない。

ハキムは違った。「今のを再生しろ」とチンプに指示する。「今の場面だ。破壊される直前の」

最新の被害の最後の瞬間。〈エリ〉のクレーターだらけの表面と、なかば埋もれた機械類の露頭。電光が舞台上手（かみて）から閃き、盛り上がった地平線の手前にあるラジエター・フィンを直撃する。閃光（せんこう）。陳腐な、あまりにも見慣れた文字列があらわれる。

信号がありません。

「もう一度だ」とハキム。「中距離で直撃したところで止めろ」

三本の電光が静止画でとらえられ――ハキムは何かを調べている。ぼくにもわかった。何かが違うのだ。遠くの雷に比べると二股の分岐がもっと――規則的――で、色ももう少し――青みがかって――規模も小さい。遠くの電光はもっと大きいのに、船の表面に落ちたのはぼくの腕の太さくらいしかない。

それがちょうどカメラの範囲外にある明るい何かに集中していた。

「一種の静電放電かな」ぼくはそう指摘した。

「ほう？　正確には、どんな種類の？」

今見ているモザイク映像の中に似たような現象は見当たらないが、ブリッジの隔壁に開いているウィンドウの数には限りがある。カメラはほかにも何千台もあるのだ。ぼくのリンクでさえ、その全部を同時に開くことはできなかった。「チンプ、表面の現象と似たようなものはほかにある?」

「はい」チンプが答え、映像の解像度を上げた。

岩と金属の上に明るいメッシュがあらわれた。ぎざぎざの電光の竹馬に乗った球電が隊列を組んで〝歩いて〟いる。平坦化したプラズマの一種だろう。それが〈エリ〉の外殻上をエイのように滑走しているのだ。

「くそったれ……」ハキムがうめいた。「連中、どこから来たんだ?」

複眼を構成するカメラがまた一つ失われた。

「あいつら、センサーを狙ってるぞ」ハキムの顔は蒼白だった。

「あいつら?」合金上のアーク放電にしか見えないが。

「こっちの視力を奪おうとしてるんだ。くそ、恒星の内部で立ち往生するだけでも最悪なのに、〝敵対的な異種生命体〟までいるなんて」

ぼくは天井のピックアップを見上げた。「チンプ、あいつらは何者?」

「わかりません。セント・エルモの火のようなものかもしれませんし、浮揚性のプラズマかもしれません。ある種のメーザー効果も排除できませんが、強いマイクロ波放射は観測していません」

さらにカメラが一つ消えた。「雷虫だな」ハキムはそう言い、ヒステリックな笑いを漏らした。

「生きてるの?」

「有機体ではありません」チンプが答える。「エントロピーの制限に基づく定義に当てはまるかどうかは不明です」

従来の形態論は当てはまらない。あれは脚ではなく、実際には――何らかの瞬間的なアーク放電だ。その身体――〝身体〟が存在するとしてだが――の形状も流動的に見える。オーロラが集束して、閃光を放つ球体になったかのようだ。球体はループや手足をすばやく伸ばし、あるいはただ宙を飛んで、マッハ2で移動していく。

ぼくは戦術データを呼び出した。ははあ。クラスター化配置。とっくに死んだ推進ノズルの残骸の外形に沿って群れている。右舷側方に半分ほど進んだところにある脱出/保守用ハッチあたりにも集まっていた。〈エリ〉のクレーターのような口のところにも大集団がいて、排水口に流れ込む水のように、目に見えないつまみの周囲で渦を巻いている。

「穴や窪みやハッチか」ハキムが静かに言った。

だが、ぼくの目は別のものをとらえていた。ぼくらの目が地表に向いているあいだに、頭上で展開していく何か――

「中に入ってこようとしてる。それが狙いなんだ」

空に突然、明るい一角が生じた。それが裂け目になり、穴になる。巨大な悪魔の瞳孔がゆっくりと開いていくようだ。凹凸だらけの風景が薄暗い血の色に染まる。電光をまとったサイクロンが頭上に生じていた。

スルトの指が冥界から伸びてきて、とうとう肉眼でも見えるほどになった。

「くそったれ……」ハキムがつぶやく。

白熱の竜巻、炎の柱だった。その外縁が手を伸ばしてくる。その存在は魔法としか説明しようがなく、ぼくもチンプも、船のアーカイヴに保存されたあらゆる天文物理学者の集合知も、そんなものは知らなかった。伸びてきた〝手〟がワームホールに触れ、その瞬間、棘(とげ)が刺さったかのようにふくれ上がった。ふくらんだ末端が一瞬ばかばかしいほど大きく震え、破裂して――

――炎が液体の滝となって天から降り注いだ。下にあったものが雷撃によってたちまち散乱する。ブリッジでは映像が閃光とともに消えていった。被害を免れた十数個のカメラは、〈エリオフォラ〉の外殻全体を淡赤色のプラズマの舌が舐める様子をとらえた。

警報のような〝くそ、くそ、くそ、くそ〟という小さな声が横で響く中、ぼくは〈エリ〉から情報を取得した。あの側方ハッチで何かが起きている。そのあたりのカメラは全滅していたが、ハッチの外扉から空気漏れがあり、インターカム越しにしゅうしゅういう音も聞こえてくる。

ハキムはブリッジから姿を消していた。彼のゴキが全速力で走っていくかすかなうなりが聞こえる。ぼくは通路に出て、自分のゴキをソケットから引き抜き、彼のあとを追った。目的地はわかりきっている。チンプが頭の中に表示してくれた地図を参照するまでもなかった。

右舷側面の後方で、何かがドアをノックした。

追いついたとき、ハキムは急いで船外活動スーツに潜り込むところだった。パニックに陥った昆虫が繭の中に戻ろうとしているかのようだ。「外部ハッチが破られそうだ」と、これまでの諍いも忘れて言う。

わずか数メートル向こう、棚や宇宙服用アルコーヴの先、巨大なバイオスチールの可動橋の反対側で、何かが中に入る道を探っている。いずれどこかから入ってくるだろう。ハッチの表面に熱の揺らぎが見え、反対側からアーク放電のぱちぱちいう音や、遠いハリケーンのかすかな咆哮も聞こえる。

「武器がない」ハキムはグラヴをつけた手で棚をかきまわしていた。「時の終わりまでかかる任務なのに、武器の一つも用意してないんだ」これは厳密に言うと事実ではない。武器を〝作る〟手段はあるのだ。ハキムがそれを利用したことがあるのかどうかは知らないが、彼の同僚は間違いなく使っていた。ここからそう遠くない場所で、彼らに武器を向けられたことがある。

「ここにいてどうなるのさ?」ぼくはハッチを手で示した。中央部分が少し輝きはじめているように見えるのは気のせいだろうか?

彼は首を左右に振った。息づかいが浅く速くなっている。「どうって――溶接機があったな。レーザーの。あれで撃退できるかもしれない」

保管場所は船の反対側だ。

彼は宇宙服を着込み、ヘルメットだけはすぐに手の届く位置にあるフックに引っかけていた。つかんで、かぶって、ねじれば準備完了だ。当面は。

何かが激しくハッチにぶつかった。「くそ」ハキムの口調は弱々しい。

ぼくは平静な声を心がけた。「計画は?」

彼は深呼吸して冷静さを保った。「そうだな――とりあえず撤退だ。いちばん近いドロップゲートの向こうに」チンプがぼくの頭の中の地図に道順を表示した。通路に戻って十五メートル前進。「何かがハッチを突破したら、ゲートは落ちて閉まる」彼は宇宙服の並んだアルコーヴを顎で示した。「念のため――」

「ドロップゲートも突破されたら?」バイオスチールのハッチは中央部がはっきりと輝き出していた。

「次のドロップゲートが落ちるだけだ。くそ、手順はわかってるだろうが」

「それが計画?〈エリ〉を段階的に明け渡していくわけ?」

「ごく少しずつな」彼はうなずいて、ごくりと唾(つば)を飲んだ。「時間稼ぎだ。弱点を探り出すんだ」彼はヘルメットをつかみ、通路に向かった。

その肩に手をかけて引き止める。「具体的にはどうするつもり?」

彼は肩をすくめてぼくの手をはずした。「知るもんか!　チンプにドローンを改造させて、あいつらを釘づけにするか何かできるだろう」彼はドアに向かった。

ぼくはもう一度、今度は単に注意を引くためではなく肩に手をかけた。しっかりとつかんで振り返らせ、身体を隔壁に押しつける。ヘルメットが床に落ちて弾(はず)んだ。グラヴをつけた手がぼくを押し戻そうとしたが、力はこもっていない。ハキムの目は狂ったように左右に動いていた。

「ちゃんと考えてないじゃないか」ぼくは静かに指摘した。

「ちゃんと考える必要などない！　連中はゲートを突破できないだろう。突破しようとさえしないかもしれない。要するに——」彼の目がかすかな、ありそうにない希望に輝いた。「これは攻撃なんかじゃないかもしれない。そうとも、つまりあいつらはただ——死にかけてるんだ。世界の終わりが来て、故郷は炎に包まれ、隠れられる場所を探してるんだろう。〝入口〟を探してるんじゃなくて、〝出口〟を探して——」

「〝外〟がぼくらにとって致命的であるように、〝中〟が彼らにとって致命的じゃないって、どうしてわかるのさ？」

「あいつらはそこまで賢くない！」彼は叫んだ。「怯えてるだけなんだ！」

弱い電気の指が明滅し、ハッチの周囲で音を立てた。たぶん熱雷だ。あるいは何かもっと把握力のあるものか。

ぼくはハキムを隔壁に押しつけつづけた。「賢かったとしたら？　本能的に逃げ場を探してるんじゃなかったら？　彼らのほうが計画的に行動してるんだとしたら、どう？」

彼は両手を広げた。「ほかにどうしようがある？」

「突破されないようにすればいい。今すぐここから出るんだ」

「出るって——」

「氷惑星から出て、恒星に運を託すんだよ」

彼はとまどったように動きを止めてぼくを見つめ、話のオチを待った。ぼくが何も言わないのを見て、ささやくようにつぶやく。「狂ってる」

「どうして？　チンプは間もなく恒星を通過するって」

「あれからもう三十分だぞ！　そのときでさえ、予定時刻を一時間も過ぎていた！」

「チンプ？」ハキムにわかるよう、声に出して呼びかける。

「ここにいます」

「ワームホールを最大にして、できるだけ質量を投棄したとして、恒星の外層を抜ける最短時間を教えて」

「潮汐力（ちょうせきりょく）によって〈エリオフォラ〉はほぼ同質量のデブリの雲二つに分裂し、それぞれの重心は——」

「訂正。距離と転移を最適化して、構造的な一体性を失うことなく速度を最大化した場合の時間を教えて」

待ち時間の長さから、答えにはかなりきびしい限定条件がつきそうだと思えた。「〈エリオフォラ〉が恒星の外層に直接さらされる時間は千三百標準秒、プラスマイナス四百五十秒です」

温度は二千三百ケルヴィン。〈エリ〉の玄武岩は千七百二十四ケルヴィンで溶ける。

だが、チンプの回答はまだ終わっていなかった。「派生的に〈エリオフォラ〉の固定的転移チューブの外に重心が移動するため、重大な構造障害が生じる危険があります」

「切り抜けられる？」

「わかりません」

ハキムは両手を上げた。「どうしてわからない？　おまえの仕事じゃないか！」

「わたしのモデルでは頭上のプラズマ陥入や船体表面の電気現象を説明できません」チンプが答える。「ゆえに、重要な変数が少なくとも一つは欠けていると考えられます。わたしの予測は信頼できません」

部屋の奥ではハッチが空のように赤くなっていた。電撃がしゅうしゅうぱちぱちと音を立て、ハッチを〝つかんだ〟。

「やれ」ハキムが唐突に言う。

「全員の合意が必要です」とチンプ。

もちろんだ。チンプは途方に暮れると肉袋の指示を仰ぐ。でも、ぼくたちの知恵を当てにするにしても、反対されたら誰に従えばいいのかわからなくなる。

ハキムは忙しく、ぼくとハッチに交互に目を向けた。しばらくして、「それで？」

すべてはぼくにかかっている。まだやめることもできる。

「何をぐずぐずしてる？　おまえが考えたことだろうが！」

身を乗り出して耳もとにささやいてやりたかった。ぼくはチンプの操り人形じゃなかったの、くそ野郎。何とか自制して、こう答える。「うん、やってみよう」

運命の輪が回転しはじめた。〈エリオフォラ〉は震えてうめき、設計時に想定していないベクトルを受けてねじれた。なじみのない感覚がぼくの後脳(こうのう)を刺激し、前方に移動して内臓に根を下ろす。あり得ない、何とも形容できない、二方向が同時に〝下〟になるという感覚だ。その一方はよく知っていて安全な足もとの方向、床と森と、船の中心にある岩盤の方向だった。だが、もう一つのほうが強力で、しかもそれは移動して……

遠くから金属の悲鳴が聞こえる。固定されていない物品が壁に衝突する音も。〈エリオフォラ〉は傾き、左舷によろめいて、気分が悪くなりそうなほど多くの次元にばらまかれた軸を中心に重々しく回転した。壁の向こうにある岩の奥深くで何かが動いている。目には見えないがその引力を感じ、古代の岩に新たなひび割れが生じる音が聞こえた。ぼくの脳内に一ダースもの真紅のアイコンが点灯する。〝サブシステム停止〟〝冷却剤欠乏〟〝メイン・チャンネルに障害〟などなど。数十年か数百年か、あるいは数千年前に捨てられた、半分からになった搾り出し容器が、角の向こうからなかば浮遊しながら漂ってくる。それが側方に〝落下〟し、隔壁沿いに滑っていって、潮汐モンスターの航跡に合流した。

ぼくは斜め四十五度で直立している。気分が悪くなりそうだった。

足もとの〝下〟方向にはかすかな力しか感じない。超伝導セラミックや圧電トラスなど、この小世界が塵になるのを力業で押しとどめている魔法の補強材に無言で感謝を捧げる。そのあいだもチンプは物理法則を使って奮闘していた。ぼくはその成功を懸命に祈った。そのあと前方に落下する。上方に、〝外側〟に。ハキムとぼくは前方の隔壁に衝突した。ゴムバンドがいっぱいに伸びきって切れ、身体が投げ出されたのだ。

船が浮上するとスルトは勝利の雄叫びを上げ、巨大氷惑星が吐き出したこの小さな予期しない獲物につかみかかった。ぎざぎざのプラズマ蜘蛛が飛び去り、濃霧の中に消えていく。ワイヤーフレーム表示された磁力線が熱でよじれ、巨大氷惑星のヘリウムの心臓部の奥深くにあるダイナモから剝ぎ取られる——ただ、たぶんそれはチンプがぼくの頭に流し込んでいるモデルと映像なのだろう。まず間違いなく本物ではない。船の目と耳と指先はことごとく舐め取られ、窓はすべて塗りつぶされた。次は皮膚と骨の番だ。熱せられた玄武岩がプラスティックのように柔らかくなる。もう始まっているかもしれない。何とも言えないところだ。できることは何もなく、高まる熱で空気が淀み、ちらちらしはじめる。

あんたの命を救ってるんだぜ、ハキム。感謝してもらわなくちゃ。

イェーツの「セカンド・カミング」の詩句とは異なり、中心は何とかもった。

今や船はなかば盲いたまま弾道軌道を描いている。船体上にわずかに残ったカメラは穴だらけで煙を上げ、ほとんどが完全に破壊されていた。センサーの名残がときおり発作的に火花を散らす。〈エリ〉の重心は内部に復帰し、二日酔いになって地下室で寝ていた。船は完全に惰性で飛んでいて、そこらの岩と何の違いもない。

それでもぼくたちは生きて危機を切り抜けた。傷を癒す時間は一万年くらいある。

もちろん、そんなに長くはかからない。チンプはすでに修理軍団を配備していた。彼らは溶けてふさがったドアを焼き切り、十数本の保守用トンネルに入り込み、小惑星の中心から掘り出して新たに精錬した金属を運び込んだ。金属製の巨大昆虫のように船の外殻を這いまわり、壊れた部品を新品に交換し、まぶしい光で傷口を焼灼した。死んでいた窓が瞬いて、ぽつりぽつりと復活する。宇宙が一片ずつ戻ってきた。スルトが船の後方で揺らいでいる。まだ巨大だが徐々に小さくなっていて、これだけ離れると湯を沸かす程度の熱しか感じられない。見るなら前方の光景のほうがよかった。心安らぐ深い闇、星々の渦、二度と見ることのない、わざわざ名づけたりもしない輝く星座。船はただそこを通過していくだけだ。

ハキムはもう霊廟に戻って寝る準備をしているかと思ったが、見るとその姿は右舷ブリッジにあった。船体上を跳びまわる青白い指のような電光を見ている。短い映像らしく、同じものが何度も繰り返されていて、そこに何かを見つけ出したようだ。

近づいていくと、彼は振り返った。「サンドゥロヴィキュ・プラズマだ」

「何だって？」

「外側に電子、内側に陽イオンがある。自己組織化する膜、生きている球電だ。何を複製コードにしてるのか知らないが。一種の量子スピン液体かな、たぶん」彼は肩をすくめた。「これを発見した連中は、形質遺伝をあまり理解してなかったんだろう」

それはどうやら船が発進する以前の前史時代におこなわれた、気体と電気に関する原始的な実験の話らしかった（ハキムがアクセスした瞬間にチンプがアーカイヴのファイルを送ってくれたから知っている）。「ぼくらがその〝発見した連中〟だよ」船の入口に爪を立てているものは、穴居人たちが考えたものから何光年も離れているのだ。

「そうじゃない」

ぼくは続きを待った。

「向こうがわれわれを発見したんだ」

自分の口もとに薄笑いが浮かぶのを感じた。

「確率を考えつづけていた」とハキム。「遠くから見るとまったく問題がないのに、近づいてフライバイしようとすると大問題だとわかる星系。その質量と軌道のせいで、恒星内部を突っ切る以外に逃げ道はない。ああ、それから、ちょうど都合のいい大きさの氷惑星がたまたま前方に存在している。そんなことが起きる確率はどのくらいだと思う？」

「天文学的に小さいだろうね」ぼくは真顔のまま答えた。

彼は首を左右に振った。「あり得ないほど小さい」

「実は同じことを考えてたんだ」

ハキムが鋭くぼくを見る。「そうなのか」

「この星系のあり方は、船を恒星内部に誘い込もうとしてるみたいだった。内部に突入すると、あの存在がつかみかかってきた。あなたが言った〝雷虫〟だよ。あれは惑星で生まれたものとは思えない。プラズマがベースになってるんだから」

「恒星生まれだと思うのか」

ぼくは肩をすくめた。

「恒星生物だな」

「ある種のドローンかも。いずれにしても、あなたが言ったとおり、この星系は自然にできたものじゃない。サンプル採取用のトラップだよ」

「その場合、われわれは何だ？　標本か？　ペットか？　狩りの獲物か？」

「たぶんそんなところ。誰にわかる？」

「〝仲間〟ならどうだ、ええ？」

声が急にとげとげしくなったのを感じ、ぼくは視線を上げた。

「あるいは単なる〝同盟者〟か」彼は考え込んだ。「逆境にあるからな。共通の敵に、一つになって立ち向かおうってことか？」

「それって基本的にはいい戦略だよ」いい気分だった。悪役より目先が変わっていい。みんなを危機から救う役だから。

同盟者で手を打とう。

「目を細めてよく見れば、ほかにも偶然がある」彼はそう言ったが、実際には目を細めてなどいなかった。まっすぐにぼくを見つめている。「これだけ数がいる中で、わたしが即座にエアロックから放り出したいと思う相手をチンプが選んだこととかな」

「それは偶然じゃないよ」ぼくは鼻を鳴らした。「そうじゃない誰かを探すなんてほとんど不可能──」

おっと。

非難は静電気のように空中に停滞した。ハキムはぼくが防戦するのを待っている。

「つまりチンプがこの状況を利用したって──」

分の目で見たわけじゃないんだ。それは自殺行為だからな。そうだろう？」

「ばかげてるよ。自分の目で見たじゃないか。まだ映像も見られる――」

「タンクの中のモデルを見ただけだ。隔壁に表示されたピクセルにすぎない。宇宙服を着て自分の目で見たわけじゃないんだ。それは自殺行為だからな。そうだろう？」

　彼は笑みを浮かべていた。

「船内に押し入ろうとしてきたじゃないか」

「ああ、何かがドアを叩いてたのは知ってる。それが異種生命体の仕業かどうかはわからない」

「何もかもが、何かのトリックだったって言うわけ？」ぼくは信じられない思いで首を左右に振った。「二週間もすれば表面に出ていけるようになる。いや、今すぐ工場まで穴を掘って、保守用トンネルの一つから這い出ればいい。自分で見てきなよ」

「何を見るんだ？　船尾から恒星を？」彼は肩をすくめた。「赤色巨星なんてそこらにいくらでもある。星系が見えたとしても、そこの条件がチンプの言うとおり限定的なものかどうかはわからない。恒星内部を突っ切らなくちゃならなかったのかどうか、本当に突っ切ったのかどうかさえ知りようがないだろう。チンプがボットを使って、百年ほどかけて船体をレーザーやバーナーでぼこぼこにしてた可能性だって考えられる。わたしが船外に出て自分の目で見ようとすることを想定し、そのときいかにもそれらしく見えるように」ハキムはかぶりを振った。

「わかっているのは、叛乱以来チンプの味方になる肉袋は一つだけで、誰もそいつに話しかけなかったら困るだろうってことだけだ。でも、そいつに命を救われたとしたら、憎みつづけることができるか？」

人が理性をどれほどねじ曲げるのかを知って、ぼくは驚いた。自分の大事な先入観を守るだけのために。

「異様なのは、それがうまくいったってことだ」ハキムがひとりごとのように言った。その意味を了解するのに一瞬の間があった。

「なぜなら、おまえが一枚嚙んでいたとは思っていないからだ。おまえがヒントを得られたとは思わない。どうして得られるはずがある？　完全な個人でさえなく、いわば単なる――サブルーチンに毛が生えたようなものでしかないんだから。サブルーチンは入力されたデータに疑問を抱かない。考えがぽんと頭に浮かんで、それを自分の考えだと思ってしまう。哀れな一片のハードウェアに言われたことをすべて信じ込む。ほかに選択肢がないからだ。おまえに選択肢があったことは一度もない。

そんなおまえをどうして憎める？」

ぼくが答えないと、ハキムが自分で答えた。「憎めない。憎めるはずがない。わたしはただ――」

「もう何も言うな」ぼくは背を向けた。

彼はいなくなった。受け入れることを拒否したピクセルと映像のただ中にぼくを残して。霊廟に戻って仲間と合流するのだろう。眠っている死者たちと。か細いリンク。誰が最後の一人になっても、わずかでもチャンスがあれば、どうにかして叛乱を成功させようとするに違いない。

ぼくが決めていいなら、彼ら全員を二度と目覚めさせないだろう。でも、チンプが当然のことを思い出させてくれる。永劫の時間がかかる任務があり、かならず出会うであろう障害のごく一部さえ予想するのが不可能だという事実を。とっくに死んだエンジニアたちが任務の安定性の名のもとに全体構造から排除した信頼の置けない知的生命体の、その柔軟性の必要を。行く手にはたぶん数十億年という時間があり、予期しない事態に対処するための肉袋はほんの数千体しか存在しない。今でもすでに足りないくらいだ。

それでいて、ご自慢の人間的知性をもってしても、ハキムは当然のことが理解できない。全員がそうだ。彼ら人間にとって、ぼくは人間ではない。サブルーチンだと彼は言った。別の何者かの脳葉の一つだ。でも、彼の同情などいらない。ちらりと考える以上のことをすれば、彼が世界観と呼ぶ未検証の臆測の山を検証する気になれば、それがわかるだろう。

でも、彼はそうしない。鏡の中から何が見つめ返しているかを知るために鏡を覗くことを、とっくに拒否してしまった。脳と肉体の違いさえわからなくなっている。チンプは船を飛ばし、ジャンプ・ゲートを作り、生命維持装置を動かしている。ぼくたちが自分の運命の手綱を執ろうとしても、チンプがその試みを叩きつぶす。

コントロールしているのはチンプだ。つねにチンプだった。心と心がぼくの頭の中のこの広帯域リンクで融合すると、当然、機械のほうが肉を吸収する——ハキムはそう考えてる。

彼がその誤謬に気づかないのは驚きだった。チンプのシナプスの数はぼくと同じようによく知っているはずなのに、それを数えるよりも、自分の偏見のほうを頼りにした。
ぼくはチンプのサブルーチンなんかじゃない。
チンプがぼくのサブルーチンなんだ。

島

"The Island"

〈エリオフォラ〉の中で乗組員サンデイが目覚めると、ある赤色矮星（わいせい）の星系に到達した〈エリ〉は奇妙な信号を観測していた。その正体を見極めようとするサンデイだが、一緒に当直に就く乗組員ディクスはおかしな振る舞いを見せる。そして信号の発信源は驚くべきもので……

作中で言及される「必須多様性（アシュビー）の法則」とは、〝ある系を制御するにはその系と同程度以上の多様性・複雑性が必要である〟というもの。

本短編集の掉尾（とうび）を飾るのは、ヒューゴー賞ノヴェラ部門を受賞した中編。Sunflowers cycle の中ではもっとも早く書かれた作品だが、時系列ではもっとも後の時代となる。

初出はアンソロジー *The New Space Opera 2*（ガードナー・ドゾワ／ジョナサン・ストラーン編、二〇〇九年）。

（編集部）

わたしたちは穴居人（けっきょじん）だ。古代人、祖先、肉体労働者である鋼鉄の猿だ。あなたたちの網を編んで、魔法の抜け道を作り、針穴一つひとつに秒速六万キロで糸を通す。止まることはない。速度を落とすことさえまずない。あなたたちの来訪がもたらす光によってプラズマに変わってしまわないように。すべてはあなたたちのためだ。あなたたちが恒星から恒星へと足を汚すことなく、あいだに広がる無限の空虚な荒野を渡っていけるように。

だったら、ときどき話しかけてもらいたいというのは、そんなに大それた望みだろうか？

進化とエンジニアリングのことならわたしだって知っている。あなたたちがどれほど変わってしまったかも。ポータルから神々や悪魔や、とても理解できない、かつて人間だったとは信じられないものが生まれ出てくるのも見てきた。それはわたしたちが敷いたレールに乗って旅する異星のヒッチハイカー、あるいは異星の征服者たちだろうか。

害虫駆除人かもしれない。

またわたしはゲートが暗くうつろなまま、やがて視界から消えていくのも見てきた。文明が衰退して暗黒時代に逆戻りしたか、根こそぎ燃えつきて灰の中から次の文明が興（おこ）ろうとしているのか——ときにはその後そこから出てきた船が、わたしたちなら建造したかもしれないものに少し似ていることもあった。彼らは互いに——電波やレーザーや搬送ニュートリノで——話し合っていて、ときにはその声がわたしたちの声に似ていることもあった。本当にそっくりなのではないかと期待したこともある。円環が一周し、こちらから話しかけられる相手があらわれたのではないかと。そうしようとした回数はもう覚えていないくらいだ。

諦めてからどれほどの時間が過ぎ去ったのかも。

同じことが繰り返され、そのすべてが背後に消え去っていく。ハイブリッドにポストヒューマンに不死者、神々や、理論の一端さえ理解できない魔法の戦車(チャリオット)に乗せられて硬直している穴居人。彼らの誰一人、わたしたちの方角に通信レーザーを向け、「やあ、調子はどうだい?」とか「知ってるか?　ダマスカス病を克服したぞ!」とか、ましてや「おまえらありがとう、いい仕事を続けてくれよ」などと言ってくれた者はいなかった。

ばかげたカーゴ・カルトなどではない。わたしたちは帝国を支える背骨だ。わたしたちがいなかったら、あなたたちはここに来ることさえできなかった。

それに——あなたたちはわたしたちの子供だ。今どんな姿になっていようとも、かつてはこんな、わたしと同じ姿だった。わたしも以前はあなたたちを信じていた。遠い昔、全身全霊でこの使命を信じていたころには。

どうしてわたしたちを見捨てたの?

また次の構築が始まる。

今回は目を開くと、はじめて見るのに見慣れた顔があった。若い男性で、生理学的には二十代初めだろう。顔立ちはやや非対称で、左の頬骨のほうが右よりも低い。耳も大きすぎる。ほとんど自然な顔に見えた。

話をするのは数千年ぶりで、わたしの声はささやくようだった。「あなたは誰？」そんな質問をすべきでないことはわかっている。〈エリオフォラ〉では誰一人、戻ってきて最初にそんなことを尋ねたりしない。

「息子だよ」わたしが母親であるかのように。

その言葉が浸透するのを待とうとしたが、彼はその機会を与えてくれなかった。「起こす予定ではなかったんですが、チンプがデッキで人手を求めているんです。次の構築が難局に直面していて」

では、まだチンプが管理者なのか。チンプはつねに管理者だ。任務は継続している。

「難局？」

「接触シナリオなんだ、たぶん」

この子はいつ生まれたのだろう。今までに一度でもわたしを気にかけたことがあるのだろうか。

彼はそれについては何も言わず、ただこう告げただけだった。「前方半光年に恒星があります。チンプによると、どうやら話しかけてきているようです。いずれにせよ……」わたしの

――息子は肩をすくめた。「急ぐ必要はないよ。時間はたっぷりあるから」

わたしはうなずいたが、彼はためらった。質問を待っているのだが、わたしは彼の顔を見て、もうそれなりの答えを見出していた。本来、補充要員は純粋であるはずだった。つねに降り注ぐ青方偏移に抗して〈エリ〉の鉄と玄武岩の外套の奥深くに安全に埋め込まれた、完璧な遺伝子から作られるものなのだ。だが、この若者には瑕瑾があった。顔に不具合がうかがえる。塩基対のちょっとした異常が顕微鏡レベルの反響をもたらし、彼をほんのわずかに歪ませているのだ。まるで惑星育ちだった。生涯を直射日光にさらされて過ごした両親から生まれたように見える。

あの完璧な遺伝子さえここまで劣化したというなら、いったいどれほど遠くまで来たのだろう？　それにはどれだけの時間がかかったのか？　わたしはどれくらい長く死んでいた？

どれくらい長く――それは誰もが最初に尋ねることだ。

これだけの時を経たわたしは、もう知りたくなかった。

わたしがブリッジに着いたとき、彼は戦術タンクの前に一人で、その目はアイコンと弾道でいっぱいだった。わたしの姿も少しは見えていたかもしれないが。

「あなたの名前を知らないんだけど」わたしはそう言ったが、実はすでにマニフェストで見ていた。ほとんど自己紹介もまだだというのに、わたしはもう嘘をついている。

「ディクス」彼はタンクから目を離さずに答えた。

年齢は一万歳を超える。実際に生きていたのは二十年くらいだろう。どれだけのことを知っているのか、起きていた二十年のあいだにどれだけの者に会ってきたのか。イシュマエルやコニーを知っている？　サンチェスが不死との小競り合いを制したかどうかは？

訊いてみたかったが、そうはしない。それがルールだ。

わたしは周囲を見まわした。「わたしたちだけなの？」

ディクスはうなずいた。「今のところね。必要になったらもっと起こすよ。ただ……」その声が小さくなって消えた。

「うん？」

「何でもない」

わたしは彼とともにタンクに向き合った。色つきの凍りついた煙のような、透明なヴェールがかかっている。現在位置は分子の塵雲の際だった。温かく、準有機物で、多くの原材料を含んでいる。フォルムアルデヒド、エチレングリコール、よくある前生命物質。急速構築には打ってつけの場所だ。タンクの中心では赤色矮星が鈍い光を放っていた。チンプはそれをＤＨＦ４２８と名づけたが、わたしはその理由を気にすることをとっくに忘れていた。

「じゃあ、いろいろ聞かせて」

彼は辛抱強い、苛立ったような視線をわたしに向けた。「あなたも？」

「どういう意味？」

「ほかの人たちと同じだ。ほかの構築のとき会った人たちと。チンプは仕様を吐き出すだけだけど、みんなかならず〝会話〟を求めるんだ」

くそ、彼のリンクは生きている。オンライン中だ。

わたしは無理に笑みを浮かべた。「単なる――文化的伝統だと思うけど。いろいろなことを話し合うと役に立つの――再適応の。長いこと隔絶していたわけだから」

「でも、時間がかかるじゃないか」ディクスは不満そうだ。

彼は知らない。どうして知らないの？

「あと半光年でしょう」わたしはそう指摘した。「急ぐ必要がある？」

彼の口の端がぴくりと動いた。「フォンたちは予定どおりに出発したよ」それを合図に、タンク内での五兆キロ前方に無数の紫色の火花が散った。「吸い込んでるのはまだ主に塵だけど、幸運にも大きめの小惑星がいくつかあるし、精錬所も早めにオンラインになった。最初の部品はもう生成されてる。このあとチンプが恒星の出力の変動を見て――ほぼ可視光の外だけど、可視領域にも入り込んでる」タンクがわれわれに向かってウィンクした。矮星がコマ落としになったかのよう。

言うまでもない、脈打っているのだ。

「ランダムではないようね」

ディクスはわずかに首をかしげた。うなずいたようには見えない。

「経時変化を表示して」チンプに語りかけるとき、つい少しだけ声が大きくなる癖はどうしても抜けなかった。ＡＩは従順に（従順とは、何と笑える表現だろう）、宇宙空間の映像を消し、代わりにこんなものを表示した。
・・・・・・・・・・・・・・・・・・
「同じパターンを繰り返してる」とディクス。「光度は変わらないけど、間隔が対数直線的に増加して、九十二・五標準秒で元に戻る。各サイクルは十三・二回／標準秒で、時間とともに減衰してる」

「自然現象の可能性は？　恒星の中心部に小型ブラックホールが存在しているとか？」

ディクスは首を左右に振るのに近い動作をした。顎が斜めに動いて、何とか否定の意思を伝える。「でも多くの情報を伝えるには単純すぎて、まともな会話とは思えないな。むしろ――そう、叫んでるみたいだ」

部分的には正しい。確かに多くの情報は伝わらないが、こう言っていることはわかる。〝わたしたちはここにいる。知性がある。恒星に減光スイッチをつなげるほどの力がある〟

あまり構築に適した場所ではないかもしれない。

わたしは唇をすぼめた。「恒星が挨拶してきてるわけね」

「たぶん。誰かに挨拶してる。ただ、ロゼッタ・ストーンとして利用するには単純すぎるね。アーカイヴじゃないし、自己展開もできない。ボンフェローニでも、フィボナッチ数列でも、円周率でもない。掛け算表とも違う。片言の会話の手がかりにさえならないよ」

それでも、知性ある存在の信号だ。

「もっと情報が必要だ」ディクスは言うまでもないことを口にする大家（たいか）であることを実証して

見せた。

　わたしはうなずいた。「フォンね」

「ええと、フォンをどうするの？」

「グリッドを設置するの。悪い目をたくさん集めて、いい目の代わりにする。高Gをかけて観測機を飛ばしたり、オンサイトの工場の一つを用途変更するより早いでしょ」

　彼は目を丸くした。一瞬、どういうわけか怯えているように見えた。だが、次の瞬間には、またあの妙なしぐさで首を振った。「構築用の資源を大量に失うことにならない？」

「なりますね」チンプが同意する。

　わたしは鼻を鳴らしそうになり、自分を抑えた。「構築日程を守ることがそんなに大事なら、チンプ、恒星丸ごと一個分のエネルギー出力をコントロールできるほどの力を持った知性体がもたらすリスクも計算に入れておきなさい」

「それはできません」とチンプ。「情報が不じゅうぶんなので」

「不じゅうぶんなのではなく、まったくないんでしょう。その気になれば、この任務を途中で完全に中断させられるほどの相手よ。だからまず情報を収集したほうがいい」

「了解。フォンを再配置します」

　可動隔壁に確認ランプが灯り、一連の複雑な動きを指示する命令が虚空へと送られる。これで六カ月後には百体もの自己複製ロボットが間に合わせの調査用グリッドを構成するだろう。さらに四カ月で、単なる真空以上のものについて議論できるようになる。

ディクスはわたしが魔法の呪文でも使ったかのような目でこちらを見た。

「チンプは船を飛ばしてはいるけど、とんでもなく愚かなの。ときには細かく指示してやる必要がある」

彼は多少の恥辱を感じたようだが、驚いているのは間違いなかった。知らなかったのだ。彼は知らなかった。

これまでいったい誰に育てられてきたの？　これは誰の問題？

わたしの問題ではない。

「十カ月後にまた呼んで。ベッドに戻るわ」


彼はまるでずっとそこにいたかのようだった。目覚めたわたしがふたたびブリッジを訪れたとき、やはり戦術タンクを見つめていたのだ。ＤＨＦ４２８がタンクいっぱいに表示され、ふくれ上がった赤い球体が息子の顔を悪魔のマスクのように染め上げている。

彼はわたしにほんの一瞬目を向けただけだった。その目は大きく見開かれ、指先は感電でもしたかのように震えている。「フォンにも見えないんだ」

わたしはまだ解凍直後で、少しぼうっとしていた。「何が見え――」

「変光パターンだよ！」その声はパニック寸前だった。前後に身体を揺すり、しきりに足を踏みかえている。

「見せて」

戦術タンクの映像が中央で二つに分かれた。矮星のクローンがわたしの前でも燃えはじめる。どちらもわたしの拳くらいの大きさだ。左は〈エリ〉の目で見たもので、ＤＨＦ４２８は前と同じように脈動していた。たぶんこの十カ月、ずっとそうだったのだろう。右は複眼で見た映像だった。無数のフォンを正確に配置して干渉計のグリッドを構築し、その未発達な目を多層並列化して、高解像度に近いものを実現している。その両者のコントラストで、ずっと繰り返されている矮星のウィンクを人間の目にも見えるようにしているのだ。

ただ、ウィンクしているのは左の映像だけだった。右の映像の矮星は標準光源のように安定して輝いている。

「チンプ、グリッドの感度が足りなくて変動がとらえられていない可能性はある？」

「ありません」

「へえ」このことでチンプが嘘をつく理由を考えようとする。

「筋が通らない」息子が文句を言った。

「そんなことないわ」わたしはつぶやいた。「ちらついているのが恒星ではないとしたら」

「でも、実際にちらついてる」彼は口をすぼめた。「ちらつきが見え——いや、フォンの背後に何かがあるってこと？　つまり、ぼくたちとフォンのあいだに？」

「まあね」

「フィルターのようなものが」ディクスは少し気が楽になったようだ。「でも、どうしてぼくたちに見えないのさ？　フォンだって衝突してたはずだ」

わたしはふたたび声をチンプへの命令モードに切り替えた。「〈エリ〉の前方視界の範囲はどれくらい？」

「十八光分です」チンプが答える。「428の位置で、円錐の直径は三・三四光秒になります」

「百光秒まで広げて」

〈エリ〉の目が見ている映像が拡大し、全画面に広がった。一瞬、恒星がタンク全体を占めるほどになり、ブリッジを真紅に染め上げた。それがすぐに内部から侵食されたように小さくなる。

映像の上に綿毛のようなものが見えた。「あのノイズを除去できない？」

「ノイズではありません」とチンプ。「宇宙塵や分子ガスです」

わたしは目をしばたたいた。「濃度は？」

「一立方メートルあたり原子十万個と推計されます」

対象が星雲であったとしても通常より二桁は多い。「どうしてそんなに濃いの？」それほどの物質を集めている重力井戸があったら気づかないはずがない。

「わかりません」とチンプ。

胸がむかつく。「視界範囲を五百光秒まで広げて、近赤外線領域をピークに彩色して」

タンク内の宇宙が暗く不気味な色に変わった。中央には親指の爪サイズになった恒星があり、輝きを増している。泥水の中の白熱する真珠だ。

「千光秒」わたしは指示を重ねた。

「あれだ」ディクスがささやく。暗く透明なありのままの宇宙がタンクの端のほうから勢力を盛り返した。428は球形のぼんやりした暈に包まれている。ときどき見られる現象だ。伴星が撒き散らしたガスや放射性物質だったら、直径数光年に広がっていることもある。ただ、428は新星の残骸ではない。赤色矮星なのだ。穏やかな、中年の、ごく普通の存在。

変わっている点はただ一つ、それが直径一・四天文単位の薄いガスの雲をまとっていることだけだ。しかもその雲は薄くなったり散乱したり、夜の中へと徐々に消えていったりはしなかった。ディスプレイに深刻な問題が生じているのでない限り、その小さな球形の雲は主星から三百五十光秒の位置まで広がって、切り取られたように終わっていた。自然界ではあり得ないような鋭さで、明確な境界をなしている。

この数千年ではじめて、わたしは愛用していた大脳皮質リンクを恋しく思った。すでにわかっている答えを得るために頭の中のキーボードで適切な用語を探すのに、あまりに長い時間がかかる。

ようやく数字が思い浮かんだ。「チンプ、彩色のピークを三三五、五百、八百ナノメートルに合わせて」

428を包む暈がトンボの翅のように、石鹸の虹色の泡のように光った。

「美しい」畏怖に打たれた息子がつぶやいた。

「光合成ね」わたしは彼にそう言った。

分光分析によれば、フェオフィチンと黒色メラニン。ピコメートル帯域のX線をよく吸収することから、鉛ベースのケイッパー・ピグメントの類もありそうだ。チンプは〝色素胞〟と呼ばれるものを想定した。ちょうど粉炭の粒子のような、小さな分別性の色素を内包する分岐細胞だ。この粒子が凝集すると、事実上透明になる。細胞質全体に広がると黒っぽくなり、背後から通過する電磁波を暗くする。地球にはこういう細胞を持った生物が棲息していて、背景とのパターン・マッチングで体色を変化させることができた。

「つまりあの恒星は膜に——生体組織に包まれているわけね」わたしは何とかその概念を理解しようとした。「いわば肉の風船。恒星が丸ごと」

「そうです」チンプが答えた。

「でもそんな——くそ、厚さはどのくらい？」

「二ミリか、それ以下でしょう」

「どうして？」

「それ以上厚いと、可視光スペクトルで見えるようになります。また、フォン・ノイマン・マシンが接触したとき感知できたはずです」

「それはあの——細胞、でいいのかな——それがわたしたちのと同じだと仮定した場合ね」

「色素胞はおなじみのものです。だとしたら、ほかもたぶんそうでしょう」

それほど〝おなじみ〟ではあり得なかった。普通の遺伝子なら、あの環境では二秒ともたない。あれを凍結から防いでいる奇蹟の溶媒は言うに及ばず……

「わかった、控えめに見積もりましょう。そうね、厚さは一ミリ、密度は標準環境下の水と同じとして、全体の質量はどのくらい？」

「一・四ヨタグラムです」ディクスとチンプがほぼ同時に答えた。

「それはつまり……」

「水星の質量の半分弱です」チンプが補足する。

わたしは歯のあいだから息を押し出した。「一つの生命体が？」

「それはまだわかりません」

「有機色素胞を持ってるのよ。くそ、話しかけてもきた。知性があるんだわ」

「生命体からの周期的放射は、たいていの場合、単なるバイオリズムです」チンプが指摘した。

「知性的な信号ではありません」

わたしはそれを無視してディクスに向きなおった。「信号だと仮定して」

彼は顔をしかめた。「チンプは――」

「仮定よ。想像力を働かせて」

まだ彼の心をつかめてはいないようだ。不安そうに見える。

そういえば、いつも不安そうに見える気がした。

「もし誰かが信号を送ってきているとしたら、あなたどうする？」

「信号を……」顔に困惑が浮かび、どこかでファジーな回路がつながった。「……送り返す？」

息子は阿呆だ。

「相手の信号が光の強さを一定の規則で変化させるものだったら、どうやって――」

「BIレーザーを使って、七百ナノメートルと三千ナノメートルのパルスを交互に送出すればいい。それでこっちの防御を弱めることなく、撚り合わせた信号をエクサワット領域に落とし込める。回折後なら一平方メートルあたり千ワットを超える程度だね。赤色矮星の熱放射を観測できる者なら、感知限界を上まわるにはじゅうぶんだ。叫んでるだけなら内容は関係ないだろ。叫び返すわけさ。谺による試験だね」

オーケー、息子は阿呆だけど、天才だ。

それでも彼は不安そうで――「でもチンプは……彼が言うには、情報らしい情報は含まれてないんだよ?」――まったく別の疑念がふたたび頭をもたげた。チンプのことを〝彼〟と呼ぶとは。

ディクスはわたしの沈黙を、忘れているのだと解釈した。「単純すぎると言ったの、覚えてる? 単純な点滅の連続だよ」

わたしはかぶりを振った。あの信号にはチンプが想像する以上の情報が含まれている。チンプが知らないことはたくさんあるのだ。この件について何よりも困ったことは、この〝子〟がチンプに敬意を抱きはじめていることだった。自分と同等どころか、何ということだろう、指導者と仰ぎはじめている。

もちろん、チンプはわたしたちを乗せて星々のあいだを航行できる程度に賢明だ。百万桁の素数を瞬時に計算できるし、乗組員が任務から脇道にそれすぎていると思ったら、ちょっとした機転で修正をかけたりもする。

　だが、異質な知的生命体の救難信号をそれと見抜けるほど賢明ではない。

「信号は漸減曲線を描いているわ」息子とチンプの両方に向かって言う。「だんだんゆっくりになっていて、それを何度も繰り返してる。あれはメッセージよ」

　止まれ。止まれ。止まれ。止まれ。

　その対象がこの船であることは疑いようがなかった。


　とにかく叫び返す。そうしない理由がない。そのあとはまた死ぬ。起きている理由がどこにある？　あの巨体に真の知性があろうとなかろうと、谺が向こうに届くのは一千万標準秒後だ。返事があるとして、それを受領するのは、最短でもさらに七百万秒後になる。

　それまでは墓で休んでいるほうがいい。あらゆる願望と不安を封印し、人生に残された時間を重要な一瞬のために保存しておく。この貧弱な知性から自分を切り離すのだ。わたしが魔法使いか何かで、煙のようにぱっと消えてしまうのではないかと見つめている、この子犬のような濡れた目から。彼は何か言いかけたが、わたしは背を向け、忘却の中に戻った。

　それでも自分で起きられるよう、目覚ましをセットしておく。

　しばらくは棺の中をたゆたい、小さく古い勝利に感謝する。死んで黒くなったチンプの目が天井から見下ろしている。この数百万年、誰も煤を拭おうとしなかったのだ。それは一種のトロフィー、わたしたちの偉大な抵抗が燃え上がっていた日々の形見だった。

それでもその盲目の、永遠の凝視にはまだ何か――気の休まるもの、だと思う――がある。チンプの神経が徹底的に焼灼（しょうしゃく）されていないところに出ていくのは気が進まない。子供っぽいのはわかっている。あいつはわたしが起きたのを知っている。ここでは目も耳も利かず、無能力かもしれないが、解凍のあいだに墓に注がれる電力はごまかせない。だが、わたしが一歩外に出たとたん襲いかかろうと、棍棒（こんぼう）を持ったテレオペの群れが待ち構えているわけではない。結局、今は雪解け（デタント）の時代なのだ。抗争は続いているが、戦争は冷戦に移行した。行動の時期は終わり、時の終わりまでお互いを憎みつづける年老いた夫婦のように、がちゃがちゃと鎖を鳴らしている。

あれだけの騒乱と反撃があってわかったのは、要するに、お互いが相手を必要としているということだ。

髪についた腐った卵のにおいを洗い落とし、静謐（せいひつ）な大聖堂のような〈エリ〉の通路に出る。もちろん敵は闇の中で待っていて、わたしが近づくと明かりを灯し、遠ざかると背後でそれを消す――それでも静寂は変わらなかった。

ディクス。

おかしなやつだ。〈エリオフォラ〉で生まれ育った者が健全な精神の見本になるとは思わないが、ディクスは自分がどちらの側に属しているかさえわかっていなかった。まるで任務指示書のオリジナルを読んで、古代の巻物に記された内容を文字どおりの真実と信じているかのようだ。哺乳類（ほにゅうるい）と機械が時代を超えて共働し、宇宙を探検する！　いっしょに！　力強く！　フロンティアを突き進む！

やれやれ。

彼を育てたのが誰であれ、あまりうまくやったとはいえない。それを責める気はなかった。構築中に子供が足もとをちょろちょろするのは邪魔だし、わたしたちは子育て能力を買われて選ばれたわけじゃない。おむつはボットが替えるし、情報の詰め込みはＶＲの管掌だが、幼児の社会体験の相手というのは誰にとっても楽しい時間ではなかった。わたしだったらガキをエアロックから投棄していたかもしれない。

そんなわたしが育てても、事情くらいは教えていただろう。

わたしがいないあいだに何かが変わったのだ。戦争がふたたび激化して、新たな段階に入ったのかもしれない。あの子があまりに何も知らされていないのには何か理由があるはずだ。いったい何だろう。

わたしが気にすることなのか。

自室に着き、すいていない腹に食事を詰め込み、自慰をする。目覚めの三時間後、わたしは星虹(スターボウ)の見えるラウンジでのんびりしていた。「チンプ」

「早起きですね」ようやく返事があった。実際、わたしは早起きしていた。返事として送った叫びはまだ相手に届いてもいない。新たなデータが入ってくるのは早くても二カ月後だろう。

「前方の映像を見せて」

ラウンジのまん中からＤＨＦ４２８がわたしにウィンクする。止まれ。止まれ。止まれ。

たぶんそう叫んでいるはずだ。あるいはチンプが正しくて、純粋な生理機能なのかもしれない。この繰り返しに知性は関係なく、心臓の鼓動のようなものなのかも。だが、そこにはパターンの中のパターンが感じられた。点滅の中に揺らぎがあり、それがわたしの脳を微妙に刺激する。

「表示速度を落として。百分の一まで」

ただの点滅ではなかった。428の円盤は一様に暗くなるのではなく、日蝕(にっしょく)のような経過をたどっている。巨大な瞼(まぶた)が右から左に、瞬間的に閉じているようなものだ。

「千分の一で」

チンプはそれを〝色素胞〟と呼んだ。だが、すべてが同時に閉じたり開いたりするわけではない。影が膜の上を波のように渡っていく。

思い浮かんだ言葉があった。〝遅延時間〟だ。

「チンプ、あの色素の波の速度はどのくらい?」

「秒速約五万九千キロです」

思考の速度だ。

もしあれが〝思考〟しているなら、論理ゲートとなるシナプスがあって――それが何らかのネットを構成しているだろう。そのネットがじゅうぶんに大きければ、その中心には自我があるはずだ。わたしやディクスと同じように。チンプと同じように(だからチンプとの関係が無秩序だった初期時代、わたしはこの主題を熱心に研究した。敵を知るという目的で)。

自我は全パーツが十分の一秒以内に存在しないと保てない。あまり薄く引き伸ばされると――たとえば左右の脳半球をつなぐ太いパイプを切断し、いわば左右の脳が長い迂回路を通じて話をしなくてはならなくして、そのため神経アーキテクチャが閾値(いきち)を超えて拡散し、信号がAからBに届くのに長い時間がかかるようになったら――システムは、何というか、〝分散〟する。左右の脳が別々の人格を持ち、好みも、ものごとの優先順位も、自己認識さえ違うものになってしまうのだ。

つまり〝わたし〟が〝われわれ〟になる。

それは人類だけのことでも、哺乳類だけのことでも、地球の生命体だけのことでさえない。情報を処理する回路すべてに適用されるルールで、わたしたちがあとに残してきた者たちばかりか、これから出会うはずの者たちにも当てはまる。

秒速五万九千キロとチンプは言った。十分の一標準秒のあいだに、信号はあの膜の中をどれだけ移動できるだろう？　自我はどれほど薄く伸び広がっているだろう？

その肉体は想像もつかないほど巨大だ。だがその精神、魂(たましい)は――

くそ。

「チンプ、人間の脳のニューロン密度を基準にして、厚さ一ミリ、直径五千八百九十二キロの円形シートに分布するニューロンの数はどのくらい？」

「2かける10の27乗個です」

わたしはデータベースをいくつも開いて、心を三千万平方キロに押し広げたものの見方を想像しようとした。人間の脳二千兆個分だ。

もちろん、あの物体がニューロン代わりに使用しているものの分布が、われわれよりもずっとまばらである可能性はあった。向こうが透けて見えるくらいなのだから。思いきり少なめに見積もって、計算密度が人間の脳の千分の一と考えよう。その場合——

わかった、一万分の一にしよう。それなら——十万分の一。ほとんど霧のような考える肉だ。これ以上少なく見積もったら存在できなくなってしまう。

それでも人間の脳二百億個分。二百億だよ。

どんな感想を抱けばいいのかわからなかった。あれは単なる異種生命体ではない。

だが、わたしはまだ神々を信じる準備ができていなかった。

角を曲がったとたん、ゴーレムのようにわたしの部屋のまん中に突っ立っていたディクスに衝突した。わたしは一メートルほども垂直に跳び上がった。

「いったいここで何をしてるの？」

彼はわたしの剣幕(けんまく)に驚いたようだ。「話が——したくて」ややあってそう答える。

「招待されずに誰かの家に行くのははじめて？」

彼は一歩後退し、つっかえながら繰り返した。「は、話が——」

「したかった。それなら共用の場所でできるはず。ブリッジでも、ラウンジでも、あるいは

――インターカムでもよかった」

彼はためらった。「あなたは――面と向かって話したいと。文化的伝統だから」

確かに。でも、それはここでってことじゃない。ここはわたしの私室、プライベートな空間だ。ドアに鍵がないのは安全面を考慮したからで、勝手に部屋に入っていいということではない。家具か何かのように突っ立って待っていていいということでも……

「だいたい、どうして起きているの？」わたしは詰問した。「あと二カ月はオンラインにならないはずだったと思うけど」

「あなたが起きたら起こすように、チンプに頼んでおいたんだ」

あの機械野郎。

「あなたはどうして起きてるの？」立ち去る気配もなく、彼は尋ねた。

わたしは根負けしてため息をつき、手近にあった疑似ポッドに座り込んだ。「処理前のデータを精査したかっただけよ」一人で、と言いたいのは明らかだろう。

「何かあった？」

明らかではなかったようだ。わたしはしばらくそのまま演じつづけることにした。「どうやら話しかけてる相手は一つの島みたいなものらしいわね。直径約六千キロ。少なくとも、思考する部分がそれだけある。それがほぼ空っぽの膜に包まれて、つまり、生きている。光合成か何かをやってるようね。たぶん食事も。何を食べているかははっきりしない」

「分子の雲だよ」とディクス。「有機化合物がいくらでもあるから。それに、内部にも何かの物質が詰まってると思う」

わたしは肩をすくめた。「問題は脳の大きさに限界があるってことで、あれだけ巨大だと……」

「考えにくいな」彼はひとりごとのようにつぶやいた。

わたしは身体を回して彼を見た。疑似ポッドが体勢に合わせて形を変える。「どういうこと？」

「二千八百万平方キロの島だよ？　球全体なら七百京になる。そんな島がたまたまぼくたちと428のあいだにある確率は――五百億分の一だ」

「続けて」

彼はその先を続けられなかった。「その、だから……考えにくいって」

わたしは目を閉じた。「それだけの数字を頭の中だけで間違わずに計算できるほど賢いのに、どうして明白な結論を見落とすほど愚かなの？」

またあのパニックじみた、引かれていく子牛のような目つき。「いや、ぼくは――」

「確かに考えにくいわ。天文学的に考えにくい。わたしたちが直径一・四AUの球の中で、たまたま知性が存在する場所に狙いをつけたなんてね。つまり……」

彼は何も言わない。当惑顔にばかにされているようで、一発ぶんなぐりたくなった。

だがとうとう、顔が明滅しながら明るくなった。「島が、その、複数ある？　そうか！　たくさんあるんだ！」

この生き物は乗員の一人だ。いつかほぼ確実に、わたしの生存は彼に依存することになる。

それはきわめて恐ろしい考えだった。

だが、とりあえずそのことは脇に置いておく。「たぶんそんなものが無数にいて、膜のあちこちで嚢胞(のうほう)みたいなものを形成してる。チンプにも数はわからないと思うけど、今までにこれ一つしか見つかってないから、かなりまばらなんでしょう」

彼の眉間にまた皺が寄った。「どうしてチンプ？」

「何のこと？」

「どうして彼をチンプと呼ぶの？」

「〝彼〟じゃなく〝あれ〟ね」何かを人間化する第一歩は名前をつけることだから。

「調べてみたけど、〝チンパンジー〟の略語だよね。愚かな動物の」

「そうよ。ただ、チンパンジーはかなり頭がいいと思われていたけど」ちゃんと覚えている。

「でも、人間ほどじゃない。しゃべることもできなかった。チンプはしゃべれる。チンパンジーよりはるかに頭がいい。その呼び名は――侮辱だよ」

「どうして気にするの？」

彼はこっちを見つめるばかりだ。

わたしは両手を広げた。「確かに、チンパンジーとは違うわ。そう呼んでるのは、シナプスの数がだいたい同じだからよ」

「脳を小さく作っておいて、ずっと愚かだと文句を言ってるわけ？」

わたしは忍耐力が尽きかけていた。「何が言いたいのかはっきりさせないなら、無駄に二酸化炭素を吐き出すだけ――」

「どうしてもっと賢く作らなかったの？」

「なぜなら、自分自身よりも賢いシステムの行動は予測がつかないからよ。自分がいなくなったあとプロジェクトが軌道からはずれないようにしたいなら、独自の目的を抱くに決まってるものに手綱を握らせないことね」甘い煙を吐く主イエスよ、誰かが彼に必須多様性(アシュビー)の法則を教えておくべきだったのに。

「だからロボトミー手術をした」しばらくしてディクスが言った。

「いいえ。賢いものを愚かにしたんじゃなくて、最初から愚かに作ったの」

「でも、あなたが考えるより賢いかもしれない。あなたがさらにずっと賢くて、自分の目的を持ってるのなら、どうしてまだ彼が船を制御してるわけ？」

「うぬぼれないで」

「え？」

わたしは冷酷な笑みを垣間(かいま)見せた。「あなたはあなた自身よりもはるかに複雑な、いくつものほかのシステムの命令に従っているだけよ」あなたも彼らに手綱を握られている。死んでからもう宇宙的な時間を経ているのに、プロジェクト管理者たちはまだ糸を操りつづけている。

「ぼくは――ぼくが命令に――？」

「ごめんなさい」わたしは愚かな息子に甘い笑みを見せた。「あなたに話したんじゃないの。あなたの口から出る言葉を言わせている相手に向けた話よ」

ディクスの顔がわたしのパンティよりも白くなった。

まわりくどいことはやめにする。「どうなの、チンプ？　この操り人形に自室を侵略されて、わたしが気づかないとでも思った？」

「いや――これは――ぼくが」ディクスは口ごもった。「ぼくの言葉だ」

「チンプのコーチを受けてのね。〝ロボトミー手術〟が何だか知ってるの？」やれやれというようにかぶりを振る。「わたしたちが自分のインターフェースを焼き捨てたから、インターフェースがどう働くのか忘れてると思った？」戯画のようにゆっくりと、顔に驚きの表情が浮かぶ。「無理しなくていいわ。あなたはほかの構築も見てるから、知らなかったはずがない。船内リンクをシャットダウンしたことも知ってたはずよ。あなたのご主人様はそれをどうにもできない。あれにはわたしたちが必要だから。こんな現状を、あなたは〝和解〟と呼ぶのかもね」

大声を上げたりはしなかった。口調は氷のように冷たく、声には抑揚がない。それでもディクスは今にも平伏しそうだ。

これはチャンスだと思った。

声を少しだけやわらげ、穏やかに語りかける。「あなたにだってできるのよ。リンクを焼き捨てなさい。そうすればここに来てもいいわ。まだその気があれば。話を――するだけならね。でも、それを頭に入れたままではだめよ」

彼はパニックを起こしそうな顔になり、わたしは思いがけず胸が痛んだ。「無理だよ。ぼくが学んだことが、訓練や任務が……」

正直、どっちが話しているのかわからなかったので、両方に向けて答えた。「任務を果たす方法は一つじゃない。全部試してみるだけの時間もあるわ。自分だけになったらいつでもいらっしゃい」

両者がわたしに一歩近づいた。もう一歩。震える片手を伸ばそうとするかのように上げ、やや非対称の顔にはよくわからない表情が浮かんでいる。

「でも、ぼくはあなたの息子なのに」と両者が言う。

わたしは否定することさえしなかった。

「わたしの部屋(うち)から出ていって」


人間潜望鏡。トロイのディクス。なかなか新鮮だ。

前にチンプといっしょにやっていたときは、こんなに公然と侵入してくることはなかった。全員がアンデッドになるまで待ってからこちらの領域に入り込んできた。特注品のドローンが人間の目に触れることなく、構築と構築のあいだの長く暗い永劫(えいごう)をかけて作り出されるのを想像する。抽斗(ひきだし)の隙間を嗅ぎまわり、鏡の裏を覗(のぞ)き込み、隔壁をX線と超音波で探って、わたしたちが時を超えて互いに伝え合う秘密のメッセージはないかと〈エリオフォラ〉の霊廟(れいびょう)を辛抱強く一ミリ刻みで精査していくのだ。

証拠と呼べるほどのものはなかった。侵入を立証しようとワイヤーを張ったりしてみたものの、引っかかった形跡はなく、当然、何の意味もなかった。チンプは愚かかもしれないが抜け目なく、単純な力押しでも、百万年あればあらゆる手を試すことができる。塵や埃の一片まで記録し、口には出せない行動を調べ上げ、すべてを元どおりにしておくことも。

　わたしたちのほうも永劫の時を隔てて話をするほど愚かではなかった。暗号化した作戦書も、遠距離のラヴレターも、赤方偏移の中でとっくに失われた古代の見通しを語り合う葉書もなし。すべてを頭の中に留めて敵に見つからないようにしたのだ。暗黙のルールは、実際に顔を合わせる以外で話をしないこと。

　ばかげた、きりのないゲームだ。喧嘩をしていることさえ忘れてしまうこともある。不死の存在を目のあたりにした今となっては、あまりにもつまらないことに思えた。

　あなたには関係のないことだろう。不死であることなど、あなたたちがすでに到達したであろう高みからすれば旧聞にすぎないかもしれない。だがその高みは、いくつもの世界より長く生きているわたしにも想像がつかない。わたしには瞬間しかなかった。二、三百年の長さを、宇宙の寿命全体に点々と配分しているのだ。その一点は目撃できるし、人生をもっと薄く切れば十万年に一度にもできる――が、全体を見ることは決してできない。断片さえ難しいだろう。

　わたしの人生はいつか終わる。選ばなくてはならない。

　取引の真価が本当にわかるようになるころ――十回から十五回の構築を経験し、取引条件が単なる知識ではなく、癌のように骨身に食い込んでくると――誰もがしみったれになる。そうならざるを得ない。ぎりぎりまで切り詰めた覚醒時間のうちに構築をこなし、チンプに対する対抗措置を計画し、（まだ人間的な接触の必要を克服していなければ）セックスと添い寝で無限の闇に対する温かな哺乳動物的慰めをわずかばかり得るだけになる。そのあとは急いで霊廟に戻り、無限の宇宙における人間の生存時間をできるだけ節約しようとするのだ。

教育を受ける時間もあった。最高の穴居人学習テクノロジーのおかげで、百の博士号でも取れるだろう。わたしは洟も引っかけなかったが。どうしてわたしの命の蠟燭を、単なる事実の羅列のために燃やさなくてはならない？　終わりのない貴重な有限の人生を浪費しなくてはならない？　カシオペアの残骸をリングサイド席で見られるというのに、書物に没頭するなど愚かな話だ。もちろんその映像は人工的に着色されたものだけれど。

だが、今は。今は知りたい。深淵の彼方で叫んでいる、月ほどの質量の、太陽系くらい大きい、昆虫の翅のように薄く脆い存在のことが。その秘密を知るためなら、人生の幾分かを喜んで費やそう。どんなふうに機能するのか？　こんな絶対零度ぎりぎりの場所でどうやって生きていて、それどころか、ものを考えることさえできるのか？　どれほど底の知れない知性を持っていて、半光年以上先から接近してくるわれわれの目と観測装置の性質を推測し、こちらが感知できる、理解さえできる信号を送ってこられたのか？

われわれが光速の五分の一でそこに穴を穿ったら何が起きるのか？

ベッドに向かう途中で最新情報を呼び出したが、答えに変化はなかった。とくに何も起きない。相手はもうとっくに穴だらけだ。彗星や小惑星や原始惑星雲のがらくたが、ほかの星系と同じようにこの星系にも突っ込んでくる。赤外線領域を見れば、ゆっくりと放散する気体が作るポケットがあちこちにあるのがわかった。そこでは静かに広がる内部の真空が、もっときびしい外部に向かって漏れ出している。たとえわれわれが思考部分の中心を引き裂いたとしても、この巨大生命体は針で刺されたくらいにしか感じないだろう。今の速度はあまりにも大きすぎて、厚さ一ミリの膜を突き破っても、そのごく弱い慣性には何の影響も与えない。

それでもなお。止まれ。止まれ。止まれ。止まれ。

もちろん、わたしたちのことではない。構築しているもののことだ。ゲートの誕生は暴力的で苦痛に満ち、マイクロクエーサーに匹敵するガンマ線とX線を放出する時空レイプだった。ホワイト・ゾーンに入った肉体は、シールドされていようがいまいが、すべて瞬時に灰になる。われわれが絶対に速度を落として写真を撮ろうとしないのもそれが理由だ。

というか、理由の一つではある。

もちろん止まることなどできなかった。コース変更さえ、最小限の機動を除いて、選択肢にはならない。〈エリ〉は星々のあいだを鷲(わし)のように飛翔するが、その機動性は短距離を突っ走る豚のようなものだ。光速の二十パーセントで飛んでいると、針路を〇・一度変えただけで深刻な損傷をこうむる。〇・五度変えたら船体がばらばらになるだろう。進路は変更できても船の中心部のマイクロブラックホールは直進し続け、無造作に周囲の上部構造を引き裂いてしまう。

従順な時空特異点さえ、自分のやり方にはこだわりがある。あれは変化と相性がよくない。

次に復活したとき、島の口調は変化していた。

こちらのレーザーが先端部分に当たった瞬間、止まれ、止まれ、止まれと連呼するのをやめていたのだ。今はまったく別のことを繰り返している。いくつもの黒いハイフンが表面を流れ、色つきの矢印がまるで車軸に向かう輻のように、どこか画面の外にある焦点に向かって飛んでいく。その中心点は428の明るい背景からはるかに離れた位置にあって見えないが、右舷六光秒のところにあることは外挿計算で簡単に判明した。ほかにも何かがある。影だ。ほぼ円形で、輻の一本に沿って、糸に通されたビーズ玉のように滑っていく。それもまた右舷に向かって、島の間に合わせの画面上を移動していき、端に到達するとまた最初の座標に出現して、同じ動きを延々と繰り返した。

それが出現する座標は、われわれが現在の軌道で四カ月以内に膜を貫通する、まさにその位置にほかならなかった。薄目を開けた神は反対側で構築中のものを細大漏らさず見ることができるのだろう。形をなしはじめているホーキング・フープの巨大なトーラスの全貌を。

メッセージはあまりにも明白で、ディクスにさえ伝わっていた。「ゲートを移動させろと……」その声には困惑に似た何かが感じられた。「でも、ゲートを構築してるって、どうしてわかったんだ?」

「フォンの群れが途中で膜を貫通しています」チンプが指摘した。「それを感じ取ったのでしょう。あれは感光色素を持っています。視力があるものと考えられます」

「たぶんわたしたちより目がいいわ」ピンホール・カメラのような単純なものでも、三千万平方キロにわたってばらまけば、高い解像度が期待できる。

だが、ディクスは信じられないと言いたげに顔をしかめた。「フォンの群れがあちこちにぶつかるのを見てるわけか。まだ部品段階で――ろくに組み立てられてもいないのに、どうして〝ホットな〟ものを作ってるってわかったんだ？」

相手がとてもとても賢いからよ、愚かな子。だいたいあの、あの有機体――というのはあまりにも限定的な言葉に思える――が、個々の部品がどう組み合わさるかを想像し、こちらの棒と石を見て完成品を予想するのが、そんなに信じがたいことだろうか？

「たぶんゲートを見るのははじめてじゃないいんだ」ディクスが推測する。「このあたりに、ほかにもゲートがあるんじゃない？」

わたしは首を左右に振った。「それならもうレンズ構造物が見つかってるはずよ」

「前に出会ったことがあるの？」

「いいえ」何度も目覚めはしたが、わたしたちはずっと孤独だった。ただひたすら逃げていただけだ。

自分の子供たちからも。

わたしは数字をいくつか嚙（か）み砕いた。「受精まで百八十二日。今すぐ動き出せば、出産を数光分ずらすだけで新しい座標に修正できるわ。じゅうぶんに許容範囲内。当然、遅くなるほど角度は危険になる」

「それはできません」とチンプ。「二百万キロメートルほどゲートから離れてしまいます」

「ゲートを動かして。施設全体を動かすの。精錬所も、工場も、岩も。すぐに命令を出せば、毎秒二、三百メートルでじゅうぶんでしょう。構築を中断する必要もないわ。動かしながら続けられる」

「そのようなベクトルの一つひとつが、構築の入れ子になった信頼限界を拡大させることになります。その結果、エラーが発生する危険が許容限度以上に大きくなります。一方、メリットは何もありません」

「行く手に知的存在がいるという事実はどうなるの？」

「知的な異種生命体が存在する可能性は織り込み済みです」

「いいわ、第一に、それは〝可能性〟じゃない。間違いなくそこにいるの。このまま進めば衝突することになる」

「われわれは生命が存在する可能性のあるあらゆる天体から適切な距離を取った軌道を飛行しています。この宙域に宇宙航行技術が存在する証拠はありません。構築の現在位置はすべての生命保護基準に合致しています」

「それは基準を作った連中が、生きているダイソン球の存在を予想できなかったからよ！」何を言っても無駄だということはわかっていた。チンプは方程式を百万回でも解きつづけられるが、変数を代入する場所がなかったら何ができる？

かつて、事態がここまで醜くなる以前には、われわれにパラメータを変更して再プログラムする権限が与えられていた時期もあった。立案者が予期していたことの一つが叛乱(はんらん)だと判明する前の話だ。

別の手を試してみる。「あれが脅威となる可能性も考えないと」

「そのような証拠はありません」

「シナプスの推計値を見てみなさい！　あの代物はわたしたちを送り出した文明全体を何桁も上回る処理能力を持ってるわ。それほど賢くて長命な存在が、自衛することを学習しないと思う？　今はあれがゲートを移動するよう依頼してるものと推測してるけど、それが依頼じゃなくて要求だったら？　わたしたちに撤退のチャンスを与えて、従わないなら手を出そうとしてるんだとしたら？」

「あれに手はありませんよ」ディクスがタンクの反対側から言った。軽口を叩いたわけではなく、愚かにも本気で言っている。

わたしはできる限り平静な口調を保った。「手なんか必要ないのかもしれない」

「ぼくらを殺そうとしたって、何ができるんです？　武器もない。膜全面を制御することもできない。信号の伝播（でんぱ）に時間がかかりすぎるでしょう」

「わたしたちにはわからない。それが問題なの。そもそも見つけ出そうともしていない。わたしたちはただの道路工なの。現場に存在するのは、科学調査に強引に転用した無数の構築フォンだけ。基本的な物理パラメータは分析できても、あれがどんなふうに考えて、どんな天然の防御力を備えているかは――」

「それを知るのに何が必要ですか？」チンプの穏やかで理性的な声が尋ねる。

知ることはできないの！　叫び出したい気分だった。手もとにあるものがすべてなんだから！　現場のフォンが必要なものを作り出すころには、もう引き返せないところに到達してしまってる！　何てばかな機械なの、わたしたちは人類の歴史を全部合わせたよりも賢い存在を殺してしまうコース上にいるのに、ハイウェイをすぐ横の何もない空間に向けるつもりさえないってこと？

だがもちろん、それを言ってしまったら、島が生存するチャンスは〝低い〟から〝ゼロ〟に下がる。わたしは残った唯一の藁をつかんだ。すでにあるデータでもじゅうぶんかもしれない。手に入らないものは分析で何とかなるかもしれない。

「時間が必要だわ」

「もちろんです」チンプが答えた。「必要なだけ時間を使ってください」

チンプは相手を殺すだけでは満足しない。唾も吐きかけたいと思っている。

わたしの調査を補助するふりをしながら、チンプは島を〝脱構築〟し、ばらばらに解体して、手垢のついた地球の先例に当てはめようとしていた。百五十万ラドの放射線を吸収して繁栄しているバクテリアを引き合いに出して、高真空を笑いとばす。丸まって眠り込むことで絶対零度近くでも生き延びる、深海でも宇宙空間でも平然としている、何をしても死なない小さなクマムシの映像も見せられた。時間と、惑星を離れる機会さえあれば、このちっちゃい無脊椎動物がどれほど遠くまで行けるだろう？　元の世界が滅亡したあとも生き延びて、集団で群体を作るのではないだろうか？

何というたわごと。

わたしもできる限り学んできた。光と気体と電子を生体に変換する光合成の錬金術。風船をふくらませる太陽風の物理学。有機物を宇宙空間から漉し取る生命形態の代謝の下限も計算した。この生命体の思考速度に驚きもした。〈エリ〉の飛行速度にも匹敵し、哺乳類の神経信号よりも桁違いに速い。一種の生体超伝導だろう。この極寒の虚空で、冷えきった電子をほぼ無抵抗で走らせている。

わたしは表現形の柔軟さと適応力を学び、偶発的な進化により、異質な環境に置かれた生命体が元の環境では必要なかった新たな特色を獲得することを知った。天敵のいなかった生物が牙と鉤爪を獲得し、それを使う意志を備えるようになれるのもそのせいだ。島の命はわれわれを殺す能力にかかっている。何とかして島の脅威を見つけ出さなくてはならない。

だが、自分は失敗を運命づけられているのではないかという疑念は強くなるばかりだった——暴力というのが〝惑星的な〟現象だとわかってきたのだ。

惑星とは進化にとっての苛酷な親だ。地表そのものが戦いをうながすようにできている。厳重な防御が可能な場所に資源が集中し、そこをめぐって戦いが起きる。重力は血流と骨格を維持するためのエネルギー消費を強要し、生物をぺしゃんこに押しつぶそうと、サディスティックに四六時中見張りつづけている。一歩踏み間違えれば、少しでも高く跳びすぎれば、貴重な肉体構造は瞬時に破壊される。そんな賭けに勝ちつづけ、鈍重な装甲の歩く肉体を獲得して地上に這い上がったとしても――小惑星や彗星が天から降ってきて時計の針をゼロに戻すまで、どれだけの時間がある？　生きることは戦いであり、ゼロサム・ゲームこそ神が定めた法則で、競合相手を叩きつぶしてこそ未来が開けると、われわれが信じるようになるのも当然だろう？

宇宙空間のルールはまったく異なる。宇宙のほとんどは静謐だ。昼夜も季節もなく、氷河期も温暖化もなく、繰り返される寒暖差も、好天も荒天もない。前生命物質は豊富に存在する。彗星にも、小惑星にも、直径百光年の星雲にも。分子の雲が有機化学の光を放ち、生命を生み出す放射が降り注ぐ。宇宙塵の巨大な翼が赤外線を受けて温かくなり、無機物を漉し取り、星間の苗床を形成する。重力井戸の底から逃れてきた発育不全の難民はそれを〝致死的〟と呼ぶだろうが。

そこではダーウィンの法則は抽象概念であり、的はずれな代物だ。この島はわれわれが生命という機械について教えられてきたことすべてを嘘にする。恒星をエネルギー源とし、完全適応していて不死であり、生存競争に勝つ必要もない。捕食者が、競合相手が、寄生体がどこにいる？　428の周囲の生命はすべてが連続体であり、巨大な共生体なのだ。ここの自然は牙と鉤爪を赤く染めてはいない。ここの自然は助力する手だ。

暴力という能力を欠いたまま、島はどんな世界よりも長生きしてきた。テクノロジーに妨げられることなく、文明を超越した。島は測りきれないほどの知性を有し――

――それでいて温厚だった。そうならざるを得ないのだ。時が経つほど、わたしはその確信を深めた。敵なんてものを、どうして島が思いつくはずがある？

まだよくわからなかったころ、あれをどう呼んでいたかを思い返す。肉の風船。嚢胞。今になって考えれば冒瀆的といってもいいくらいだ。二度とそんな呼び方をするつもりはない。ただ、チンプがやり方を変えない限り、もっとぴったりの呼び名ができてしまう。轢死体。考えれば考えるほど、あの忌々しい機械が正しいと思えてくる。

島に自衛能力があるとしても、それがどんなものか、わたしには絶対に理解できない。

「〈エリオフォラ〉の建造は不可能だった。物理法則に反してたから」

わたしたちがいるのは腹部脊索のはずれにある共用アルコーヴだった。ライブラリでの作業の休憩中だ。わたしは第一原理から説明し直すことにしていた。ディクスはとまどいと不信の入り混じった目でわたしを見ている。無理もない。わたしの発言はあまりにばかげていて、否定するまでもないと思えたはずだ。

「本当よ。〈エリ〉ほどの質量の船が加速するには大量のエネルギーが必要になる。とくに相対論的速度では。恒星一個分くらいのエネルギー出力が要るでしょうね。昔の計算では、別の恒星に行こうとしたら、親指くらいの大きさの宇宙船じゃないと無理だってことだった。乗員はチップ上にダウンロードした仮想人格にする」

これはディクスにさえばかばかしすぎるようだった。「無理だよ。質量がなくちゃ、何かに向かって落下することもできない。〈エリ〉がそんなに小さかったらまったく役に立たないよ」

「でも、その質量をいっさい動かせないと考えてみて。ワームホールもヒッグス・コンジットもなくて、重力場を進行方向に投射する方法が何もない。質量の中心はただそこに、つまり、質量の中心にじっとしてるだけ」

ディクスの頭がぴくりと動いた。「あるじゃないか！」

「ええ、〈エリ〉にはね。でも、わたしたちは長いあいだ、そんなもの知らなかった」

彼の足が床をリズミカルに叩く。

「種の歴史はそうしたものよ。すべてを解明した、あらゆる謎を解いたと思ったとき、誰かがパラダイムに合致しないちょっとしたデータを発見する。そのひび割れを論文で隠そうとするたびに齟齬は大きくなり、気がついたときには世界観が根底から覆っている。そういうことが繰り返し起きるの。制約だったはずの質量が、ある日いきなり必要なものになる。わたしたちが知っていると思っていることは——変化するのよ、ディクス。こちらもそれに合わせて変化しなくてはならない」

「でも——」

「チンプは変化できない。従っているのは百億年前の規則で、想像力なんてものもない。誰が悪いわけでもなくて、長期間にわたる任務を安定させるのに、ほかにどうすればいいのかわからなかっただけよ。わたしたちが道をはずれないように、道からはずれられないものを作ったの。でも、ものごとが変化することもわかっていた。だからわたしたちがいるの、ディクス。チンプには対応できない事態に対応するために」

「異星人か」と、ディクス。

「異星人よ」

「チンプはうまく対応しているように見えるけど」

「どこが？　殺そうとしてるじゃない？」

「こちらの行く手に立ちふさがっているんだから、仕方ないだろ。脅威じゃないとしても――」

「脅威かどうかは関係ないの！　あれは生きていて、知性があって、それを殺す理由がただ単にどこかの異星人の版図の拡張だなんて――」

「人類の版図、ぼくたちの版図だ」ディクスの手の震えがいきなり止まり、彼は石像のようにしっかりとその場に立っていた。

わたしは鼻を鳴らした。「人類の何を知ってるっていうの？」

「ぼくもその一員だよ」

「あなたは三葉虫みたいなものよ。オンラインになったとき、ゲートからどんなものが出てくるか見たことがある？」

「ほとんどない」彼はしばらく記憶をたどった。「一度だけ、何隻か――宇宙船を見たと思うけど」

「わたしはもっとたくさん見てる。言っとくけど、かつてそれが人間の姿をしていたとしても、そんなの途中経過でしかないわ」

「でも――」

「ディクス――」わたしは大きく息をつき、話を元に戻した。「いいこと、あなたが悪いんじゃないの。あなたの情報源はレールからはずれられない愚者しかなかった。でも、わたしたちの仕事は人類のためでも、地球のためでもない。地球なんてもうないの、わかる？　わたしたちが出発してから十億年くらいで、太陽に黒焦げにされてしまった。わたしたちが奉仕してる相手は――それは決して話しかけてきたりしない」

「そうなの？　だったら、どうして仕事をしてるのさ？　さっさとやめてしまえばいいのに」

本当に何も知らないようだ。

「やってみたわ」

「それで？」

「チンプに生命維持装置を切られた」

今度ばかりは彼も言葉がなかった。

「あれは機械なの、ディクス。どうしてわからないの？　プログラムされていて、変化できないの」

「ぼくたちだって機械だろ。別の材料で作られてるだけで。ぼくたちは変化できる」

「そう？　前に見たとき、あなたはあれのおっぱいにしっかり吸いついて、大脳皮質リンクを切ることさえできなかった」

「そうやって学んできたんだ。変える理由なんてない」

「ときどき〝人間〟みたいに振る舞ってみたらどう？　次に船外活動に出たときにあなたの惨

めな命を救ってくれるかもしれない人たちと、ちょっと共感を育んでみたり？　あなたにとってじゅうぶんな理由になる？　わたしが戦術タンクを放り投げられないのと同じくらい、今のあなたは信用できない。正直、こうして話している相手が誰なのかさえ確信がないわ」

「ぼくが悪いんじゃない」恐怖、混乱、単純な計算といったいつもの表情以外のものが、はじめてその顔をよぎるのが見えた。「あなただ。全部あなたのせいだ。あなたの話は――道をはずれる。考え方も道をはずれる。あなたたちはみんなそうで、それがつらいんだ」表情がどこか硬くなった。「このことであなたをオンラインにする必要はなかった」うめくような声だ。

「いらなかったのに。ぼくだけで全部構築できたのに。チンプもぼくならできるって――」

「でも、チンプはわたしを起こすべきだと考えて、あなたはいつもチンプの言いなりだった。そうじゃない？　なぜなら、チンプはつねに事情をいちばんよく知っていて、つまりあなたのボスであり、くそったれな神だったから。おかげでわたしは寝床から起き出して、鼻面を引きまわされないと声もかけられないイディオ・サヴァンの面倒を見なくちゃならなかった」頭の奥で何かがかちっと音を立てたが、わたしはしゃべりつづけた。「本物のお手本が欲しい？　仰ぎ見る対象が欲しい？　チンプなんか忘れなさい。任務も忘れて、前方スコープを覗くのよ。どうしてそうしないの？　たまたま行く手にいたからって理由で、あなたの大事なチンプが轢き殺そうとしてるものを見るの。あれはわたしたちの誰よりも優れてる。頭がよくて、平和的で、何の害意も持ってない――」

「どうしてそんなことがわかるのさ？　わかるはずがない！」

「ええ、あなたにはね。発育不全だから。普通の穴居人なら誰でも、見た瞬間にわかるわ。でもあなたは――」

「ばかげてるよ」ディクスは反抗した。「あなたはおかしい。悪いやつだ」

「わたしは悪いやつよ！」どこか遠くにあるわたしの一部が、自分の声にうわずったきしみを聞き取った。ヒステリー一歩手前だ。

「任務のためだよ」ディクスはわたしに背を向け、歩み去った。

両手に痛みを感じ、驚いて目を落とす。見るとわたしは両手をきつく握りしめ、爪が掌（てのひら）に食い込んでいた。手を開くには相当な苦労が必要だった。

この感覚には覚えがある気がする。以前はいつもこんなふうに感じていた。まだすべてに意味があった時代の話だ。やがて情熱は冷めて儀式だけが残り、怒りは冷えて軽蔑だけが残り、永遠の戦士サンデイ・アーズムンディンは山ほどの侮辱を発育不全の子供たちにぶつけることで妥協するようになった。

あのころのわれわれは光り輝いていた。この船には今も焼け焦げて居住不可能な区画がある。この感覚には覚えがあった。

目覚めているという感覚だ。

わたしは目覚めていて、孤独で、阿呆どもに数で圧倒されているため気分が悪かった。規則があり、リスクもある。気まぐれで死者を起こすことはない。だが、それでもくそくらえ。わたしは応援を呼ぼうとした。

ディクスにはほかにも親がいるはずだ。少なくとも父親が。彼のY染色体はわたし由来ではない。自分自身の不安は呑み込んで、マニフェストを確認する。遺伝子シーケンスを呼び出し、クロス・チェックする。

はん。ほかの親は一人だけ。カイだ。ただの偶然なのか、チンプが白鳥座リフトにおけるわたしたちの激しくも小さな性交祭からあまりにも多くの結論を導き出しすぎたのか。どうでもいい。あの子はわたしの息子であるのと同様、あなたの息子でもあるのよ、カイ。起きてくる潮時だから、そろそろ――

ああ、くそ。何てこと。やめて。

(規則があり、リスクもある)

三回前の構築だったと記載されていた。カイとコニー。二人とも。エアロックの一つが故障し、もう一つは〈エリ〉の船体のずっと遠くにあって、二人は懸命にそのあいだを這い進んだ。何とか船内には戻れたものの、そのときにはもう青方偏移した背景放射が宇宙服の中の二人を焼き上げていた。彼らはその後も何時間か呼吸を続け、生きている者のようにしゃべったり動いたり叫んだりしていたが、その内部は崩壊し、出血していた。

そのシフトではほかに二人が目覚めていて、凄惨(せいさん)な遺体を処理した。イシュマエルと――

「あの、だから――」

「くそ野郎!」わたしは跳び上がり、息子の顔を殴りつけた。十秒間の心痛と一千万年の否認が鳴り響いた。唇の奥で息子の歯がずれるのを感じる。彼は後退し、目を望遠鏡のように丸くしていた。口から血が流れる。

「だから、戻ってきていいって――！」彼は甲高い声を上げ、隔壁に沿って後退を続けた。

「あなたの父親だったのよ！　その場にいて、知ってたくせに！　目の前で死んだっていうのに、わたしに話そうともしなかった！」

「ぼく――ぼくは――」

「どうして言わなかったの、間抜け？　チンプが嘘をつけって言ったんでしょ、違う？　あなたは――」

「知ってると思ったんだ！」彼は叫んだ。「どうして知ろうとしなかったのさ？」

怒りは亀裂から噴出する空気のように消え去った。わたしはぐったりと疑似ポッドに寄りかかり、両手に顔を埋めた。

「そこのログに書いてある」ディクスが情けない声で言った。「何もかも。誰も隠してなんかいない。どうして知らなかったの？」

「知ってるべきだったわ」ぼんやりと認める。「あるいはわたし――結局……」

結局、知らなかったのだ。驚くことではない。本気では。心の奥では。わたしは単に――目を背けたのだ。しばらくしてから。

規則がある。

「尋ねられたこともなかった」息子が静かに指摘する。「みんなどうしているかって」

目を上げるとディクスが部屋の奥の壁に貼りついたまま、目を丸くしてこちらを見ていた。怯えきっていて、わたしの横をすり抜けてドアに向かうこともできないらしい。「ここで何をしてるの？」わたしは疲れた口調で尋ねた。

彼の声は喉でつかえて出てこない。二度めでようやくこう言った。「リンクを焼き捨てたらここに来てもいいって……」

「リンクを焼き捨てたのね」

彼は息を呑み、うなずいた。手の甲で口の血を拭う。

「チンプは何て言ってた？」

「彼は――あれはそれで構わないって」見え透いた策略だ。彼が本当に自分の考えでやっているとわたしに信じさせたいのだろう。

「つまり許可を求めたのね」彼はうなずく様子を見せたが、表情を見れば明らかだった。「ばかにしないで、ディクス」

「彼が――提案したんだ」

「でしょうね」

「話し合えるようにって」と付け加える。

「何を話し合いたいの？」

彼は床に目を落とし、肩をすくめた。

わたしは立ち上がり、近づいた。ディクスが緊張したので、首を左右に振り、両手を広げる。

「いいのよ。いいの」壁に背中を預け、そのまま彼の横に座り込む。

しばらくは二人でそうして座っていた。

「ずいぶん長かったわね」やがてわたしはそう言った。

わけがわからないという顔で彼がこちらを見る。この場所で〝長かった〟とは何を意味するだろうか。

あらためて言いなおす。「利他主義など存在しないって話は知ってる?」

一瞬、彼の目がうつろになり、すぐにパニックの色があらわれた。〝利他主義〟という言葉の定義を知るためリンクに接続しようとし、何も返ってこなかったのだろう。ここにいるのは二人だけだ。「利他主義というのは、自分勝手じゃないこと。自分の負担になることをして、他人を助けることよ」どうやら理解したようだ。「無私の行いが最終的には相手の支配や血縁選択や相互利益なんかにつながるというけど、それは間違い。わたしなら――」

目を閉じる。これは思った以上に難しい。

「わたしなら、カイが元気でコニーが幸せだと知るだけで満足したでしょうね。自分に何の利益がなくても、負担になっても、たとえ二人と再会するチャンスが二度となくても。二人がだいじょうぶだとわかるなら、ほとんどどんな対価を支払ってもいい。

そう信じられるだけで……」

過去五回の構築でコニーには会えなかった。カイは射手座以後、わたしと一緒のシフトにはならなかった。二人は眠っているだけ。たぶん次の機会には会える。

「だからチェックしなかったんだ」ディクスがのろのろと言う。下唇に血がにじんでいるが、気づいていないらしい。

「みんなそうよ」今回、わたしはチェックした。二人はもういない。チンプがリサイクルして、この欠陥だらけの適応不良のくそ息子に使ったヌクレオチド以外。わたしたちは千光年以内で二人だけの温血動物なのに、わたしはとても孤独だ。

「ごめんなさい」わたしはささやき、身を乗り出して、彼の唇の血を舐め取った。


地球には——まだ地球が存在していたころには——猫と呼ばれる小動物がいた。わたしもしばらく飼ったことがあり、その猫が眠っているのを何時間も眺めたものだ。猫は睡眠中の脳が描き出す風景の中で想像上の獲物を追いかけて、前足や髭をぴくぴくと動かしていた。

チンプが夢の中に忍び込んできているときの息子もそれとよく似ていた。

この表現は比喩というより事実に近い。ワイヤレス接続が焼き捨てられたため、ケーブルが寄生虫のように彼の頭の中に入り込み、昔ながらの光ファイバーで情報を注ぎ込むのだ。強制入力といっていい。毒はディクスの頭から抜け出るのではなく、流れ込んでいく。

ここに来るべきではなかった。プライバシーの侵害に対する癇癪を、ついさっき（ほんの十二光日。すべては相対的だ）放棄したばかりじゃなかったの？　だが、このディクスの部屋には侵害されるようなプライバシーがほとんど存在しなかった。壁には何の装飾もなく、置物や趣味の品もなく、頭にかぶるコンソールもない。すべての部屋に常備されているセックス玩具は使われないまま棚に置かれていた。最近の経験がなかったら、性欲のない人間だと思っていただろう。

わたしは何をしている？　これは一種の歪んだ母性本能、更新世(こうしんせい)の母性サブルーチンの痕跡(こんせき)表現なのだろうか？　まるでロボットのように、脳幹(のうかん)の命じるままに、子供を守ろうとここに来たのか？

伴侶(はんりょ)を守ろうと？

愛人(ラヴァー)だろうと幼生(ラーヴァ)だろうと、どっちでもいい。彼の私室はほとんど空っぽで、ディクスらしさは見当たらなかった。見捨てられた肉体が疑似ポッドの中に横たわり、指を痙攣(けいれん)させ、閉じた瞼の下で眼球を動かし、今彼の心が存在するどこかの状況に反応しているだけだ。

わたしがここにいることは知られていない。監視の目は十億年前に焼き切ってしまったので、チンプにもわからない。息子もわたしがここにいることを知らない。なぜなら——つまり、彼の場合、今ここにいないからだ。

あなたをどうすればいいの、ディクス？　何もかも意味をなさない。あなたの身振りさえ培養槽の中で身につけたものみたいに思える——でも、わたしはあなたがはじめて見た人たちから遠く隔たっている。あなたはいい人たちの中で育った。わたしが知っている、信頼している——していた——人たちのあいだで。それなのに、なぜ反対側に行ってしまったの？　どうして彼らはあなたを引き止められなかったの？

どうして彼らは警告してくれなかったの？

そう、規則はある。長い死の夜のあいだに敵が偵察に来る懸念があり、そのほかの——脅威もある。だが、これは前代未聞だった。もちろん、誰かが何かを残している可能性はあった。あまりにも巧妙に隠されていて、単純な者には解読できないような……

わたしは何度も通信を傍受して、あなたが何を見ているのか覗き見ようと考えた。もちろん、そんなリスクは冒せない。基本転送速度以外の何かをサンプル採取したら、すぐに気づかれてしまう——

——ちょっと待った——

あの転送速度はひどく遅かった。触覚情報や嗅覚情報どころか、高精細映像程度を送るにも足りないだろう。ワイヤーフレーム画像のやり取りがせいぜいだ。

それでもなお、その様子を見て。指が、眼球が——鼠とアップルパイの夢を見ている猫のよう。とっくになくなった地球の海や山の姿を録画で見ていたわたしのようでもある。過去に生きるのは現在で死ぬ方法の一つにすぎないと理解する前のわたしだ。転送速度を見ると、これはせいぜいテストパターンでしかない。なのに肉体は別世界に完全に没入していることを示している。あの機械はどうやって、そんな薄い粥をご馳走だと信じ込ませたの？

そもそもどうしてそんなことをしたのだろう？　データは触って味わって聞こえるほうが、よりよく把握される。人間の脳は曲線と散布図だけのデータよりも豊かなニュアンスを備えたデータを処理するように作られている。どれほど無味乾燥なブリーフィングでも、これよりはましだろう。油絵の具とホログラムが使えるのに、どうして指一本の線描を選択する必要がある？

何かを簡素化するのは何のため？　変数を減らすため。管理しきれないものを管理するため。カイとコニー。そこにはもつれ合って管理しきれないデータセットが二つあった。事故以前は。シナリオが簡素化される以前は。

誰かがあなたのことを警告してくれるべきだったはずよ、ディクス。

たぶん誰かがそうしようとしたのだ。

結果、息子は巣を離れ、カブトムシの甲羅に入って査察に出ることになった。一人ではない。チンプのテレオペの一つが〈エリ〉の船体から同行し、彼が足を滑らせて星々の過去の中へと落下しないよう見守ることになる。

たぶん単なる訓練以上のものにはならないだろう。このシナリオ――制御システムの壊滅的な故障、チンプとそのバックアップはオフラインになり、全メンテナンス作業が突然、血肉でできた肉体の肩にのしかかる――自体が、起きるはずのない危機の舞台稽古だ。だが、どんなにありそうにないシナリオも、宇宙の生涯という時間の中では必然に近づく。だから動きをおさらいし、練習を重ねる。息を詰め、外に身をさらす。制限時間は厳密だ。防護していても、この速度で青方偏移する背景放射の中を飛んでいれば数時間で焼き上げられてしまう。

わたしが最後に自分の宇宙服を使ったあと、いくつもの世界が生きて死ぬほどの時間が過ぎた。「チンプ」

「いつもどおりここにいます、サンデイ」滑らかで親しげな口調だ。経験を積んだサイコパスの気軽なリズム。

「あなたがしてることはわかってるわ」

「意味がわかりません」

「何が進行してるかわたしにわからないとでも？　あなたは次の世代を構築してる。旧世代の保護者に幻滅しすぎて、昔を知らない者たちを一から作りなおそうとしてる。あなたが、いわば簡素化した者たちを」

チンプは何も言わない。ドローンのカメラはディクスが玄武岩と金属の合成素材の原野を這い進む様子を映している。

「でも、あなたに人間の子供は育てられない。あなただけでは」育てようとしてみたことはわかっていた。ディクスの十代中盤以前の記録は乗員マニフェストのどこにも見当たらない。ある日突然あらわれて、誰もそのことを気にしていない。なぜなら、誰もいなかったから……「それでどうなったか見てみなさい。ｉｆ／ｔｈｅｎ条件にはとてもよく対応できる。複雑な計算にもｄｏ／ｌｏｏｐ条件にもへこたれない。でも、自分では何も考えられない。ごく簡単な直感的飛躍さえできないわ。要するにあなたは――」読書がまだ貴重な人生のくだらない浪費には思えなかった時代の、地球の伝説を思い出す。「――人間の子供を育てようとした狼なのよ。両手両膝で歩きまわることや群れの力学を教えることはできても、後足だけで歩くことも、しゃべることも、人間らしくあることも教えられない。なぜなら、チンプ、あなたはどうしようもなく愚かだから。そしてとうとう自分でもその事実を認識した。だからあの子をわたしに押しつけたのね。あなたのために、しつけなおしてもらえると思って」

息を吸い込み、思いきって切り出す。

「でも、わたしにとってあの子はなにものでもない。わかる？　ゼロ以下の、むしろ重荷だわ。スパイで、酸素の無駄。わたしがあの子を外に追い出して、放射線で焼き上げさせるべきじゃないって理由があるなら挙げてみて」

「あなたは彼の母親です」チンプが答える。血縁選択については読んで知っているが、あまりに愚かなのでニュアンスがとらえられないのだ。

「ばかじゃないの」

「あなたは彼を愛しています」

「いいえ」胸に氷のような冷たい塊が生じた。言葉が勝手に口をついて出る。熟慮の末の、抑揚のない言葉だ。「わたしは誰も愛せないの、能なし機械。だからここにいる。終わりのない貴重な任務を、紐帯が必要なちっちゃなガラスの人形に任せるはずがある？」

「あなたは彼を愛しています」

「いつでも殺せるわ。あなたがゲートを動かさなかったら、実際そうするつもり」

「わたしが止めます」チンプが穏やかに言う。

「簡単なことでしょ。ゲートさえ動かせば、わたしたちどちらも望むものが得られる。もちろん妥協を拒んで、あなたが主張する母性と、あのくそ野郎の首をへし折ってやるってわたしの決意を、何とか調和させようとすることもできる。旅路はまだまだ長いわ、チンプ。わたしがカイやコニーみたいに簡単に方程式から排除できないことはわかってるはずよ」

「任務を中断することはできません」ほとんど優しいとさえいえる声だ。「一度試してみたはずです」

「これは任務を中断するなんて話じゃないわ。少し遅れるだけよ。最適化シナリオは引っ込めるのね。今、ゲートの構築を完遂する方法は、島を救うか、あなたのプロトタイプを殺すかの二つに一つよ。次はあなたの手番」

　費用対効果はごく単純だ。チンプはすぐにも計算できたはずだが、やはり黙ったままだった。沈黙が長引く。たぶん何か別の方法を模索しているのだろう。応急の対処法を探しているのだ。シナリオの前提自体を再検討し、わたしが本気なのか、本に書いてあった母性愛の話は見当違いだったのかを確かめている。過去の家族内殺人の発生率も調べて、抜け穴を探しているに違いない。わたしの知る限り、一つだけ抜け穴がある。だが、チンプはわたしではない。単純なシステムが自分より高度なシステムの考えを予想しようとしている。そこにわたしの強みがあった。

「わたしに感謝すべきです」とうとうチンプが言った。

　わたしは噴き出しそうになった。「何ですって？」

「あなたがディクソンを殺すと言っていることを、本人に伝えてもいいんですよ」

「続けて」

「彼に知られたくはないでしょう」

「知られても気にしないわ。何なの、知られたら向こうが先に殺しにくるってこと？　それとも彼の愛を失うから？」〝愛〟という言葉を引き伸ばし、いかにばかげているかを強調する。

「信頼を失います。ここでは相互の信頼が大切なはずです」

「ああ、なるほど、信頼か。この任務の基本だったわね」

チンプは何も言わない。

「その議論に乗ってあげるわ」わたしはしばらくしてからそう言った。「で、わたしは何に感謝することになるのかしら？」

「好意です」とチンプ。「将来における」

息子は何も知らずに星々のあいだで命を賭け代(しろ)にされていた。

わたしとディクスは眠りに就いた。チンプはしぶしぶながら、無数の細かな軌道修正をおこなった。わたしは二週間おきに目覚ましをセットし、蠟燭をさらに少しだけ燃やして、敵が別の誰かを利用しようとする場合に備えた。ただ、今のところチンプは行動を慎んでいるようだ。DHF428は目覚めるたびにストップモーションで大きくなり、まるで無限に続く糸に通したビーズのようだ。工場フロアは視野の中で右舷に傾いている。精製所と貯蔵所とナノ組立プラントにはフォン・ノイマンがあふれ、自己複製と共食いとリサイクルによって、シールドや回路、タグボートやスペアパーツを作り出していた。最先端のクロマニョン人テクノロジーが、まるで装甲をまとった癌細胞のように、宇宙の彼方で突然変異と転移を繰り返しているのだ。

〝それ〟と〝われわれ〟のあいだにはカーテンのような、虹色にちらつく生命体がいた。脆くて、不死で、考えられないほど異質な存在だ。わたしの種族が成し遂げてきたあらゆるものを、それが存在するという事実そのもので泥と糞に変えてしまう。わたしは神々も、普遍的な善も、絶対的な悪も信じたことがない。役に立つものと立たないものがあるだけだと思っている。それ以外はすべて煙と鏡、文句の多いわたしのような者をうまく利用するためのトリックにすぎない。

だが、わたしは島を信じている。信じなくても構わないからだ。島は他者から信じられることを必要としていない。ただ前方に立ちはだかり、その存在そのものが経験的な事実だ。わたしにはその心も、起源や進化の詳細もわからない。わかるのはただ、それが巨大で、気持ちをひるませ、完全に非人間的で、人類よりも、人類がなってきたどんなものよりも優れていること、いや、いや、としかできないという点だけだ。

わたしは島を信じている。その生命を救うため、自分の息子さえ賭けたのだ。その死に報復するためなら息子を殺すことも厭わない。

今もそのつもりだ。

数百万年という無駄な時間が過ぎたあと、ようやく意味のある何かに出会ったのだ。

最終アプローチ。

十字線の中に十字線が次々と表示される。標的を中心にとらえてどこまでも後退していく、目の眩むような映像だ。点火までほんの数分の今でさえ、生まれようとしているゲートは距離のせいでほとんど見えない。肉眼では目的地を瞬間的にとらえることもできなかった。針の動きが速すぎて、気づいたときはもう後方に遠ざかっている。

ああ、もしもコース修正が髪の毛一筋ほど――一兆キロの曲線から千メートルほど――でもずれていたら、われわれは死んでいるだろう。自覚さえできないうちに。

計器は正確に目的地に向かっていることを示している。チンプも正確に目的地に向かっていると報告していた。〈エリオフォラ〉は魔法のように移動した自身の質量に引かれて、虚無の中を前方に向かって無限に落下していく。

わたしはドローンの目がとらえた進行方向の映像に顔を向けた。それは歴史を覗く窓――今でもまだ数分のタイムラグがある――だが、過去と現在は一標準秒ごとに接近し、収斂しようとしていた。新たに作り出されたゲートは暗く不気味に星々を覆い隠し、現実そのものを呑み込む大きな口を開いていく。フォンと精錬所と組立ラインが垂直の列になってその脇に並んでいた。仕事を終え、利用価値がなくなり、副次効果としての絶滅が目前に迫っている。わたしはなぜか彼らに同情を覚えた。いつもそうだ。かき集めていっしょに連れていき、次の構築に再投入できればいいのだが――ここにも経済法則があり、使い捨てにするほうが安上がりとされる。

チンプは誰もが思いもよらないほど経済法則を重視していた。

とにかく島を救えたのだ。もうしばらくここに留まれたらよかったのだが。真に異質な知性とのファースト・コンタクトなのだ。どんな有益なやり取りができるだろう？　あの停止信号。命乞(いのちご)いをしていないとき、島はどんな生活をしているのか？

　ぜひ尋ねてみたかった。タイムラグが巨大な障壁からただの不都合程度にまで短くなったら、自分で近づいてみることも考えた。片言でいいから、全人類を合わせたよりも大きな精神が考える真理と哲学に触れてみたかった。何と子供じみた空想だろう。島はわたしの肉体を形成しているグロテスクなダーウィン主義的過程をはるかに超越した存在だ。ここに霊的交流や心の触れ合いは存在し得ない。天使は蟻(あり)に話しかけたりしない。

　点火まで三分を切った。トンネルのはずれに光が見える。〈エリ〉の副次的タイムマシンはもうほとんど過去を見ておらず、わたしは〝当時〟が〝今〟に追いつくまでの数秒間、ほぼずっと息を詰めていた。標的はとらえたままだ。すべての計器がそう主張している。

　戦術タンクのブザーが鳴った。「信号を受信」とディクスが報告する。確かに。タンクの中央で恒星がふたたび揺らいでいる。心臓が跳ね上がった。では、天使が話しかけてきたのか？ありがとう、とか？　熱的死を避ける方法を教えてくれる？　しかし——

「真正面に島がいます」ディクスがつぶやき、わたしははっとして言葉を失った。

　二分前。

「何かの計算ミスです」とディクス。「ゲートがじゅうぶんに移動してないみたいです」

「いいえ、してるわ」ゲートは間違いなく、島が指示したとおりの位置に移動していた。

「でも、真正面です！　あの恒星が！」

「信号を見て」

それはここ三兆キロにわたって追っていた精密な信号とは似ても似つかなかった。言うなれば——ある種ランダムなのだ。いかにも急ごしらえの、パニックじみた信号だ。不意をつかれて残り時間はあと数秒といった感じの、驚愕の叫びのようだった。そのドットと渦のパターンははじめて見るものだったが、意味ははっきりとわかった。

止まれ。止まれ。止まれ。止まれ。

船は止まらなかった。わずかに減速させることができる程度の力さえ、この宇宙には存在しない。過去と現在が合致した。〈エリオフォラ〉が一ナノ秒でゲートの中心を通過する。その冷たく黒い心臓部の想像もできない質量がどこか遠くの次元をつかみ、悲鳴を上げながら〝今ここ〟に引き寄せる。作動したポータルが背後で爆発し、まばゆい巨大なコロナを花開かせ、あらゆる生命を死滅させる放射をあらゆる波長で発散する。船の後部フィルターは全力を上げていた。

すべてを焼きつくす波頭が闇の中を追いかけてくる。過去に千回もあったことだ。いつものように、産みの苦しみはやがて鎮まるだろう。ワームホールには首輪がつけられ、もしかするとだが、船はまだ新たな超越的な怪物が魔法の戸口から出てくるのを瞥見できるくらい近くにいるかもしれない。

あとに残してきた死骸に、あなたたちが気づいてくれるといいのだが。

「何かを見落としていたんです」ディクスが言った。

「ほとんど何もかも見落としてたわ」わたしはそう答えた。

ＤＨＦ４２８は後方で赤方偏移している。後方映像にはレンズ構造物がウィンクしているのが見えた。ゲートはすでに安定し、ワームホールはオンラインになり、光と空間と時間を虹色の泡にして巨大な金属の口から吐き出している。わたしたちはつねに肩越しに振り返りながら、ようやくレイリー限界を通過した。ここを過ぎればもう影響はない。

ただ、今のところ、何も起きてはいなかった。

「数値が間違っていたのかもしれません。何かミスをしたのかも」とディクス。

数値は正しかった。一時間おきにチェックしていたのだ。単に島には――敵がいたのだと思う。少なくとも獲物が。

ただ、わたしの推測も一つは当たっていた。あいつは頭が切れる。船が接近してくるのを見て、どうやって話をするか考え、わたしたちを武器として利用した。自分自身の存在に対する脅威を、いわば……

蠅叩き(はえたた)きにした、というのがいちばん適切な表現だろう。

「戦争をしてるのかもしれないわ。それとも領土を手に入れたかったか、もしかすると――家族間の争いかも」

「知らなかったのかもしれない」とディクス。「その座標には何もないと思ってたんじゃないかな」

よくそんなふうに思えるわね。そもそもどうしてあなたが島をかばうの？　そう考えたとき、ふと頭に浮かんだことがあった。彼が気にしているのは島のことじゃない。前からそうだった。今の都合のいい説明も、自分のために考えたわけではない。

息子はわたしを慰めようとしたのだ。

ただ、慰めは必要なかった。わたしがばかだったのだ。対立のない世界、罪のない生き方を夢想するなんて。わずかのあいだ、わたしは他者を利用しない無私な生命の世界、あらゆる生き物がほかの生命を犠牲にして生き延びる生存競争が存在しない世界に生きていた。理解できないものを神格化したものの、結局、それはあまりにも理解しやすいものだった。

もうそんなことはしない。

終わったことだ。次の構築、次のベンチマーク、かけがえのない人生の次の一断片も、任務を完了に近づけることなどできない。どれだけ成功したかは関係ないのだ。どれだけうまく仕事をこなしたかも。〝任務完了〟というのは、〈エリオフォラ〉においては無意味な言葉、せいぜいが皮肉な矛盾語法でしかない。いつか失敗に終わることはあるかもしれないが、ゴールは存在しない。われわれは無限に進みつづけ、宇宙を蟻のように這い進み、うしろに忌々しいスーパーハイウェイを引きずっていく。

わたしが学ぶことはまだまだ多い。

少なくとも、それを教えてくれる息子がここにいる。

解説

高島雄哉（たかしまゆうや）

ピーター・ワッツは『エコープラクシア 反響動作』の参考文献の項において、〈デジタル物理学〉に触れている。
デジタル物理学とは「宇宙を、その宇宙内部の森羅万象（しんらばんしょう）を計算し続ける一つのデジタルコンピュータと捉える世界観、物理像」とまとめることができる。世界を巨大な機械とし、現象を機械の動作と見なす〈機械論〉の一種と言ってもいいのだが、機械論の「機械」にはおよそ知性は存在しない一方で、デジタル物理学の「デジタル」すなわちコンピュータには、もしかするといくばくかの知性があるかもしれないということは指摘しておこう。そしてさらには意識も——？

知性が知性について書く。自分よりも上位の、しかも異なる知性について……。知性にそのようなことが可能なのか。

ワッツは本書収録の作品群において、一貫して知性／意識を描き出そうとしているのだが、その描き方は、作品ごとにすべて異なっている。複数の方向から漸近するしか特異点は見えてこないと主張するかのように。

冒頭の傑作「天使」におけるワッツの意図は明快だ。視点を無人兵器に搭載されたＡＩにすることで、プログラムから知性が立ち現れる、その瞬間を描き出す。

以降の作品においても、様々なものから知性／意識がホログラムのように、あるいはゴーストのように浮き上がる。

もし彼のテキストのなかに知性／意識のゴーストを感じたのなら、それは——テキストは機械ですらないのだから——読み手の側に知性／意識が備わっているからだ。ほとんど心霊写真のような描写と言ってもいいだろう。

もちろんワッツはオカルトめいたものをまるで信じていない。宗教も、そして科学も。海洋生物学者でもある彼は、科学という「機械」の不確かさを確信しているのだ。

そのうえで彼は小説に最先端の科学的知見を積極的に取り込んでいく。それは現代ＳＦ作家としては当然の振る舞いだと言えるだろう。しかしながら彼にとって事態はより深刻だ。その最先端こそ、彼自身のテーマである知性が最も濃く、最も典型的に現れる場なのだから。最先端において、科学はしばしば間違う。科学者それぞれの思い込みやひらめきが強く現れる。無数の仮説や予想が、理論として確立されることなく乱立する事態は、知性がもつ多様性や不確定性を示すものだ。

ワッツは〈降霊術〉とでも呼ぶべき様々な知性描写によってゴーストを現出させていく。科学と宗教を衝突させ、二つの領域の差異を顕わにすることで、その接触面からはゴーストが現れる。あるいは精緻な科学描写から、日常言語にはない美と共に、ゴーストは立ち現れる。そしてもう一つの降霊術――ワッツが揺るがせようとするのは、ぼくたちの小説的常識だ。ぼくたちは小説を読むとき、ほとんど無意識的に、登場人物たちには意識があり、自分たちと同様の知性が備わっていると考えている。また基本的に視点は人間のそれだと思って読み進める。これらは小説の文章中には書かれていない暗黙の規則であり、人間同士の勝手な思い込みの結果だと言ってもいい。

ワッツはこうした曖昧な事態につけこむかのように、視点をAIや異星生命体にして――それはSF小説の本質的な技術だけれど――ぼくたちに知性の不確かさを、つまりは知性を思い出させる。

ところでワッツにはアニメーションやゲームの脚本執筆やコンサルタントの経験もある。私事ながらぼくも小説執筆とSF考証をしており、作品作りを通して小説以外の媒体におけるSF観に日々触れている。異分野での仕事がワッツの小説執筆に大きな刺激となったのは想像に難くない。

ぼくがSF作家兼SF考証として、アニメやゲームの制作に参加し始めてまもないころ、その分野のプロたちと話しているときに、奇妙な――違和感というほどではない――揺らめきを感じた。

その原因について、今では多くの部分が言語化できる。

アニメやゲームでは、メディアの特性に応じて、それぞれ小説とは似て非なるＳＦが作られているのだ。それは単純に言って、アニメでは数秒で視覚的に理解されるＳＦが求められるのであり、ゲームではプレイに直接関係するＳＦが望まれる、ということに由来する。小説にも視覚性や操作性はあるものの、アニメやゲームほどではないのは明らかだ。

あれはぼくにとって新鮮なファーストコンタクトであったし、ワッツにとっても同様だったろう。ＳＦという共通言語空間における、異なる——似て非なる——知性との相互作用だったのだ。


ワッツは、そうした異分野の知性の存在を大いに認めつつも、互いの知性の違うところの面白さを引き出すことにはほとんど興味がないように見える。彼の思考はそのもっと先——知性のかたちが違うということは、知性には何らかの絶対的な由来や必然性があるわけではない、意識はたまたま発生した偶然の産物、ゴーストのような揺らめきにすぎない、という透徹した視点にまで至る。

徹底して、安易なヒューマニズムを否定し続ける果てに、ワッツは何を見出すのだろうか。

ここで確認しておくと、ワッツはデジタル物理学という、ほとんど機械論的な世界観に親近感を持っているのだった。彼は自由意志なんて信じていない。と同時に、自由意志があると感じている事実は、もちろん受け入れている。とはいえ、なぜ脳は意識があると感じさせるのか。生存戦略のためには知性があれば十分ではないか。

そして、デジタル物理学的世界観を持つ以上は、すべては宇宙の計算結果に過ぎず、世界に偶然は存在しないことになる。

しかし、必然として計算され続ける世界のなかで、ぼくたちは自分や相手のなかに、知性や意識を見いだす。それらがゴーストのように現れては消える、儚いものだとしても。知性や意識は――あるいはそれらが持つ多様性や不確定性、脆弱性や潜在性は――、機械論的な必然性を超えるための手がかりなのではないか？

本短編集は、地球のＡＩ視点の「天使」から始まって、深宇宙で葛藤する人間を描く「島」で終わる。地球から離れながら、徐々に人間に近づいていくのだ。ぜひ冒頭から順に読んでいただきたい。

ページを繰るごとに、人間的とされるものがワッツによって機械的あるいはデジタル的なものであることが指摘され、人間性や知性が存在する余地は失われていく。

それでもなお最後に島のように残るものがあるとすれば、それは、ぼくたちが何かを、そして誰かを知ることができるかもしれないという、希望あるいは恩寵に他ならない。それは愛と呼んでもいいのかもしれない。

検印
廃止

訳者紹介　1956年生まれ。静岡大学人文学部卒。翻訳家。主な訳書に、ワッツ「ブラインドサイト」「エコープラクシア 反響動作」、フリン「異星人の郷」、M・M・スミス「みんな行ってしまう」他。

巨星
ピーター・ワッツ傑作選

2019年3月22日　初版
2020年2月7日　再版

著者　ピーター・ワッツ

訳者　嶋田洋一（しまだよういち）

発行所　(株)東京創元社
代表者　渋谷健太郎

162-0814/東京都新宿区新小川町1-5
電話　03・3268・8231-営業部
　　　03・3268・8204-編集部
URL　http://www.tsogen.co.jp
萩原印刷・本間製本

ISBN978-4-488-74605-6　C0197